Benito Pérez Galdós

Episodios nacionales III
Zumalacárregui

Barcelona **2024**
Linkgua-ediciones.com

Créditos

Título original: Episodios nacionales III. Zumalacárregui.

© 2024, Red ediciones S.L.

e-mail: info@Linkgua-ediciones.com

Diseño de cubierta: Michel Mallard.

ISBN tapa dura: 978-84-1126-409-9.
ISBN rústica: 978-84-9007-304-9.
ISBN ebook: 978-84-9007-220-2.

Sumario

Brevísima presentación

La obra

Zumalacárregui es la primera novela de la tercera serie de los *Episodios Nacionales* de Benito Pérez Galdós.

Después de casi veinte años desde el final de la segunda serie, Pérez Galdós vuelve al ataque con sus *Episodios Nacionales*. La tercera serie empieza con esta novela centrada en la primera guerra Carlista, más exactamente en la campaña vasco-navarra comandada por el general Zumalacárregui, del bando carlista, y termina con su muerte en el sitio de Bilbao.

El relato nos muestra·las aventuras, cavilaciones y desasosiegos de un cura aragonés que acompaña al general, José Fago, un personaje extremado como tantos de los que ha ido retratando el autor a lo largo de estos *Episodios Nacionales*. Galdós, con su clásico estilo, nos introduce en la historia sabiendo ver las cosas malas y buenas de unos y otros. Dudas y oscilaciones repentinas entre la necesidad y justicia de la causa carlista y, por tanto, de la guerra y la injusticia radical que la guerra representa, y también la imposibilidad de que Dios apoye tanta muerte y tanta alimaña. Los personajes y el propio Fago hablan, discuten y charlan sobre sus motivos y consecuencias, y también sobre si la religión tiene algo que decir al respecto. Trata también el ardor guerrero y las crueles lógicas militares...

José Fago, personaje contradictorio, casi bipolar, acabará muriendo al mismo tiempo que su amigo, el general Zumalacárregui, en el cerco de Bilbao.

I

Ufano de los triunfos de Salvatierra y Alegría, en tierra alavesa, Zumalacárregui invadió la Ribera de Navarra, donde el Ebro se bebe tres ríos: Ega, Arga y Aragón. Bien podría denominarse aquel movimiento *procesión militar*, porque el afortunado guerrero del absolutismo llevaba consigo *el santo*, para que los pueblos lo fueran besando unos tras otros, al paso, con religiosa y bélica fe, acto que se efectuaba con suma presteza, aquí te tomo, aquí te dejo, conforme a la táctica de un ejército formado, instruido y aleccionado diariamente en la movilización prodigiosa, en las marchas inverosímiles, cual si lo compusieran no ya soldados monteses y fieros, sino leopardos con alas. Que éstos llevaban en volandas a la tortuga, no hay para qué decirlo. Mostraban el ídolo a los pueblos, y el entusiasmo en que éstos ardían era un excelente botín de moral política que robustecía la moral militar.

Y mientras realizaba este acto de hábil santonismo, Zumalacárregui no cesaba de combatir, en la boca el ruego, en la mano el mazo. Maestro sin igual en el gobierno de tropas y en el arte de construir, con hombres, formidables mecanismos de guerra, daba cada día a su gente faena militar para conservarla vigorosa y flexible. De continuo la fogueaba, ya seguro de la victoria, ya previendo la retirada ante un enemigo superior. ¿Qué le importaba esto, si su campaña a más del objeto inmediato de obtener ventajas aquí y allí, tenía otro más grande y artístico, si así puede decirse, el de educar a sus fieros soldados y hacerles duros, tenaces, absolutamente confiados en su poder y en la soberana inteligencia del jefe? Atacaba las guarniciones de villas y lugares, tomando lo que podía, dejando lo que le exigía excesivo empleo de energía y tiempo; procuraba ganar las pocas voluntades que no eran suyas, poniendo en ejecución medios militares o políticos, así los más crueles como los más habilidosos, y lo que se obstinaba en no ser suyo, quiero decir, del Rey, vidas o haciendas, lo destruía con fría severidad, poniendo en su conciencia los deberes militares sobre todo sentimiento de humanidad. Movido de la idea, guiado por su prodigiosa inteligencia y conocimientos del arte guerrero, iba trazando, con garra de león, sobre aquel suelo ardiente, un carácter histórico... ¡Zumalacárregui, página bella y triste! España la hace suya, así por su hermosura como por su tristeza.

Ribera de Navarra, noviembre de 1834.

Gustoso de referir las cosas pequeñas antes que las grandes, anticipo este incidente que la Historia apenas cree digno de una breve mención: «Habiendo llegado a manos de Zumalacárregui un parte oficial en que el alcalde de Miranda de Arga avisaba al comandante de Tafalla la reciente entrada de los facciosos, con expresión de su fuerza y otras particularidades, mandó que le cogieran (al alcalde) y por primera providencia le pasaran por las armas.» Tales justicias, que dentro del convencionalismo de la religión militar así se nombran, disponíanse con sencillez suma, y con fría puntualidad y presteza se ejecutaban, como diligencia usual en los órdenes vulgares de la vida. Cortar bárbaramente la del que se conceptúa traidor, y que por la parte contraria resulta dechado de lealtad, quizás de heroica entereza, era en aquellos ejércitos acto tan sencillo como los ordinarios de carnicería ambulante: la matanza de ovejas, carneros o bueyes para alimentarse.

Metieron, pues, al desgraciado Ulibarri en la sacristía de una ermita que está como a mitad del camino entre Miranda y Falces, y le dijeron: «Estese ahí un rato, don Adrián. Le traeremos un cura del Cuartel Real, porque los nuestros van ya camino de Peralta.» Dijéronle esto con naturalidad y hasta con cortesía campechana, añadiendo: «Aquí dejamos un jarro de vino por si tiene sed, y un atado de cigarrillos.» Cerraron, y allí se quedó el pobre, rodeado de frías tinieblas, abrazado a sí mismo. Su grande espíritu se envolvía en la resignación, y agasajándose dentro de ella, anticipaba el tránsito doloroso. Lo que había de ser, que fuera pronto. Si él pudiera morirse por la fuerza concentrada de la voluntad, de buena gana lo haría, evitando a los enemigos el trabajo penoso de acribillar a balazos su corpachón robusto. Era muy grande, y duro de matar. Aunque no quería pensar en nada referente al cuerpo, pensaba sin poder remediarlo. El espíritu se echaba fuera de aquel envoltijo de la resignación, y al instante encontraba razones contra la sentencia que pronto le había de lanzar de este mundo. Malo, muy malo es este mundo; pero de tanto vivir en él nos connaturalizamos con sus miserias y con todo el fárrago de desdichas que nos abruman. Si él fuera un hombre enfermo, muy bien le vendría el sistema de curación definitiva que se le estaba preparando; pero, ¡por vida de las casualidades!, era robusto, de salud a prueba de bomba, macizo y vigoroso, fabricado para burlar a la muerte hasta los noventa, y a la sazón andaba en los sesenta y dos.

En fin, pues Dios así lo había dispuesto (y Ulibarri creía firmemente que lo que le pasaba era por disposición divina), se abrazaba otra vez estrechamente a su resignación, buscando en lo íntimo de aquel abrigo la idea de un morir noble y cristiano. La sublimidad no es fácil comúnmente; pero hombres del temple de Ulibarri saben realizar estos supremos imposibles.

Olvidado del tiempo, la víctima no se hacía cargo de que la habían encerrado a las cuatro de la madrugada: por momentos interrumpían su abstracción los ruidos externos, el pasar de carros, el vociferar de soldados y carreteros. Hasta creyó reconocer voces amigas en aquel tumulto, entre otras, la voz de Iturralde, con quien había comido un cordero y probado el vino de la penúltima cosecha tres meses antes, en su finca de Berbinzana. Mandaba el tal la retaguardia en aquel aciago día, y a todo trance quería salir de Falces al romper de la aurora. Daba sus órdenes destempladamente, como hombre de genio muy vivo, que a todos quería comunicar su viveza; valiente, incansable, buena persona, excelente amigo en la paz, en la guerra indómito y sin entrañas. Considerando esto, a don Adrián no le pasó por el pensamiento que el bueno de Iturralde podía concederle la vida. Conocía cómo las gastaba Zumalacárregui y con qué inflexible severidad, razón indudable de sus éxitos, hacía cumplir sus determinaciones. A *don Tomás* no le trataba; pero en Pamplona y en casa de la familia de unos parientes de su mujer (la de Ulibarri) había conocido a Doña Pancracia Ollo (la esposa del general), y a las niñas, que eran, por cierto, paliduchas y de pocas carnes. Las vela en las tinieblas de aquel fúnebre encierro, a la luz de su mente, cual si delante las tuviera.

Entró al fin en la estancia, por un alto ventanillo guarnecido de telarañas, la luz matinal, y con las primeras claridades entró por la puerta un hombre. Mejor será decir que le introdujeron como a la fuerza, cerrando después. Ulibarri había podido hacerse cargo de la estrechez de la prisión, ocupada en su mitad por trastos viejos de iglesia, restos de bancos, túmulos y retablos en ruinas, todo hecho pedazos y cubierto de polvo y telarañas. En el montón más bajo se había sentado el reo, bebiendo un trago de vino momentos antes de que penetrara el hombre cuya presencia se determinó por una escueta y larga proyección negra y un sonidillo de espuelas. Era indudablemente un clérigo, de alta estatura, que vestía balandrán abierto y había venido a caballo. «Quizás en mula —pensó Ulibarri—; en mula, que es más propio.»

Frente a frente el uno del otro, el reo intentó decir la primera palabra; pero, no acertando a formularla, aguardó silencioso, seguro de que el sacerdote, a quien correspondía decirla, se despacharía muy a gusto de entrambos. Aumentada gradualmente la claridad, se fue dibujando la figura de Don Adrián Ulibarri, alto, casi gigante, de proporcionada grosura, cabellos blancos, de rostro grave y ceñudo, totalmente afeitado, tipo de rústico noble. Y como transcurrían lúgubres los segundos sin que el clérigo se arrancara con la fórmula religiosa del caso, el reo se impacientó, y la curiosidad y desasosiego le picaban extraordinariamente. Miró al otro; el otro no le miraba, y cruzadas las manos inclinaba al suelo su rostro, más que pálido, amarillo como cera de *réquiem*. Entablose un diálogo de suspiros, pues al hondísimo que exhaló el alcalde contestó el clérigo con otro que más bien parecía el mugido de un buey en la antesala del matadero; y así, con este patético lenguaje, departieron un rato, hasta que Ulibarri, no pudiendo aguantar que prolongara su agonía el que aliviársela debiera, fue vencido e su genio impetuoso y lanzó el terno habitual en sus labios, seguido de palabras de calurosa impaciencia.

Irguió por fin el clérigo su cuerpo encorvado, y llevándose las manos a la cabeza, soltó con voz opaca, enronquecida por emoción muy viva, estas singulares expresiones: «señor don Adrián, me han traído para auxiliar a usted, y yo no puedo... ¿Para qué me han traído, si no puedo ni debo...? Bien sabe Dios que quisiera morirme en este instante, que debiera morirme en su presencia... Lo diré claro y pronto: soy José Fago.»

Oyó este nombre Ulibarri cual si fuera la descarga cerrada que debía cortar su existencia. Se había puesto en pie, dando un paso hacia el sacerdote, cuando éste, con tales aspavientos, tomaba la palabra; pero el *Yo soy José Fago* fue como un disparo que lanzó al infeliz reo contra el montón de madera rota, dejándole arrumbado en él, abierto de manos y piernas, la cabeza rebotando en la pared.

«Soy José Fago —repitió el otro encorvándose de nuevo hacia adelante y cruzando las manos— y no está bien que quien ha ofendido a usted gravemente, ahora reciba su confesión. Éste es un caso en que el malo no puede, no debe ser confesor del bueno... Tres años hace que no nos hemos visto, y en esos tres años, señor don Adrián de mi alma, han pasado cosas que usted debe saber, para que no me crea peor de lo que soy; para que usted, hombre recto y puro, juzgue a este pecador, y...» Ahogado por el llanto, y sin que Ulibarri contestase palabra alguna, pues ni voz ni aun conocimiento parecía tener, Fago tomó aliento y tragó mucha saliva antes de continuar sus doloridas lamentaciones.

«Dios, que ve nuestras almas —dijo—, sabe que en este reo soy yo, y usted el sacerdote.»

Un bramido de Ulibarri indicaba, sin duda, su conformidad con declaración tan grave. Y el otro, cayendo de rodillas, como penitente cuyo corazón se despedaza, siguió: «El señor don Adrián debe saber que este hombre sin ventura puso término a su existencia borrascosa abrazando, con pleno arrepentimiento de aquella vida, el estado eclesiástico. Dos padres de Veruela me acogieron moribundo de cuerpo, dañado del alma, y me curaron, enseñándome los caminos de Dios, contrarios a los del pecado, por donde yo venía. De Veruela pasé a Jaca, donde recibí enseñanza eclesiástica; de Jaca lleváronme a Oloron, de Francia, y, allí canté misa. Diferentes vicisitudes trajéronme luego a Fuenterrabía, y de allí a Oñate, donde continuaba mis estudios cuando sobrevino esta espantosa guerra. El señor Arespacochaga me tomó de capellán, y con él heme incorporado al Cuartel Real, al que sigo por obediencia y reconocimiento a mis favorecedores... Dios ha querido someterme a esta prueba durísima, poniendo mi conciencia, aún turbada, frente a la del hombre en quien reconozco las virtudes que yo no tuve. ¡Y me traen a auxiliarle en su muerte, a mí que necesito del auxilio de su perdón para poder dar tranquilidad a mi vida tristísima! ¡Y me dicen: «Confiésale, para que podamos matarle...», a mí que en rigor de justicia debiera recibir de esas nobles manos la muerte, a mí que no acierto a ejercer ahora mi carácter sacerdotal, pues antes de perdonar en nombre de Dios necesito que en nombre de Dios se me perdone...! Para esto, noble señor mío, es forzoso que yo declare y confiese mis delitos, anteriores a mi conversión, en aquellos días en que mi vida era toda libertinaje, escándalo, vergüenza... Y firme en mi conciencia, declaro que mi ceguedad me llevó a los mayores vilipendios. Yo, José Fago, seduje y arrebaté del hogar paterno a la hija única de don Adrián Ulibarri, ante quien depongo ahora todo el fárrago de mis culpas. Enamorado de *Saloma*, que así nombraban familiarmente a Salomé, y no pudiendo obtener de usted el consentimiento para casarme con ella, la hice mía con escándalo... Huimos a las Villas de Aragón, y de allí a tierra de Barbastro... Después pasaron cosas que usted ignora, o que sabe por noticias incompletas, lejanas, y yo he de decírselas ahora con sinceridad y contrición, como si hablara con Dios en el tribunal de la penitencia. Ahora es usted mi sacerdote... Óigame, don Adrián.»

Más aterrado que curioso, en aquella inopinada fase de su agonía, el alcalde no remuzgaba. Su mano inquieta golpeaba un rimero de palitroques. Del montón de madera despedazada caían por el suelo doradas astillas, trozos con cabecitas de ángel y florones churriguerescos. Al propio tiempo, el duro cráneo del reo golpeaba con ritmo lúgubre la pared, y el polvo ensuciaba su venerable canicie.

Y el penitente, humillando su rostro en el suelo, como si besar quisiera las frías baldosas, decía: «Mi carácter violento, mis hábitos de disolución y el desorden de mi conducta fueron causa de que, a los tres meses de aquella vida errante, Saloma y yo pareciéramos enemigos encarnizados más que amigos o amantes. Una noche de diciembre, la infeliz huyó de mi lado... No he vuelto a verla más, ni a saber de ella... Entrome furor de encontrarla, que fue como la renovación del amor primero. Revolví toda la tierra de Barbastro y luego las Cinco Villas buscándola. ¡Inútil!... Pasaba yo por loco, y en los pueblos se asustaban de verme. Allá me apedreaban, aquí me prendían. Fui de cárcel en cárcel: en Ejea de los Caballeros caí gravemente enfermo de calenturas, que me tuvieron un mes largo entre la vida y la muerte. Al revivir era idiota: no me acordaba de Saloma ni de cosa alguna. Pasé no sé cuánto tiempo en un muladar, y mis amigos eran los cerdos, y mi alimento lo que querían arrojarme unos aldeanos compasivos de Añosa de Torreseca... Pero de esta crisis salió no sé cómo la renovación de mi ser; en mí encendió el Señor un espíritu nuevo, y pude decir: «¡Oh Dios!, en Ti resucito, y te reconozco, y a Ti me entrego.» ¿Quién me llevó a Veruela? Una viejecita medio ciega que pedía limosna. Guiándonos el uno al otro por senderos y atajos, ella sin vista, extenuado yo y sin poder andar más que en jornadas cortísimas, llegamos por fin a la paz del monasterio, donde yo había de encontrar la salud del cuerpo y del alma... Lo demás, antes lo dije. No quiero cansarle, Don Adrián...»

En este punto abriose la puerta, y una voz dijo: «¿Estamos ya?...» seguido de un refunfuño de impaciencia que, traducido al lenguaje, era poco más o menos así: «¡Con qué calma lo toman!... En campaña, ¡rediós!, hay que abreviar el sacramento...» Y luego, en voz alta: «Que salimos, que nos vamos... Despachen de una vez.»

Levantose Fago del suelo, y sin atender a las voces de fuera, porque el estado de su ánimo difícilmente se lo permitía, repitió la frase culminante de su confesión: «No he vuelto a saber de ella, don Adrián... Créamelo, que hablando con usted ahora, hablando estoy con el Dios que nos ha criado a todos, y que a todos ha de juzgarnos.» Algo quiso decir Ulibarri; pero la voz no le salía de la garganta, y su intención no era poderosa para sacarla a los labios. Lo que decir quiso era breve y tristísimo, palabras como éstas: «Tú no has vuelto a verla... yo tampoco...»

Sonaron con tal estrépito las voces en el exterior, que ambos hubieron de recaer violentamente en la realidad más inmediata, en la situación efectiva y palpable. José Fago se arrodilló ante don Adrián, y posando sus manos respetuosamente sobre las rodillas de él, como las posaría sobre el ara sagrada, le dijo:

«En este supremo trance, nunca visto, señor y padre mío, yo me despojo de la autoridad que mi religión me da para perdonar los pecados, seguro de que Dios a usted la transfiere, haciendo del penitente el sacerdote. Hombre recto y cabal en todo tiempo, ahora es usted un santo. Ante el santo me humillo yo, y le pido perdón del agravio que le hice, pues no me basta haber descargado mi conciencia, en otras ocasiones, de los errores de mi vida, confesándolos con amargura y dolor; no me basta, no; mi conciencia necesita ahora nuevo y definitivo descargo, reparación más eficaz que ninguna otra, y de usted espera mi alma la paz que aún no ha logrado, señor...» Levantose Ulibarri con soberano esfuerzo, pues el hombre parecía moribundo, y soltó gravemente, con lentitud, estas patéticas expresiones: «José

Fago, yo te perdono para que te perdone Dios... y me perdone también a mí.» Se abrazaron con efusión, y Fago le besó las mejillas, mojadas de lágrimas ardientes; le besó los cabellos blancos y acarició el cráneo del infeliz alcalde de Miranda de Arga, que cinco minutos después era traspasado por cuatro balas de fusil a espaldas de la ermita.

II

Bien sabe Dios que los que fusilaron al pobre Ulibarri hiciéronlo compadecidos y en extremo pesarosos, cumpliendo a regañadientes la inexorable Ordenanza, que arrancaba la vida a un hombre honrado, muy querido en el país, sin otra culpa que la tibieza que mostraba por la llamada legitimidad, y su amistad con Espoz y Mina, adhesión puramente personal y como de familia. El capitán encargado de la ejecución estaba pálido como un muerto; un soldado se echó a llorar; pero todos supieron cumplir su deber. Con esto, la retaguardia se puso en camino hacia Peralta con una veintena de carros, que cargaban vituallas tomadas en Falces. José Fago, llegándose al muerto, que yacía donde mismo había caído, dijo resueltamente: «Yo no me voy sin enterrarle. Si me dejan aquí, que me dejen. Iré solo al Cuartel Real, y nada me importa que me cojan los cristinos y hagan conmigo lo que habéis hecho vosotros con este santo varón.» Hablaba con dos carreteros y tres soldados del 5.º de Navarra, que de fijo le habrían ayudado, si pudieran, en la obra de misericordia. Algunos campesinos viejos, dos o tres ancianas y bastantes chiquillos formaban círculo de curiosidad compasiva en torno al cadáver. Entre aquella pobre gente hubo alguien que trajo un azadón y una pala de dos picos, que en el país llaman laya, y Fago no necesitó más para cavar la fosa. Las viejas le ayudaban con el azadón, y él se las componía con la laya, hincándola en tierra con el pie y levantando los duros terrones. Ahondando poco a poco, pues su fuerza muscular no era entonces mucha, las lágrimas le rodaban por las mejillas, y de la nariz y barba goteaban sobre el hoyo. Callaban todos; pero con las lágrimas del cavador creyérase que se exteriorizaba su pensamiento, y que éstos decían lo que la boca no sabía ni podía decir... Y también pudiera creerse que los picos de la laya, al rasgar la tierra y separarla blandamente, hablaban con ella y que salían palabras tristes del rumorcillo del hierro entre los pelmazones de la dura arcilla. Era la misma confesión de antes, repetida, adicionada con nuevos conceptos y explicaciones que debieron decirse y no se dijeron: «Yo no abandoné a Saloma, como sin duda contaron malas lenguas. Fue ella quien a mí me abandonó, señor... y notoriamente lo hizo, movida del miedo que llegaron a inspirarla mis locuras... La culpa fue mía, y responsable soy de aquella desgracia... Yo la quería... la quise más cuando huyó de mí... ¡Ay! si me hubiera muerto entonces, como deseaba mientras iba en su busca, ardería en los infiernos, pues mi alma era el depósito corrupto de todos los pecados mortales que es posible imaginar. Pero Dios quiso salvarme y sanarme en vida, y me sanó, ¡ay de mí!, y, por fin, me ha sometido al purgatorio horrendo de hoy; a ese paso terrible del cual creo salir puro, Señor, enteramente redimido... Enteramente sano...»

El hoyo no podía ser muy profundo, porque los carreteros daban prisa, no queriendo dejar rezagado al clérigo del Cuartel Real. Pusieron dentro de la tierra el cuerpo del alcalde, y rezando, Fago y las viejas iban echándole tierra encima. Cubrieron primero todo el cuerpo, que había quedado con alguna inclinación, el tronco más alto que los pies, y cuando ya no se vio más que el rostro, y las lívidas facciones iban desapareciendo tras un velo de tierra, la emoción del capellán fue tan viva, que ni respirar podía ya, y habría caído redondo al suelo si no le sostuvieran dos mujeres del corro. Sin duda el rostro de Ulibarri le hablaba con tiernísimo acento de despedida... «don Adrián de mi alma —dijo Fago con gemidos, pues las palabras no querían salir—, no la abandoné yo... Sino ella a mí... por mi culpa, por mis maldades... Yo le aseguro que no he vuelto a verla...» Diciendo esto, era tal su afán, que habría dado su vida porque el rostro de Ulibarri le hablase, o con un solo signo mudo le respondiese a esta pregunta: «¿Y usted ha vuelto a verla? ¿Sabe usted de Saloma?...» En estas horribles ansias del pensamiento y la voluntad, la cabeza del alcalde fue cubierta, y trabajando todos con ahínco, el hoyo quedó lleno, y cristianamente sepultada la víctima de las horribles leyes militares, obra maestra del infierno. De rodillas rezó Fago sobre la sepultura, y cuando los carreteros le tiraban de los brazos para llevársele, les dijo con desvarío: «Debiera yo ahora convertirme, por divina sentencia, en cruz de piedra, para quedar aquí eternamente clavado sobre esta sepultura.» No creyéndose los otros obligados, por razón de su oficio militar, a permanecer afligidos después de enterrado el alcalde, tomaron a broma lo de la cruz, y como Fago se resistiese a seguirles, cogiéronle entre cuatro, y, que quieras que no, a puñados le metieron en una de las galeras, entre sacos y pellejos. Tan turbado estaba el pobre capellán, que apenas se dio cuenta de cómo le cogieron y embarcaron; ni oyó la gritería y los trallazos con que se puso en marcha la cola del ejército para unirse al cuerpo del mismo, que ya había pasado el Arga por Peralta.

Dos guapos chicos aragoneses acompañaban a Fago, tumbados sobre el cargamento de la galera: uno de ellos, manco; el otro, cojo; inútiles de la guerra y auxiliares de ella en aquel servicio de administración, por gusto y querencia de la campaña facciosa. Apenas echó a andar la galera, rompieron a cantar la graciosa rondalla, pues, en verdad, no veían ellos motivo alguno para estar tristes. Hechos a los espectáculos de muerte y a presenciar cuantas atrocidades caben en la fiereza humana, se habían impuesto un júbilo filosófico, la sazón más propia de la clase de vida que llevaban. A cada instante empinaban la bota, y compadecidos de su compañero de viaje, que tumbado iba de largo a largo, descompuesto el rostro, sin más señales de vida que los suspiros hondísimos con que a cada momento echaba el alma por la boca, le requirieron a que bebiese, sin conseguirlo; mas tanto puede la ruda cortesía aragonesa, que al fin, incorporándole uno, aplicándole el otro a los labios el pito de la bota, hubo de reconocer el macilento cura que era bueno meter en su estómago una corta porción de vino. Remediada con éste la extenuación de sus fuerzas, el hombre vio claro en sí mismo; todo en él recobró vitalidad, cuerpo y alma, el pensamiento y la conciencia. Al poco rato pidió que le diesen el zaque y lo empinó, pensando que era impro- cedente y hasta pecaminoso dejarse morir de tristeza e inanición. Avínose más adelante a comer un poco de pan y medio chorizo, y cuando llegaban a Peralta ya era otro hombre: sus facultades habían recobrado la franca lucidez de otros días; huyeron de su mente las monstruosas quimeras, y vio el trágico suceso de Ulibarri en sus proporciones efectivas, sin que por esta reversión a la realidad fuese menos vivo el dolor que aquel caso le producía. La franqueza hidalga de los dos chicos hubo de comunicársele, y platicaron de la guerra, del buen giro que tomaba para la causa; de la pericia del general y del entusiasmo con que los pueblos recibían al Rey legítimo. De uno en otro tema, Fago hizo recaer la conversación en algo que tenazmente a su pensamiento se aferraba, y dijo a los muchachos:

«El acento baturro muy pronunciado declara que son ustedes de las Cinco Villas, quizás de Ejea de los Caballeros.

—No, señor —replicó el manco, jovencillo muy despierto, como de veinte años—; yo soy de Petilla, lugar de tierra de Sos, y éste es de Júnez, cuatro leguas de mi pueblo. Los dos nos venimos a la faición el mes de mayo, y lo mismico fue entrar yo en este sirvicio, que me lisiaron en la faición de Muez... ya sabe... y me quedé inútil; pero tanto gusto le tomé a la guerra, que no vuelvo a mi casa hasta que se acabe, si se acaba algún día, y ha de ser cuando arreemos al Rey hasta los mismos Madriles.

—Yo estuve en la cuchipanda de San Fausto, pues, en el mes de agosto... —dijo el otro—. Maté más cristinos que pelos tengo en la cabeza... Pero en Viana, el 3 de septiembre, ya sabe... Me atizaron un tanganazo en la pierna, y aquí me tiene en la impedimenta, que es muy aburría... En cuanto pueda me vuelvo a mi casa, donde hago más falta que aquí, ridiós... A la guerra le llama a uno el gustico que da, pero también llama la casa, y el aquel de la paz...»

El otro cantaba con voz agudísima y vibrante:

> Navarrito, navarrito,
> no seas tan fanfarrón,
> que los cuartos de Navarra
> no pasan en Aragón.

De confianza en confianza, el clérigo aceptó también un cigarro; y empezando a chupar, habló así con sus compañeros de viaje: «Amigos míos, yo les agradecería mucho que me dijesen si en algún lugar de las Villas de Aragón habían conocido a una tal Saloma, o Salomé, que de ambos modos se la llamaba... Natural de Miranda de Arga...

—¿Saloma?... ¿Era por casualidad tuerta del derecho?

—Hombre, no; que Dios puso en su cara dos ojos negros, hermosísimos...

—¿Baja de cuerpo y algo cargadica de espaldas?

—Quita allá. No ha nacido cuerpo más gallardo: ni grande ni chico, ni gordo ni flaco, bien repartido de hueso y músculo... ¿Queréis más señas?

El habla dulce, el mirar sereno y un poquito triste; cara oval, manos un tanto curtidas, pero de buena forma. Os pregunto si recordáis haberla visto, porque ignoro si vive o muere, y la persona que podía informarme de su destino no se hallaba en situación para referir cosas de este jaez. Me interesa saberlo por puro interés de conciencia, pues si me aseguran que murió, rezaré todos los días de mi vida por su eterno descanso; y si llegara a mí noticia que vive, evitaría cuidadosamente el topar con ella, y pediría a Dios en mis oraciones que la hiciese buena y feliz. Os lo digo con absoluta sinceridad, porque tenéis buen fondo, sois honrados y sentiréis la rectitud con que os hablo de estas cosas.»

Procuraron hacer memoria los baturros; mas ninguno de los dos pudo dar referencia exacta de la descarriada moza, y comprendiendo Fago que no era discreto tratar de aquel asunto con gente inferior, recogió sus ideas, las cuales, aun después de confortado el cerebro con el corto alimento, permanecían dispersas. Ejerció presión de voluntad sobre sí, y se dijo: «Serénate, hijo, y mira bien el hábito que vistes, y la mesura a que estás obligado por tu ministerio. El caso inaudito de don Adrián Ulibarri te ha trastornado la cabeza, y ya es hora de que al estado de perfecto reposo espiritual en que la oración, el estudio y una vida ordenada y pura te pusieron... Medita y calla.»

III

Cerca ya de Peralta, los disparos que oyeron y la columna de negro humo que del pueblo salía, enroscándose, pausada y lúgubre, les anunciaron que Zumalacárregui había mandado atacar el fuerte defendido por los urbanos. Si tenaces y fieros eran, los sitiadores, no les iban en zaga los de dentro, mandados por un tal Iracheta, de casta de leones. Ansioso de ver de cerca el combate, saltó Fago de la galera y adelantose al pueblo. Sentía inexplicable comezón de impresiones trágicas, y anhelo de ver que el furor de los hombres con toda fuerza se desplegara. Y sin darse cuenta de lo mal que cuadraba esta querencia con su anterior propósito de recobrar la quietud del alma, obra del estudio y la oración, su mente, no bien curada aún de la fiebre poemática, ansiaba el espectáculo de la historia viva, de la página contemplada antes de perder en las manos del historiador el encanto de la realidad.

No pudo aproximarse al lugar donde batían el cobre, porque el pueblo estaba circundado de tropas, que no dejaban fácilmente espacio a los curiosos. De adobes eran las casas de Peralta, frágiles y esponjosas, edificadas sobre terreno desigual. En la joroba del centro, más alta que las demás, alzábase la iglesia, de sillería, convertida en fuerte desde el mando de Rodil; sólida y robusta posición que aquel día hicieron inexpugnable unos cuantos urbanos con su increíble tesón. El bueno de Fago pudo observar que, dueños los facciosos de toda la parte baja del pueblo, sacaban de las casas cuanto podía servirles para reforzar los parapetos en derredor de la iglesia, y tal acopio de colchones hicieron, que no debía quedar uno para muestra. Por una callejuela enfilada al centro, Fago veía movibles figuras tiznadas; los tiros sonaban continuamente, sin que se sintiera ese rumor extraño que indica victoria o esperanzas de ella; voces de mando llegaban hasta afuera, airadas, blasfemantes. Por fin, como nada sacara en limpio de su fisgoneo por los contornos de la acción bélica, y además se sintiera cansado y algo aburrido, alejose hacia el campo, donde había tropas que estaban mano sobre mano. Allí oyó decir: «Nada se conseguirá sin artillería. Es perder vidas y tiempo.» Más allá los soldados de Villarreal mostraban hastío, impaciencia de que el general dispusiera levantar el sitio de Peralta, que llevaba traza de interminable. No tardó el curita en participar del aburrimiento de la tropa, y en verdad que aquella página militar no le resultaba interesante y quería volverla pronto, imaginando hallar en la siguiente asunto menos fastidioso. Un capellán del 7.º, que le conocía de Oñate, agregose a él en busca de palique, obsequiándole al propio tiempo con una sustanciosa merienda. Comieron y bebieron en una venta, pasado el puente sobre el Arga, camino de Marcilla, y luego platicaron de guerra y política todo lo que les dio la gana, viendo de lejos las humaredas pavorosas. Era el capellán en extremo hablador, con lo que se dice que era pequeñuelo, vivaracho y de corta nariz. Presumía de gran estratégico, y no reconocía en artes de guerra más superioridad que la del general de la causa. «Don Tomás me dispense —decía—; pero estamos perdiendo un tiempo precioso. Y ha de saber usted, amigo Fago, que este don Fermín Iracheta que manda los urbanos es uno de los hombres más templados de Navarra. Amigo es de nuestro general, y conociéndose como se conocen, están ahí jugando a cuál es más bravo y terco. Había usted de ver las comunicaciones que se cruzaron esta mañana entre Zumalacárregui y el jefe de los urbanos: «Fermín, que te rindas.» Y el otro: «Tomás, no me da la gana...» «Fermín, que vas a morir abrasado...» «Tomás, bonita muerte con el frío que hace...» Y tiros van, tiros vienen; pero lo que es el fuerte no se rinde... ¿Y quién creerá usted que llevaba del fuerte a los parapetos y viceversa los papelitos con el *ríndete* y el *no me rindo*? Pues una vieja del pueblo, la cual fue ama de cría de Iracheta, loba navarra que dio la teta a ese nuevo Rómulo. En la plaza había usted de verla esta tarde vociferando delante del general, con estas expresiones: «Váyase de aquí, don Tomás, que ése tiene la cabeza muy dura.»

Ya iba fijando Fago su atención en el suceso de Peralta, que tan insignificante le había parecido, y acabó de interesarse en él oyendo contar a su colega Ibarburu, que así se llamaba el capellancito, el estupendo ardid ideado por el sitiador para quebrantar la entereza del valeroso caudillo de los urbanos. «Sepa usted que la esposa de Iracheta fue llevada esta tarde al pie del muro, y rompiendo a llorar se puso a gritarle: «Ríndete, Fermín, ríndete, que si no pegarán fuego a la iglesia y pereceréis todos achicharrados...» Y él, ¿qué hizo? Asomar por una de las ventanas y decirle: «O te quitas de ahí ahora mismo, puerca, y te vas a casa, o hacemos fuego sobre ti. Fermín Iracheta sabe morir; pero no sabe deshonrarse.» ¿Qué tal?... Con hombres de esta fibra, ¿no podríamos conquistar el mundo? ¡Lástima que Iracheta no sea de los nuestros! Pero lo será. La causa conquista poco a poco el suelo y los corazones: vamos al triunfo de Dios y del Rey; pero pronto, prontito... La fruta está madura. La caterva cristina no espera más que una buena coyuntura para venirse acá. Se le conoce en la manera de combatir. ¿Quiere usted que le diga mi opinión con toda franqueza? Pues ya debemos soltar los andadores; más claro, ya no nos hace falta el arrimo de los montes navarros. Al llano, señores. A pasar pronto ese gran Ebro, famoso entre los ríos; a Miranda, o más seguro, a Ezcaray y Pradoluengo, para proveernos de paños, y caer de allí sobre Burgos como la maza de Fraga. Una vez en Burgos, las Potencias nos reconocen, y a Madrid con los faroles.»

Oyendo estas cosas, Fago meditaba mirando al suelo, y momentos después, mientras Ibarburu, infatigable charlador, pegaba la hebra con unos militares que entraron a refrescar, sintió un sueño intensísimo, como hombre que ya llevaba unas treinta horas sin dormir: arrimándose al ángulo en que se juntaban los asientos, apoyó la cabeza en la pared y se quedó dormido con la boca abierta. Su sueño febril era como esos monólogos cerebrales en que ovillamos y desovillamos una idea; monólogo en el cual Fago se reconocía también estratégico, pues tenía el sentido geográfico, o de las distancias y diferencias de altura entre los terrenos. Sin haberlo estudiado, conocía la importancia y valor de los ríos y los montes, de las divisorias y sus puertos, que permiten comunicar una con otra cuenca. Y asociando con estas ideas teóricas su conocimiento práctico de diferentes territorios, recorría mentalmente la Canal de Berdún, que conocía palmo a palmo; el puerto de Loarre, que separa las aguas del Gállego de las del Cinca; los valles de Hecho y Ansó en la montaña, y en tierra baja, las Cinco Villas de Aragón, de reseco y quebrado suelo, surcado por ríos miseros en verano, y en invierno torrenciales... Al recargarse el sueño, se le confundían estas nociones geográficas con sus recuerdos del país vasco, los valles profundos del Urola, Deva y Oria, las eminencias de Elosua y Pagochaeta, junto a Azpeitia, y en la vecindad de Oñate, las sierras de Elguea y Aránzazu. Peñas y corrientes de agua rondaban por su cerebro, juntamente con subidas y bajadas y mucho ir y venir de hombres presurosos... En esto le despertaron tirándole de los pies, y oyó toques de tambor y cometas, ruido de marcha, gran rebullicio de gente.

Salió a la puerta del parador restregándose los ojos. Era noche oscura, alumbrada por los fulgores siniestros de Peralta, que ardía por entero. Levantado el sitio del fuerte, por ser los urbanos y su jefe Iracheta muy duros de pelar, los facciosos anegaron el suelo soltando las cubas de vino en todas las bodegas, y se dirigieron presurosos a Villafranca, donde también había fuerte y urbanos. Desfilaban ordenadamente los batallones, cuando el clérigo, triste, salió al camino y se entregó a la corriente humana, marchando maquinalmente al paso de la tropa, sin preguntar adónde iba. Toda la noche anduvieron a regular paso, y al amanecer pasaban el Aragón por Marcilla. En este pueblo, tomando la mañana, topó Fago otra vez con su amigo Ibarburu, el capellán hablador, y por él supo que en Villafranca se esperaba una reñida pelea con la guarnición cristina. Se decía también que salía de Pamplona un cuerpo de ejército para provocar a Zumalacárregui a batalla campal en la Solana, al retirarse de la Ribera.

Dudó Fago si incorporarse al Cuartel Real, que solo estaba a dos leguas de aquel pueblo, o seguir perdido entre el ejército de Zumalacárregui. Aún no había visto al afamado guerrero, al organizador genial que de gavillas indisciplinadas hizo formidables batallones; al que con su extraordinaria pericia había tenido en jaque a las tropas de la reina, mandadas primero por Sarsfield, después por Quesada y últimamente por Rodil. En la mente del clérigo, la figura del héroe de aquella guerra se agigantaba de tal modo, que, con su anhelo de verle de cerca y hablarle y oírle, se confundía el temor de que tan grande gloriosa figura se le deslustrara al pasar de la ilusión a la verdad. En Villafranca quedó satisfecha su ardiente curiosidad, en ocasión y forma que se verá después.

IV

Los urbanos o cívicos (que de entrambos modos se les llamaba) defensores de Villafranca no eran menos templados que los del otro pueblo, y como allá, se encastillaron en la iglesia, el único edificio sólido y fuerte de la villa, la cual parecí de barro y yesca, como la tierra circundante. Los carlistas situaron a la puerta del templo los dos únicos cañoncitos que llevaban, y batiéronla y se hicieron dueños de ella. Replegáronse los urbanos en la torre, de robusta construcción, y con ellos se encerraron sus hijos y mujeres. Debe advertirse que, si en el vecindario dominaba la opinión facciosa, no eran pocos lo cristinos furibundos; y enconadas las pasiones, el sexo femenino, con su locuaz vehemencia, exaltaba el ánimo de los hombres y les hacía sanguinarios y feroces. Al encastillarse con sus maridos en la torre, las *urbanas*, antes que por un móvil heroico, hacíanlo por miedo a las uñas y a las lenguas de las mujeres del otro bando.

Ganada la iglesia por los facciosos, resolvieron pegarle fuego. Los lugares sagrados, mediante una breve salvedad de conciencia, caen también dentro del fuero de guerra, y los militares atan y desatan al demonio según les conviene. Hacinaron bancos, túmulos y confesionarios; metieron mucha paja, y poco después las imágenes se veían envueltas en humo que no era de incienso. Antes se había cuidado de poner a salvo las Sagradas Formas, que llevaron a la ermita de Santa Ana, sin que en ello prestara ayuda el bueno de Fago, el cual, atónito, presenciaba cosas tan extrañas y nunca vistas. Impávidos en la elevada torre, los cívicos hacían fuego certero desde el campanario; tenían municiones abundantes y los víveres precisos para resistir; apuntaban bien y mataban todo lo que podían. Vino la noche, y como el fuego de la iglesia no cundiese con rapidez, metieron los sitiadores más paja, atizaron de firme, y el altar mayor, que era un armatoste grandísimo y muy apropiado a la propagación del incendio, llevó las llamas a la techumbre. Por fuera, guedejas de humo negro y espesísimo coronaban el caballete, enroscándose, por causa del viento, en dirección opuesta a la torre, lo que daba algún respiro a los urbanos. Y el tiroteo no cesaba. La claridad del incendio permitió a los sitiados hacer puntería, y con las balas salían del campanario apóstrofes injuriosos y cuchufletas impropias de la gravedad de la contienda. Las mujeres chillaban más que los hombres.

Durante la noche ardió parte del tejado y el tramo superior de la escalera del campanario, la cual era exenta y se apoyaba en el caballete, quedando así incomunicados los cívicos y sus mujeres y chiquillos; mas no por eso menos decididos a defenderse a todo trance. Lo peor fue que el humo, penetrando en la torre por diferentes huecos, les molestaba más de lo que quisieran; a media noche parlamentaron con los sitiadores por un ventanucho ojival, distante como doce varas del suelo, y, reiterando el propósito de no rendirse, pidieron al general consintiese la salida de las mujeres y niños, que no merecían correr la triste suerte de los hombres. Oyó esta propuesta Zaratiegui, que al pie de la torre vino con tal objeto, y al punto fue a ver al jefe, alojado en la Rectoral, y que, según se dijo, estaba pasando una noche de perros, molestado por el mal de orina que aquejarle solía. Con la respuesta consoladora de que se salvase a las mujeres, volvió Zaratiegui al poco rato; pero como el fuego había devorado la escalera superior, y los sitiados no tenían escalas ni cosa semejante, se discurrió suministrarles medios de salvamento. Toda la madrugada duró el trajín para reunir sogas y hacer con ellas y palitroques escalas de bastante resistencia para el objeto, y no hay que decir que esta operación fue como un paréntesis de esparcimiento y jovialidad en la cruelísima lucha. Fago ayudaba en aquella faena con gran celo y actividad, y sus manos encallecieron de tanto hacer nudos con ásperos cáñamos. Él fue el primero que, encaramado en los hombros de un gastador, y valiéndose de una larga percha, alargó el rollo de cuerda para que lo cogiese la mano flaca, perteneciente a un enjuto y tiznado brazo, que se estiraba en la ventana ojival. Dueños ya de una soga, los sitiados subieron con ella las escalas y todo el aparejo necesario para el salvamento.

Habríale gustado a Fago encontrarse arriba para prestar su concurso en el dificilísimo y peligroso descendimiento; se le ocurrían advertencias de aparejador mañoso, y haciendo bocina con sus manos gritaba: «¿Tenéis un madero fuerte?... ¿No?... Pues asegurad la cuerda en el pivote de las campanas, no en la barandilla, que parece endeble... Sujetad a las mujeres con cuerdas por bajo de los sobacos y retenedlas a medida que vayan bajando...» Prolongose la tregua hasta la mañana para que tuvieran tiempo los sitiados de disponer lo conveniente, y los facciosos, luego que retiraron sus heridos y muertos, descansaban, confiados en que tras de las mujeres se descolgarían los hombres, rindiéndose a discreción. Era gran locura o necedad obstinarse en la resistencia, rodeados de llamas y humo, sin esperanza de que vinieran tropas de Pamplona a socorrerles. En esta confianza, no se curaban de atizar el fuego, que parecía encalmado después de media noche por la quietud del aire. A lo largo del caballete corrían llamitas fantásticas, graciosas, en algunos puntos humorísticas, que hacían mil figuras, signos de un lenguaje luminoso, semejante al dulce platicar de los tizones de una chimenea. A ratos, avivada la lumbre por una racha de viento, alumbraba con siniestro resplandor la plaza y calles circundantes, enrojeciendo las fachadas de las viviendas y las caras de los soldados. El pueblo no dormía; todos los vecinos estaban en la calle, mirando a la torre, aún entera, erguida, arrogante en medio de tanta desolación, despertando el interés de los seres vivos, que tienen alma. Callaban sus campanas; pero todo en ella era rostro y muda expresión, que decía: yo vivo, yo pienso, yo padezco.

Al despuntar el día se intimó desde abajo que despacharan pronto, y comenzaron a reunirse gentes diversas en los sitios más próximos a la torre. Zaratiegui mandó que no se permitiera acercarse a las mujeres; pero éstas, en fuerte pelotón, gravitaron sobre la línea de soldados, y convencidos éstos de que *no se podía con ellas*, dejáronlas llegar adonde quisieron. Conviniendo mucho a la facción contemporizar con el vecindario de los pueblos adictos y aun halagar sus pasiones, se toleraba a *las mujeres de la causa* todos los alborotos, chillidos y escandaleras que no perjudicasen a la moral del soldado; moral militar, se entiende, que de la otra no tenía por qué cuidarse la Ordenanza. No bien empezó la operación de descolgar las hembras y criaturas, la muchedumbre no pudo contener su inquietud. Las mujeres de los urbanos no eran bien miradas en el pueblo. Rivalidades de familia, que la feroz política exacerbaba, produjeron escisiones, continuas querellas, habladurías. La *Fulana*, por ser *cívica*, había llegado a tener mal concepto entre sus convecinas. La *Zutana*, carlista furibunda, era motejada entre el bello sexo *urbano* del modo más cruel. Así es la política, en las aldeas como en las ciudades populosas. El día anterior, las hembras encerradas con sus maridos en la torre, mientras éstos hacían fuego, insultaban a las facciosas. «Ya sabes dónde te has puesto, bribona —les contestaban éstas, chiflando desaforadamente—. Abajo eras carraca, y arriba campana. No voltees mucho, que puedes caerte...» Y como las bravatas de las *urbanas* terminaron pidiendo misericordia, y se les permitió el descenso, que era como concederles la vida, al comenzar el acto caritativo, las *señoras de la causa* no pudieron contener su inquina, y allí fue el cantarles el *Trágala* y el ponerlas de oro y azul. Bajaron primero tres niños: los de arriba poníanles cuidadosamente en los últimos peldaños de la escala, y eran recogidos por soldados que trepaban cuidadosamente para esta operación. El descenso se hacía paso a paso, presenciado con ansiedad por unos y otros. Llegaron a tierra felizmente los chiquillos, y fueron auxiliados al punto de ropa y comida, pues se hallaban ateridos y muertecitos de hambre. Al descender la primera *urbana*, la muchedumbre la saludó con aullidos de burla, por ser la que el día anterior con más desvergüenza injuriaba a los facciosos. «Anda, gran púa, saltamontes... ya ves cómo te perdonamos... Merecías colgar ahorcada, y te descolgamos con vida...» La segunda, que era de libras, fue asegurada con una cuerda por debajo de los sobacos, y así la iban aguantando en el penoso descenso por si acaso faltaba la escala. «Anda, anda, y no te tapes, descaradota. ¡Tapujos ahora, si cuando debías taparte no lo hiciste!... ¡Miren que salir ahora con vergüenzas!... ¿Vergüenza tú?»

En esto ocurrió un incidente que excitó más los ánimos, y en un tris estuvo que se malograse la difícil operación de salvamento. Un soldado llamado

Díaz, natural de Lerín, mozo de mucha viveza y travesura, que ayudaba en el trajín de las escalas, se pasó de un brinco a la parte de tejado que aún se conservaba libre del fuego y se aproximó al boquete de la destruida escalera de la torre, el cual los sitiados habían tapado malamente con cascote y maderas. Creyeron, sin duda, los urbanos que se trataba de atizar candela por el interior de la torre, y sin encomendarse a Dios ni al diablo, ínterin descendían trabajosamente las hembras, hicieron fuego sobre Díaz y le hirieron en la paletilla. No hay para qué decir que se armó gran tumulto, y que la falta o ligereza de los sitiados, por poco la pagan con su vida las tres pobres mujeres que en aquel momento descendían, hallándose una a pocos pasos del suelo, otra a mitad del espacio y la tercera arriba, tratando de afianzar sus pies para descender. Si no contienen a las mujeronas *de la causa* que al pie de la torre chillaban, fácil hubiera sido que éstas rompieran la cuerda y que se estrellaran dos por lo menos de las tres infelices que estaban en el aire. La agitación era grande; el de Lerín bajó rápidamente con el hombro ensangrentado; las *cívicas* de la torre lloraban afligidas; las otras las insultaban; gritaban todos. Algunos querían matarlas, para castigar en ellas la increíble torpeza de los urbanos, que así rompían la tregua y respondían tan indignamente a la generosidad con que se les había concedido la vida de sus esposas. Se avisó al general en jefe, y pronto cundió entre la muchedumbre la voz: «¡Ya viene ya viene!...» Los soldados, a culatazo limpio, quisieron despejar, y se arremolinó el mujerío procaz; pero al fin, donde menos parecía que pudiera abrirse un hueco, el hueco se abrió, y este hueco en la masa humana lo fue aumentando la tropa por el procedimiento sencillísimo de arrear golpes a diestro y siniestro sin reparar en pechos, espaldas ni barrigas, hasta formar como una plazoleta vacía de gente. Esto no bastaba, y continuaron rompiendo calle por entre el apretado gentío, hasta comunicar con la casa del cura, donde se alojaba el general de los ejércitos de Carlos V. Consta que el héroe, hallándose frente a la ventana de su habitación, ocupado en cosa tan vulgar como afeitarse, veía descender las hembras por la escala, y al oír el tiro y la algazara que se produjo, apresuró la operación barberil, en la que comúnmente perdía muy poco de su precioso tiempo, y todavía con algo de jabón pegado a las orejas, poniéndose la zamarra y abrochándose los cordones, salió a la salita próxima, donde le aguardaban su ayudante Plaza, dos o tres notables del pueblo y el cura don Fabricio, que, aunque furibundo sectario de la legitimidad, no se consolaba del incendio y destrucción de su querida iglesia. Al entrar don Tomás, el reverendo, dando un puñetazo en la mesa y apretando los dientes, decía: «¡*Guaidiós*, que esas *hi-de-porra*, malas *chandras*, tienen la culpa de todo! Yo que usted, mi general; yo, Fabricio Gallipienzo, en vez de colgar esa carne podrida afuera, la habría colgado dentro de la santísima iglesia, cuando ardían los santísimos altares, para que se les ahumaran bien los tocinos.»

V

«Gracias a Dios —se dijo Fago— que voy a ver a ese portento, el caudillo de los soldados de la Fe, el Macabeo redivivo.» Y poniéndose en el sitio que creía mejor, no quitaba los ojos del camino que debía traer el héroe viniendo de la Rectoral. Rodeado, más bien seguido, de diversa gente militar, paisana y eclesiástica, apareció Zumalacárregui, andando con viveza, la boina azul de las comunes muy calada sobre el entrecejo, ceñidos los cordones de la zamarra, botas altas, en la mano un látigo. Le precedían dos perros de caza, blancos con lunares canelos, que olfateaban a los soldados y agradecían sus caricias. Era el general de aventajada estatura y regulares carnes, con un hombro más alto que otro. Por esto, y por su ligera inclinación hacia adelante, efecto sin duda de un padecimiento renal, no era su cuerpo tan garboso como debiera. En él clavó sus ojos Fago, examinándole bien la cara, y al pronto se desilusionó enteramente, pues se lo figuraba de facciones duras, abultadas y terroríficas, con hermosura semejante a la de algunas imágenes de la clase de tropa, como los guerreros bíblicos Aarón, Sansón y Josué. Como en aquel tiempo no circulaban retratos de celebridades, bien se explica que Fago no tuviese conocimiento de la estampa real del caudillo, el cual era un tipo melancólico, adusto, cara de sufrimiento y meditación. La firmeza de su voluntad se revelaba más en el trato que a la simple con-templación del rostro, y había que oírle expresar sus deseos, siempre en el tono de mandatos indiscutibles, para comprender su temple extraordinario de gobernador de hombres, de amasador de voluntades dentro del férreo puño de la suya.

Con tan intensa atención le miraba el bueno de Fago, que, si en aquel punto dejase de verle, nunca más olvidaría el rostro enjuto y tostado, la nariz fina, bien cortada y picuda, el entrecejo melancólico, el bigote negro, que enlazaba con las patillitas recortadas desde la oreja, el maxilar duro y bien marcado bajo la piel. Su voz era un tanto velada; el mirar, grave, sin fiereza en aquel momento. Después de cambiar algunas palabras con Zaratiegui y otros que allí mandaban, llegose a las *urbanas*, que acababan de poner el pie en tierra, y arreó a cada una un par de latigazos, diciéndoles iracundo: «Bribonas, por culpa vuestra perecerán esos desgraciados... Y ya veis cómo corresponden a mi generosidad. ¿Qué demonios hacíais vosotras en la torre ni qué teníais que pintar arriba, condenadas? Y si yo mandase fusilar ahora mismo a la que no acreditara ser esposa, hija o hermana de algún *urbano*, ¿qué diríais?; a ver, ¿qué diríais?» No decían nada las pobrecitas: tal era su terror. Y por contera del discurso, ¡zas!, otro par de latigazos a cada una, agraciando también a la que en aquel momento ponía el pie en tierra. Con aclamaciones y vítores acogió la multitud las palabras y el hecho del general, que por tales medios halagar quería las pasiones populares, movido de un fin político. En aquella terrible guerra, más que ganar batallas, urgía sostener el tesón de la causa, y esto no se lograba sino aboliendo en absoluto toda compasión delante de los sectarios; tratando con crueldad al enemigo fuerte, con menosprecio al débil, para que cundiese y se afianzase la idea de que el *cristino* era forzosamente, por naturaleza, un ser inferior, abyecto, indigno hasta de las consideraciones más elementales. Solo así se formaba un partido viril, duro, resistente a toda adversidad. Para poder lanzar confiadamente las masas de hombres a combates desesperados era forzoso encender en ellos sentimientos de implacable furor, los cuales debían tomar cebo y sustancia de los odios mujeriles. El genio de Zumalacárregui veía este resorte, por muchos inapreciable, del mecanismo de la guerra, y quería producir la ferocidad del varón con las pasioncillas villanas de la hembra. Azotó a las mujeres de los urbanos, no por gusto de maltratar inhumanamente a seres indefensos, sino por contentar a las otras, a las furias chillonas de la causa, que sostenían con su procacidad la exaltación populachera, fermento necesario en las guerras civiles.

No comprendiendo esta trastienda política el aturdido Fago, al ver el bárbaro tratamiento que el general daba a las pobres mujeres, la indignación hizo vibrar todos sus nervios, y apretó los dientes, y se clavó los dedos de una mano en otra, movido de su natural corajudo, que se sobreponía en ocasiones como aquélla, sin poder remediarlo, a la mansedumbre propia del estado eclesiástico. Olvidado de la Orden que profesaba, de buena gana habría salido del ruedo, y acometiendo al orgulloso caudillo, le habría dado un par de morradas buenas, pero buenas, de las que él sabía y solía dar en sus tiempos de seglar levantisco y pendenciero. Pero ello no fue más que un fugaz estímulo, que logró dominar al punto, y para mejor apartar de sí ideas tan peligrosas en aquellos momentos, trató de alejarse y dar una vuelta solo por las inmediaciones del desgraciado pueblo. No lo hizo, porque cuando rompía trabajosamente por entre la multitud, oyó estas voces, que le dejaron helado: «Ahora bajan a la última que quedaba... Saloma... la gallarda Saloma...»

Creyó que aquellas voces y aquel nombre habíanlos pronunciado todos los demonios del infierno, difundidos invisibles por los aires, y volvió a donde estaba, y oyó nueva algazara de mujeres chillonas... y, mirando para arriba, vio un bulto, una mujer con la cara tapada... Dudoso estuvo entre huir campos afuera o quedarse para ver la hembra descolgada, a quien el pueblo, bullicioso, nombraba y denostaba al propio tiempo, juntando el nombre y los insultos. ¡Dios poderoso!, lo que sufrió el hombre en breves momentos no es para referido. Bajaron a la moza, y si cuando se aproximaba al suelo, descubierto ya su rostro, pudo creer por un instante que era la hija del infortunado Ulibarri, al verla de cerca la reconoció como absolutamente distinta: aunque hermosa, como aquélla, no se le parecía ni en las facciones ni en el color del rostro. Vamos, que era otra Saloma. El hombre dio gracias a Dios con toda su alma, pues verdaderamente, si hubiera resultado la Saloma de su historia, dificilillo le habría sido contenerse viéndola de tal modo escarnecida e insultada.

El general se había vuelto a su alojamiento; el que mandaba la tropa al pie de la torre ordenó que no se hiciese daño a las pobres *urbanas*, y las familias de éstas, con la timidez natural de quien se siente minoría en el pueblo y se halla bajo la presión moral de masas irritadas y vencedoras, las auxiliaban con ropas y alimentos.

Mandaron despejar, y las *urbanas* y sus hijos retiráronse en compañía de algunos vecinos notados de *cristinismo*; las unas, absolutamente decaídas de espíritu, lloraban sin consuelo; las otras, bravas e iracundas, enronquecían de tanto gritar contra la facción y su insolente general, y todas creían perdidos a los bravos defensores de la torre si no se entregaban pronto y sin condiciones. Compadecido de aquellas infelices, Fago las siguió al través de las tortuosas calles, hasta que acamparon en los últimos corrales del pueblo, o en medio de las eras, temerosas siempre de ser atropelladas. Pero no querían ausentarse de Villafranca sin conocer la suerte de sus infelices maridos, hermanos o lo que fuesen, que sobre esto había dudas. Tratando Fago de inquirir con buenos modos el verdadero parentesco de las azotadas heroínas con los héroes de la torre, entabló coloquio con la llamada Saloma, cuyas facciones no se hartaba de examinar para cerciorarse de su desemejanza con las de la extraviada hija de Ulibarri, y ella, que desde los primeros momentos dio a conocer su desahogada condición, no tardó en franquearse con él en esta forma: «Yo, señor, no soy mujer de naide, aunque no es por culpa mía, que bien quise y bien quisieron mis padres darme marido por la Iglesia santísima. Huérfana quedé a los veinte años, y me engañó, ya digo, un tal *Sedaliz*, que en la faición está, malos truenos le confundan, y era alpargatero en mi pueblo, que llaman Borja, para servir a usted.

—Lo conozco —dijo Fago—, y sé que sus habitantes no son los menos brutos ni los menos nobles de Aragón.

—Dispénseme, señor: usted es de iglesia.

—Efectivamente: soy sacerdote.

—Se le conoce en lo *aflegidico*... Los hay de dos clases: los *aflegidicos*, que son los buenos, y los de pelo en pecho, que mataban franceses en la otra guerra, y ahora salen contra los pobres *cuscos*... Pues, señor, si quiere que le diga lo que hay tocante a mí, lo primero, ya digo, es que después que me plantó *Sedaliz* en metad de la calle, dejándome con lo puesto, me amparó uno que le llamaban *Comecome*, de junto a la Huecha; mas como era casado, le dejé, ya digo, porque a honradez podrán ganarme, pero a conciencia no... y me fui a Zaragoza, donde hablé con un chicarrón de infantería de la Guardia Real, ya sabe, los primeros que vinieron hace dos años a sofocar la faición, lo cual que no la sofocaron. Era el tal de junto a Tarazona, bueno como el pan; pero muy cuitadico, en fin, de los *que no encuentran agua en el Ebro.* Con su casaca abrochadica, el correaje en cruz, y la gorra de pelo con la chapa, estaba como un Sol. A los de la Guardia se les llamó entonces *guiris* porque llevaban tres letras, G. R. I., en la gorra y en la cartuchera, y *guiris* se les llama todavía. Pues, ya digo, aquel y yo contábamos casarnos cuando acabara el servicio... Era un pedazo de animal como los ángeles... Pasó el Cuerpo a Logroño, y yo detrás del Cuerpo... Mandaba el general Lorenzo... Siguió el Cuerpo a Navarra al mando del general Rodil... yo no podía menos de ir detrás del Cuerpo, donde tenía mi alma... ¡Ay!, ya digo, se me parte el corazón cuando lo cuento. En la faición de Artaza me le mataron... ¡Pobre *maño*, rico mío! Le vi cadáver, arrimado a una peña, que parecía dormidico... Estuve mala de la desazón y me acogieron unos vecinos de Abarzuza. No le puedo contar, porque es cosa larga, cómo vine a parar a Funes, orilla de este pueblo, donde hice conocimiento con Pascual Muruve, por mote *Mediagorra*, que es uno de los *urbanos* de más calzones que tiene usted en la torre, y allí se batirá hasta dar las boqueadas, porque, ya digo, es muy entero, y él sabe que por ser tan bravo hablo con él, que si no no hablaba.»

A este punto llegaba la moza de su relación, cuando oyeron gran tiroteo y vieron aumentada la humareda que envolvía la iglesia.

«Padrico del alma —dijo una de las más afligidas, llamada Claudia, que era mujer legítima de un urbano—, lléguese a ver qué pasa...

—Por lo visto —replicó Fago—, se han roto las hostilidades, y creo que los señores cívicos lo pasarán mal.

—Son tercos, y morirán antes de rendirse —observó otra llorando, pero sin perder la entereza.

—Mosén, vea lo que hay, y venga después a contárnoslo —indicó una tercera—. Si les dan cuartel, deberían rendirse, que harto han hecho ya por la bandera urbana y por la reina chiquitita. ¡Ay, Dios mío, qué será de ellos!

—Que Dios les dé fortaleza; que no se entreguen.

—Que vivan, aunque tengan que entregarse.

—No, no... Rendirse no. Cada uno mira por la honrilla... ¡Que viva el *Cuerpo*!

—Eso, eso... lo primerico el *Cuerpo*.

—Que es el alma, como quien dice, el amor propio de uno... De una también, porque lo que aquí sobra es patriotismo.

Pronto se enteró Fago de lo que ocurría, que era lo más sencillo, lo más conforme a la marcha natural de los acontecimientos. Salvadas las mujeres, se rompieron de nuevo las hostilidades con recrudecimiento de fiereza por una parte y otra. Hacia el mediodía preguntaron los urbanos si daban cuartel, y como les respondieran que no, siguieron apurando su defensa con la débil esperanza de que por cansancio levantasen los facciosos el sitio y se largaran a expugnar otro pueblo. Pero lo que hicieron fue atizar más el fuego de la iglesia, y abrir una comunicación directa de ésta con la torre, para que el humo envolviera completamente a los sitiados. La tarde fue para éstos angustiosa: el humo les ahogaba, y recalentada toda la fábrica, sentían que se les quemaban las plantas de los pies. Al anochecer lograron los facciosos arrojar materia combustible en la parte baja de la torre. La mitad de los urbanos o habían muerto o estaban fuera de combate; los restantes aún hacían fuego desesperados, al amparo de las campanas, y de tiempo en tiempo gritaban: «Cuartel, cuartel»; pero de abajo respondían: «Discreción, y pronto, pronto.»

Con estas noticias, que Fago llevaba a la tribu de *urbanas* acampadas en las eras y corralizas del pueblo, las pobres mujeres no hacían más que llorar y lamentar su suerte. Esposas eran algunas, hermanas otras, arrimadas las menos: todas amaban en diferentes estilos. Tan pronto rezaban invocando a la Virgen y a los santos con fervor sincero, como arrojaban de sus bocas horrendas maldiciones contra la facción, contra su general, su Rey, y el demonio que los trajo al mundo. La gallarda Saloma decía: «¡Que no se rindan, contro!... Tú no te rindes, Mediagorra; ¿verdad que no te rindes, *maño* mío?»

VI

A media noche, los urbanos que aún vivían, no pudiendo resistir más el calor que les abrasaba, medio locos de furia, de hambre y de sed, dejaron de hacer fuego. Lentamente descendieron por las escalas, tiznados, los ojos enrojecidos, manos y pies como carbón. Al llegar al suelo apenas podían tenerse en pie. «Vamos, hombres —les dijeron—, por zoquetes os pasa esto. Ved aquí lo que habéis adelantado con vuestra terquedad.

—Que... ire-contra! ¿Nos van a fusilar? —preguntó el más significado de ellos.

—Naturalmente —replicó el capitán, con toda la naturalidad del mundo en la entonación de la palabra—. Pues ¿qué queríais?... Vaya, que os traigan un trago de vino.

—*Chiquio* —dijo uno, que era de Borja—, nos mandan al *pocico*.

—Qué... ¿te pena?

—*Miá* que yo...

Aterrado se alejó Fago, y no sabía cómo dar la tremenda noticia a las mujeres. No se atrevió a decirles más que esta frase: «Se han rendido... Ahora los de abajo les convidan a vino.» Prorrumpieron en chillidos las mujeres, gritando: «Les dan la *bebía*: es la señal de *afusilar*.»

La más brava era siempre Saloma, que dijo: «Mediagorra no tiembla... ¿Qué ha de temblar si es de bronce?»

Desde media noche empezaron las tropas a evacuar el pueblo. Salieron primero el 7.º y 5.º de Navarra; luego los granaderos, el Cuartel general. Zaratiegui partió a las dos, y Eraso quedó el último. El vecindario no pudo entregarse al descanso, pues como se levantara viento, temieron que el fuego cundiera de la iglesia a las casas próximas, y se quemase todo Villafranca. Ocupáronse con los soldados del 3.º y parte de los guías en cortar el incendio, y los del 1.º de Guipúzcoa ejecutaban la orden de vaciar las cubas de vino en las casas y bodegas de cristinos, resorte de guerra que se empleaba siempre en la Ribera, a fin de empobrecer al enemigo y aterrar a los labradores desafectos. Corría el líquido por las calles, mezclándose en algunos sitios con el rojo de la sangre, tan fácilmente derramada como si los cuerpos humanos fuesen odres que se vacían para volverlos a llenar.

Las *urbanas* quisieron reunirse a sus hombres. Aún ignoraban algunas de ellas si el suyo o los suyos habían perecido en la torre, o estaban entre los vivos condenados a muerte. Corrieron hacia la plaza; pero el movimiento de la tropa que evacuaba el pueblo les cortaba el paso a cada instante, y en la oscuridad de la noche se separaron en diferentes grupos, se perdían, volvían a encontrarse para separarse de nuevo. Llamaban a los suyos; nadie las escuchaba. No faltaron gentes piadosas del otro bando que las auxiliaban y querían consolarlas. El incendio, medio extinguido ya, alumbraba muy poco; la noche era lóbrega; no soplaba viento; el humo pesaba sobre las angostas calles; el olor de madera quemada infestaba toda la villa; no se respiraba aire, sino ambiente de maldiciones mezcladas a un aliento insano, como transpiración de enfermo corrupto. Sin llegar a donde querían ir, porque los cordones de tropa se lo impedían, cada una de las urbanas iba por su lado, como en los viajes de pesadilla, revolviéndose por las calles, siempre a oscuras, entre el vértigo de los soldados y paisanos que corrían de un lado para otro. Con Saloma y Claudia iba Fago, decidido a consolarlas en su tribulación, y encontraron a otras dos, y los cinco se dirigieron por una callejuela que conducía a la ermita de San Bartolomé. Habían oído decir: «por ahí los llevan», y corrieron tras el tumulto. No bien llegaban a unos treinta pasos de la ermita, un pelotón de soldados les cortó el paso. Detuviéronse ellas y él aterrados, sin resuello, con la corazonada de un inmenso duelo. Oyeron una exclamación salvaje, horrendo coro de seis, ocho o veinte voces (no se podía apreciar el número), que con desconcertados y roncos acentos gritaba: «¡Muera Carlos V!...» Siguió una descarga cerrada, varios disparos sueltos... Después un silencio lúgubre.

¡Pobres urbanos! ¡Así pagaban su tenaz constancia celtibérica! ¡Así se derrochaba el tesoro inmenso de la energía española! ¡Es verdadero milagro que después de tan imprudente despilfarro del caudal por uno y otro bando, todavía quedara mucho, y quedará siempre, y quede todavía!

Pues, señor, Fago se encontró solo con Saloma. La Claudia había dado un salto y desaparecido en dirección del sitio de la hecatombe. Otra de ellas yacía desmayada en el suelo. Al oír la descarga, Saloma, a quien el capellán quiso tapar la boca para que no gritase alguna barbaridad que les comprometiera a todos, le mordió la mano, y tanto hincó los dientes, que al buen cura le quedó señal para mucho tiempo. Luego, dando un resoplido, con ronca voz dijo: «Acábate, mundo, pa no ver esto... ¡Ay, ay!... Padrico, lléveme a donde pueda gritar y, desahogar todo este veneno de mi alma.»

El movimiento de la tropa, que regresaba del lugar del suplicio, obligoles a volverse por donde habían venido; pasaron junto a la plaza, donde no se respiraba más que humo fétido (porque en los últimos momentos del sitio de la torre habían quemado en el interior de ésta gran cantidad de pimentones, a fin de asfixiar más pronto a los sitiados); pasaron de largo a toda prisa; buscaban la salida del pueblo por el lado del río, y en el arrabal encontraron a otras dos *urbanas*, que se arrancaban los pelos en el paroxismo de la desesperación, rodeadas de gentes compasivas que con palabras piadosas y dulces trataban de mitigar su pena. Sin detenerse más que breves momentos, Fago y Saloma siguieron adelante, pisando fango, resbalando sobre el suelo reblandecido, metiendo los pies en charcos inmundos. «Pisamos sangre humana», dijo el clérigo con terror. Y replicó Saloma: «No, Mosén, que es vino. ¿No vio que soltaban las cubas?»

Llegado que hubieron a la salida de Villafranca, se desviaron de la dirección que llevaba la tropa, y Fago se plantó de pronto diciendo: «¿Pero adónde voy yo? Tengo que seguir al ejército hasta reunirme con el Cuartel Real.

—¿Con ésos, va usted con ésos?

—Naturalmente... Son los míos.

—Pues los míos, ire-contro!, son los otros —gritó la moza con ronca fiereza, agitando las manos tan cerca de la cara del cura, que éste creyó que le abofeteaba—. Los otros, sí... y este *Don Zamarra, general Meampucheros*, me la tiene que pagar.

—No seas loca, que las mujeres nada tienen que hacer en estas guerras.

—¿Que no? ¿Que no somos guerreras nosotras? Ya lo verán —dijo con exaltación delirante. ¡Muerto *Mediagorra*! Pus ¡viva *Mediagorra*, vivan los hombres que saben morir con decencia! Soy de Borja, Padrico. He mamado de la teta del Moncayo... No sé hablar más que con hombres valientes, ¡ea!... Si es usted *falso* (cobarde), buenas noches.

—Yo no soy *falso* ni valiente; soy sacerdote.

—Pues oiga: en Cadreita, dos leguas de aquí, hay un cura que ha levantado una partida liberal, y mata faiciosos como moscas.

—*Vade retro*. Ése será un perdido.

—Un ganado... Si quiere, nos vamos allí.

—¿Yo? ¿Por quién me tomas? Soy capellán del Cuartel Real.

—Buen provecho. ¡*Miá* que Rey ése!...

—Es Rey, el Monarca legítimo, Saloma, y todo lo demás es intriga y usurpación de los impíos y masones de Madrid. Pero el infierno no puede triunfar, aunque Dios le permita ventajas pasajeras para probar a los buenos.

—¿Y los buenos son ésos, ésos, los de *Don Zamarra*? —preguntó la baturra, picaresca, con toda la malicia y desvergüenza del mundo en su bello rostro—. ¿Lo cree usted, Padrico?

—Como ésta es noche. Creo en la legitimidad, creo en los derechos indiscutibles de don Carlos, creo que los ejércitos carlinos defienden al verdadero Rey y al Dios verdadero.

—Y yo creo que es usted bobo. *Miá* que Dios... ¿Qué tiene que ver Dios con la guerra? ¿A Dios le puede gustar que haigan fusilado a *Mediagorra*?

Fago callaba, sin saber qué decir. Atravesaron solos un campo yermo, y halláronse sin saber cómo en el camino por donde marchaban las tropas. Un mozo de los que habían conocido a Fago en Falces se llegó al grupo, y extrañando ver al clérigo en tal compañía, le dijo: «*Mosén Custodio*, no se deje engañar de ésa. La conozco, y sé que es muy perra.»

Trabáronse de palabras y un poco de empujones la moza y el baturro, llevando la mejor parte Saloma, que le dijo: «Anda allá, *falso*... ¿Tú quién eres? Un hambrón... Has venido aquí pa comer, porque en tu casa no lo hay.

—Vete, vete pronto *a orilla* de los *guiris*.

—Sí que me voy. Y tú y Zamarra... Detrás de la boñiga del *legítimo*.

—A mucha honra.

—Y yo voy *onde* quiero. Con *bustedes* si me da la gana.»

Agregáronse otros, y con jovialidades de dudoso gusto la incitaban a subir con ellos a una de las galeras.

«¡*Miá* que yo...! Voy a Cadreita, donde dejé mi *legítima*... la burra, hombre... Allí me monto, y muera la *faición*.

—Anda, saltamontes, zanganota.

—Llévense al Mosén, que está *arguelladico*.»

Apareciose de improviso el capellán Ibarburu, furioso contra los chicos, a los que amenazaba con su bastón, diciéndoles: «Animales, os estoy buscando hace una hora. ¿En dónde tenéis el carro?

—Allí está, señor. Monte cuando guste.»

Reparó Ibarburu en el bulto del capellán, y al pronto no le reconoció por estar encorvado, calladico y pasado de frío, hambre y tristeza.

«Sí, sí —respondió tímidamente—: soy José Fago.

—Véngase conmigo, y por el camino comeremos un bocadito.»

Al coger del brazo a su colega, Ibarburu reparó en Saloma. «¿Qué pájara es ésta?» —preguntó a los chicos. Y como respondiesen que era *la de Mediagorra*, el capellán echó mano al bolsillo, y sacando una peseta se la dio a la baturra con estas compasivas palabras: «Toma, hija, y vete con Dios... ¡Pobre Pascual! Mañana le aplicaré la misa.»

Sin oír lo que Saloma agradecida le contestaba, dirigiose al vehículo, donde ya un chico de tropa le había puesto las alforjas y la maleta. Fago le siguió silencioso. La baturra se despidió airosamente de sus paisanos con breves palabras despreciativas:

«*¡Arre, asolutos!*»

VII

«Vamos a Caparroso —dijo Ibarburu al ponerse en marcha la galera—: buen pueblo, totalmente adicto a la causa. El Cuartel Real ya está allá, y seguirá mañana hacia Carcastillo... Qué, ¿se duerme usted, señor de Fago?» Por un rato intentó éste sobreponer su cortesía a su cansancio, sosteniendo con monosílabos la verbosidad del hablador Ibarburu; pero tanto pudo al fin el desmayo de su cuerpo y de su espíritu, que se durmió profundamente, obligando al otro a hacer lo mismo. El horrible zarandeo del carro por tan ásperos caminos no quebrantaba el profundo reposo de aquellos cuerpos, endurecidos ya en las continuas molestias y trabajos de la guerra. Diéronles en Caparroso alojamiento comodísimo en una casa de labradores, a la entrada del pueblo; y bien instalados en la cocina, que era la mejor pieza, ante un fuego de sarmientos, que chisporroteaban con alegre sonido, pasaron una mañana agradabilísima, y repararon uno y otro sus estómagos, que bien lo necesitaban, sobre todo el del aragonés por causa de los prolongados ayunos que agravaban sus hondas tristezas. Pero aquel día, animado por el ejemplo de su colega, que quería vivir a todo trance, comió con tanta gana, que entre los dos despacharon medio cordero, asado a su vista, echándole encima porción cumplida de vino del país, fresco y confortante.

Al fin del almuerzo parecía Fago otro hombre, y hasta se volvió comunicativo, arrancándose a contar a Ibarburu diferentes hechos de su vida que a nadie había querido contar.

Siguieron la misma tarde de aquel día para Carcastillo, donde, de noche ya, les deparó la Providencia otra cocina con buena lumbre de sarmientos, el cazuelo de sopas, el cordero, el vinito y una gente obsequiosa y hospitalaria que se desvivía por agasajarles. Con los soldados que allí se alojaban, las mujeres de la casa y dos o tres viejas, rezaron el rosario, y echaron después un parrafito, todos con mucho sueño, acerca de la guerra y de las contingencias favorables que se barruntaban, asegurando Ibarburu que estaba *al caer* la presentación de muchos *peces* gordos del *cristinismo*, oficiales de artillería e ingenieros, y tal vez, tal vez más de cuatro generales de los más calificados. Con esto empezaron a roncar los de tropa acomodándose en el suelo, entre mantas; las viejas siguieron rezando para que Dios hiciese bueno todo aquello que el capellán decía; y mientras los chiquillos apuraban el contenido de los platos, y los dos michos de la casa y el mastín afanaban lo que podían, los dos clérigos se fueron a la alcoba de los patrones, que obsequiosamente se les había cedido, y durmieron como príncipes.

Al día siguiente pudo Fago reunirse con el señor Consejero de Castilla, don Blas Arespacochaga, de quien era capellán, y le explicó las razones de haberse extraviado en el camino, quedándose en la retaguardia del ejército, sin maleta y sin caballo. Recobradas una y otro, tanto él como Ibarburu dieron betún a sus botas, rasparon hasta donde era posible las cascarrias de sus balandranes, se asearon un poco, y se fueron tan ternes al cercano Monasterio de bernardos de Oliva, con objeto de besar la mano a la Majestad de Carlos V, que allí tenía su alojamiento. En la Sala Capitular, rodeado de frailes, estaba el Rey, por cierto con menos ceremonia y tiesura de la que al absolutismo parecía corresponder, y a todos los que entraban y le hacían la reverencia les agraciaba con una sonrisita bonachona, en la cual era más fácil distinguir al pretendiente que al soberano. Hicieron los dos clérigos puntualmente todo lo que mandaba la etiqueta, mostrándose Ibarburu extremadamente flexible de espinazo; y después de reparar el estómago con bizcochitos y vasos de vino que en el refectorio ofrecían los bernardos, se volvieron a Carcastillo con descansado andar, charlando en tonos de la mayor confianza. En aquel paseo hizo Fago al otro clérigo confidencias tan interesantes, que es forzoso reproducirlas punto por punto.

«Puesto que es irresistible en mí el anhelo de manifestar todo lo que siento y todo lo que discurro, ¿qué mejor ocasión que la presente, teniendo al lado al que como amigo y como sacerdote puede escucharme? Esto será confidencia amistosa, y al propio tiempo efusión de conciencia. Luego que usted sepa lo que anda por dentro de este desgraciado, podrá aconsejarme y dirigirme con buen criterio. Creo que no hay que repetir los antecedentes.

—No: recuerdo muy bien lo que usted me contó en Caparroso, su vida licenciosa de seglar. Era usted un libertino; el demonio le tenía entre sus uñas, y no había pecado mortal que usted no cometiese... Perfectamente: el robo de Saloma, su desaparición... todo lo recuerdo bien. Después vino el arrepentimiento. Dios quiso recobrar el alma perdida... El demonio entregó su presa... Muy bien. Se hizo usted sacerdote, y el estudio y la oración fortificaron su alma, eliminando de ella hasta las últimas heces del pecado y los vicios... Perfectamente.

—Y recordará usted también el suceso terrible de mi encuentro con Ulibarri...

—Sí, sí... Mandáronle a usted auxiliar a un reo de muerte y... ¡conflicto extrañísimo y altamente patético! Dios le puso frente al hombre que había ofendido... ¡y en qué situación uno y otro! Reo él, usted confesor. ¡Sorprendente caso de conciencia! ¡Cómo se ve la mano de Dios!... Adelante. Comprendo la sacudida, la intensísima emoción que usted sufriría... Sin el favor del Cielo, habría usted perdido la razón, amigo mío.

—Así lo creo. No me he vuelto loco por especial favor de Dios, que en aquella ocasión terrible, como en otras de mi vida, ha mirado por este siervo indigno.

—Perfectamente. Cuénteme usted lo demás, pues lo que sigue al entierro del alcalde de Miranda me es desconocido.

—Lo que ha seguido es simplemente un estado de conciencia y de pensamiento que me tiene en grandísima zozobra.

—¿Conciencia?... ¡Hola, hola!

—Aguarde usted... Yo no había visto nunca de cerca la guerra. Me ha impresionado profundamente...

—Inspirándole repulsión, tristeza, lástima de las innumerables víctimas...

—No, señor; eso me ocurrió el primer día; después, no. Ante todo, quiero que me dé usted su opinión sobre un punto que creo elemental, y que desde anoche me sugiere angustiosas dudas. Yo pregunto: ¿Dios autoriza las guerras? ¿Dios puede tomar partido por uno de los combatientes, amparándole contra el otro, o abomina por igual de todos los que derraman sangre humana?

—Amigo mío, Dios ha de mirar mejor a los que defienden sus derechos.

—¡Los derechos de Dios!, ¿qué es eso?

—Hombre, la fe... Me parece que esto es claro. Quiero decir que entre dos que luchan, Dios ensalzará al que le adora y hundirá al que le escarnece. Paréceme que de esto hay elocuentes ejemplos en la Historia sagrada y profana.

—No acabo de convencerme, señor mío... Dios ha dicho: «No matar.»

—Sí; pero distingamos: salen dos grupos de hombres, uno que defiende la verdad y la justicia, otro que patrocina el error y el pecado. Cruzan las espadas. Dios ha dicho: «No matéis»; pero...

—¿Pero qué?

—Digo que es forzoso impedir, *como se pueda*, que el mal impere sobre la tierra.

—Y esto solo se consigue matando.

—Justo.

—Luego las guerras pueden tener su lado humano y su lado divino, y hay o puede haber ejército de Dios y del diablo.

—¿Qué duda tiene?

—Bueno: pues admitido que Dios autoriza el matar, surge nueva duda en mí, que me confunde y anonada. Se me ocurre que el *exequatur* de Dios, o sea su permiso para que nos matemos, se concreta exclusivamente a los actos de agresión que constituyen el combatir propiamente dicho. En la lucha, muy santo y muy bueno que haya muertes, pues de otro modo no habría lucha, ni victoria del bien sobre el mal. Lo que no me ha entrado todavía en la cabeza es que Dios consienta el matar frío y carnicero, como sacrificio de reses, por las llamadas leyes de guerra, bien con el fin de asegurar la disciplina, bien con el de aterrorizar al enemigo, y quitarle auxiliares o medios de comunicación. ¿Me explico?

—La guerra no puede ser eficaz de otra manera, amigo mío. Si no admitimos el eclipse total de la benignidad y compasión por motivos de disciplina, o de organismo militar, no hay victoria posible, y el matar, que es un mal, sería interminable, y la paz, el supremo bien, no se restablecería nunca. Las crueldades que vemos un día y otro son actos de política, absolutamente necesarios.

—¿Y hay política de Dios, como hay guerra de Dios?

—¡Oh!, seguramente.

—Y admitido que, para resolver el tremendo litigio entre la verdad y el error, no hay más remedio que armar soldados y efectuar con ellos todo lo que manda el arte de la guerra, hemos de admitir necesariamente los duros castigos, las represalias, etc., etc.

—Luego ¿todo el organismo bélico, con la matanza del enemigo, el burlarle con engaños, la continua destrucción de vidas y haciendas, el castigo de inocentes conforme a la política militar, la guerra, en fin, puede ser y es en algunos casos de Dios?

—Así lo creo, y en conciencia lo afirmo.

—Muy bien: opinión tan resuelta me tranquiliza sobre el punto capital; pero aún andan rondándome el espíritu ciertas dudas. Vamos a ver. Yo pregunto: ¿este ejército que defiende la causa de Carlos V contra la causa de la hija de Fernando VII, podemos y debemos considerarlo como verdadera milicia cristiana? Me parece bastante dar este nombre a lo que antes llamábamos *ejército de Dios*.

—Hombre, no sé cómo abriga usted tales dudas. Supongo que habrá estudiado el caso histórico. Un sacerdote no debe tener escrúpulos en lo tocante a los derechos augustos de la legitimidad, ni vacilar tampoco en la creencia de que don Carlos es la religión, la virtud, la moral, el bien de los pueblos.

—Contra el mal, contra la impiedad y el libertinaje: estamos conformes. Por consiguiente, si ésta es milicia cristiana, la otra es milicia impía, verdadero ejército del demonio o de todos los demonios. ¡Si no lo pongo en duda!... Quería yo que usted confirmase esta opinión con su autoridad. Yo dudé, tenía mis escrúpulos: deseaba que el dictamen de un hombre de estudio los disipara. Ya no dudo, ya sé a qué atenerme: puedo manifestarle sin rebozo ese estado singularísimo de mi espíritu de que antes le hablé.»

Apenas llegaban a las primeras casas de Carcastillo, vieron movimiento de tropas. No tardaron en informarse de que pronto saldrían el ejército y el Cuartel Real en dirección a Sangüesa, por lo que se dieron prisa a entrar en su alojamiento y a disponer la marcha.

VIII

No sin dificultad pudo Ibarburu conseguir un mulo y una yegua, y caballeros los dos fueron juntos y en agradable conversación por todo el camino; mas Fago no tocó el tema que había quedado pendiente, pues tales cosas, según dijo, no eran para tratadas a la ligera, galopando entre el bullicio de la tropa en marcha. En Sangüesa fueron alojados, juntamente con el brigadier La Torre y el auditor Lázaro, en una de las mejores casas de la población, y por la noche, después de cenar en buena compañía, con señoras y todo (a las cuales La Torre, hombre de refinado trato social, entretuvo con donaires del mejor gusto), se les destinó una alcoba con tres camas para ellos dos y el auditor, no siendo posible mejor acomodo, porque la ciudad le venía muy chica a ejército tan grande. Decididos a esperar el sueño de su compañero de cuarto para charlar a gusto, tuvieron la suerte de que el señor Lázaro, apenas puso la cabeza en la almohada, rompiera en ronquidos profundos. Al son de esta música, que más era molestia que estorbo, hizo Fago a su amigo la confesión siguiente:

«Ha de saber usted que desde que ando entre soldados, mejor dicho, desde que vi al general Zumalacárregui, se me ha metido en el alma un ardentísimo deseo de tomar las armas.

—¡Hola, hola!...

—De lo que he luchado en mi conciencia para combatir este sentimiento guerrero, que me parecía inspiración del demonio, no puede usted tener idea. Porque lo que siento, créame usted, es una furia, un frenesí impulsivo, y al propio tiempo un profundo desprecio de la vida de mis semejantes, sobre todo si son del bando o facción contraria a nuestras ideas. Y como conceptúo que este sentimiento se da de trompicones con la mansedumbre, cualidad primera del sacerdote, de aquí mi confusión, mi terror más bien, viendo perdida en un instante la serenidad conquistada por mi pobre alma en tres años de oración y quietud, de comercio intelectual y moral con varones sapientísimos y virtuosos... Yo había conseguido la paz de mi alma, y ahora me siento, ¡ay de mí!, abrasado en loca ambición, ansioso de que mi nombre suene en todos los oídos, ávido de imponer mi voluntad, y de satisfacer un diabólico prurito de acción; de acción, señor Ibarburu, que me abrasa las entrañas y enciende llamaradas en mi cerebro. ¿Qué es esto? ¿Es que el demonio me vuelve a coger entre sus garras?

—Poco a poco, amigo mío; no se exalte usted, y estudiemos el asunto —dijo Ibarburu un tanto inquieto—. Bien podría ser que eso no fuese cosa del demonio.

—Pues de Dios no es... ¡oh!, de Dios no —exclamó Fago levantándose para estirar su cuerpo entumecido.

—No podemos afirmarlo tan pronto.

—¿Cree usted que es de Dios?

—No sé... Examinémoslo... Puede ser de Dios... ¿Por qué teme que no lo sea? ¿Por la Orden sagrada que le obliga...?

—A la modestia, a la pasividad, a la obediencia, a la humildad, a la vida oscura, al amor de los semejantes, sin distinción alguna.

—Distingamos, amigo Fago.

—No, no distingo. Si soy guerrero, si Dios lo quiere así, no puedo ser sacerdote, no quiere Dios que lo sea, me autoriza para dejar de serlo... Resultará que me equivoqué, amigo Ibarburu; que una falsa vocación, producida por debilidad mental, por pesadumbres, por cansancio, no sé por qué, extravió mi espíritu. Lo diré más claro: yo sospecho ahora que todo esto, como cosa postiza y mal pegada, se descompone, dejando al descubierto el antiguo ser: el hombre pendenciero, el bravo, el que jamás conoció el miedo... Porque ha de saber usted, y no lo digo por alabarme, que no había nadie capaz de medirse en arrogancia con José Fago.

—¿Fue usted militar?

—No, señor; pero tenía todos los instintos militares, la rapidez de la acción en las aventuras, el golpe de vista audacísimo, el desprecio de todo obstáculo, la resistencia física, la persistencia en mis fines, la energía indomable para imponer mi voluntad. Y en el fondo de todo eso, una gran rectitud moral, un sentimiento profundísimo del bien, que interpretaba a mi manera.

—¿Y cómo, señor mío —preguntó Ibarburu con asombro—, pasó usted de ese estado a otro tan diferente?

—Fijándome en ello veo ahora que la diferencia no es tan grande. Al entrar en la vida eclesiástica, aun entrando por equivocación, yo llevaba los elementos de mi ser antiguo; yo ambicionaba la lucha por la fe, el martirio, la predicación a infieles, las misiones... No es tan diferente, señor Ibarburu, no es tan diferente... Resultó que no encontré terreno apropiado a mis anhelos... Sin saber cómo, en vez de las glorias eclesiásticas, fui a parar a la política cristiana, y de la política cristiana a la guerra de Dios...

—Explíqueme usted otra cosa —dijo Ibarburu, lleno de dudas y buscando la lógica en las fluctuaciones del carácter de aquel extraño sujeto—. En presencia de la horrible tragedia de Ulibarri ¿no sintió usted que se le desgarraba el alma; no sintió espanto de la guerra, y piedad inmensa del inocente sacrificado?

—Sí señor: sentí desgarrado mi corazón, porque yo había ofendido a Ulibarri, porque éste era un hombre honrado y bueno, porque me habían llevado a su presencia para que le perdonase los pecados, y él era, él, quien debía perdonarme a mí los míos. Por eso se conturbó mi alma horrorosamente.

—Y después, al enterrarle, ¿no derramó usted lágrimas amargas, ofrenda de piedad al muerto, y a Dios, que nos enseñó las Obras de Misericordia?

—Sí, señor: lloré, y lloré con el alma, porque yo había ofendido a don Adrián... Su desastroso fin me anonadaba. Parecíame que era yo quien le había matado.

—Y en aquellos angustiosos minutos, ¿empezó usted a sentirse guerrero?

—Todavía no. En Falces, en Peralta, yo no sé lo que deseaba. El ardiente anhelo de tomar las armas estalló furibundo cuando vi por primera vez de mi vida al general Zumalacárregui, en el momento aquel de bajar de la torre las mujeres de los urbanos.

—¿Cuando las azotó?

—Cuando las azotó... No, no; antes, en el momento de verle aproximarse, látigo en mano.

—Explíqueme usted por qué la presencia del grande hombre del absolutismo, del realismo, mejor dicho, despertó tan súbitamente en usted ese anhelo...

—En mí son frecuentes las explosiones de un sentimiento... ¿lo llamaré virtud, lo llamaré defecto? No sé cómo llamarlo. Lo mismo puede ser una cosa que otra. ¿Sabe usted lo que es? La emulación. Yo soy un hombre que en presencia de cualquier individuo que en algo se distinga, siento un irresistible empeño de sobrepujarle y hacer más que él.

—Cualidad es ésa, amigo mío, que puede conducir a la gloria, o a grandes desastres y miserias... Ya comprendo. Vio usted al general y se dijo: «Todo lo que tú has hecho lo habría hecho yo. Aquí hay un hombre que se siente con bríos para eclipsar tus empresas.»

—Exactamente.

—Antes de pasar adelante, dígame usted: al abrazar el estado eclesiástico, guiado, como ha dicho, por una vocación más o menos verdadera, ¿sintió usted también el estímulo de sobreponerse a las personas religiosas?

—No he visto personas religiosas que despertaran en mí esa emulación. Ya ve usted que digo todo lo que pienso con absoluta sinceridad... Yo sentía, sí, anhelo de igualarme a los santos.

—¿A los santos? Brava ambición a fe mía.

—Pero no he hallado atmósfera donde pudiera fomentarla. He conocido sacerdotes ejemplarísimos, sí; pero me ha parecido tan fácil igualarles y aun superarles, que la emulación apenas se ha manifestado en mí, y no he sentido por ello la menor inquietud... Pero si no he encontrado atmósfera de santidad, sencillamente porque no la hay, he encontrado atmósfera guerrera y política. La historia viva, tan patética y hermosa; la presencia de un hombre que rebasa la línea de la multitud, me han trastornado. Aquí, en el seno de esta dulce confianza que entre los dos se ha establecido, hablando con el amigo, con el confesor, yo me despojo de todo artificio de falsa modestia para decir: «Lo que ha hecho Zumalacárregui, lo habría hecho yo... No se ría usted de mí... lo habría hecho yo tan bien como él... y si me apuran, diré que mejor. Mi carácter ha sido siempre de una franqueza escandalosa. No oculto nada de lo que siento.»

—Señor mío —dijo Ibarburu, con un granito de sal irónica—, hace usted bien en manifestar tan sin artificio sus pensamientos. Ahora, vengan los hechos a demostramos que usted no se equivoca.

—La realidad, la maldita realidad —afirmó el otro clérigo con pena—, siempre se compone de modo que mis ideas resulten burladas. Llegué tarde a la santidad; llego tarde a la guerra. Otro ha hecho lo que yo habría podido y sabido hacer. Crea usted que esto de organizar tropas, convirtiendo en batallones aguerridos las bandas de campesinos indisciplinados, es en mí un instinto poderoso que vengo alentando desde la tierna infancia. La obra de este hombre, hermosa en alto grado, paréceme que es obra mía, y que mi espíritu se ha introducido en él para inspirarle sus resoluciones... No se ría usted, que esto no es cosa de broma. Digo todo lo que siento... Pues bien: yo llego tarde al terreno de los hechos. ¿Qué puedo esperar? Que me pongan en filas, que me den el mando de una compañía...

—Ciertamente: por algo se empieza; y si su valor y pericia responden a esos alientos, podrá usted prestar eminentes servicios a la causa sacratísima de la Religión y del Rey.

—¡Ay, amigo mío —replicó Fago con desaliento—, como digo lo uno digo lo otro! O sirvo para todo, o no sirvo para nada... Dudo que en una situación subalterna pudiera prestar servicios eficaces... Entendámonos: digo que lo dudo; no niego en absoluto que pueda prestarlos... Sea lo que quiera, he llegado tarde a la guerra, como llegué fuera de tiempo a la santidad.

—¡Quién lo sabe! En una y otra esfera no hay linderos para el hombre de gran corazón, de inteligencia poderosa.

—Los hay, sí, señor, y la emulación queda reducida a un anhelo impotente, horrible suplicio del alma... Puesto que todo se ha de decir, sepa usted que toda mi vida he sentido en mí la conciencia estratégica la apreciación de las distancias, de las alturas, del obstáculo que ofrecen los ríos... Yo conocía que en mi espíritu se formaba un arte, una ciencia; pero no se me presentó nunca la ocasión de aplicarla... Ahora, ¿de qué me sirve sentir intensamente la geografía militar... y le advierto a usted que conozco la de este país palmo a palmo, porque si no guerrero he sido cazador, y allá se va lo uno con lo otro... De qué me sirve, digo, sentir la distribución, marcha y colocación de tropas sobre el terreno, y saber calcular, al menos yo me lo creo así, un ajuste perfecto entre el tiempo y la acción?... Si he de manifestar todo, todo lo que me bulle por dentro, sin falsa modestia, diré que hoy veo el desarrollo de la guerra, paso a paso; y puesto yo en el lugar de Zumalacárregui, me sería muy fácil llevar triunfantes las banderas de Carlos V a la orilla derecha del Ebro, ganar Burgos y Zaragoza, y plantarme en Madrid, terminando la campaña en cuatro meses.

—Oh, no crea usted que me parece un disparate —dijo Ibarburu, frotándose los soñolientos ojos—. Yo no me siento, como usted, capaz de tan grande hazaña; pero de que puede y debe realizarse, no tengo duda.

—¿La realizará este buen señor?»

Fatigado ya de tanta conversación, y contemplando con envidia el sueño beatífico del auditor, Ibarburu no respondió sino con monosílabos pronunciados en bostezos: «¿No le parece a usted, amigo Fago, que debemos echamos a dormir y dejar para mejor ocasión eso de si vamos o no vamos triunfantes a Madrid... la semana que viene?»

Dicho esto, empezó a desnudarse, mientras el otro, sin ganas de dormir, se paseaba por el largo aposento, con las manos a la espalda. Temeroso de haberle lastimado con la última expresión, un tanto burlona, agregó Ibarburu palabras afectuosas: «Mañana trataremos de que se presente usted al general y hable largamente con él. Conviene que Don Tomás le conozca... Es hombre muy perspicaz, ¡oh!... gran catador de caracteres... Escóndase el mérito todo lo que quiera; ¡ah!... yo le respondo a usted de que ése lo descubre... y es más, yo le respondo a usted de que lo utiliza.

—¿Le trata usted?

—¿Al general? Hombre, ¿cómo no? Y me distingue mucho. Yo he venido a la guerra con Iturralde. Soy, pues, más antiguo aquí que el general mismo. Respondo de que será usted bien recibido.

—Pero yo —murmuró Fago con sencillez infantil—, yo, pobre de mí, ¿qué le voy a decir?

—¡Hombre de Dios! —replicó el otro agazapándose en las sábanas—. Modestísimo estáis.

—Dígame una cosa antes de dormirse. Y usted, tanto tiempo en la guerra, capellán de Iturralde, capellán de Eraso, capellán de Gómez, ¿no se ha sentido alguna vez, con el contacto diario de esos nobles guerreros, no se ha sentido... pues...?

—¿Belicoso? —dijo Ibarburu anticipándose a la expresión completa del pensamiento—. No, amigo mío. No sirvo para eso. Ayudo a la causa en mi humilde esfera eclesiástica, y jamás he pensado en las glorias de Marte. No quiero tampoco achicarme, ni diré con falsa modestia que no sirvo para nada. Es más: le imito a usted en su noble sinceridad, y digo a boca llena que he prestado y presto servicios de la mayor importancia. Yo he desempeñado misiones arriesgadísimas; yo he redactado manifiestos; yo he sostenido correspondencia con prelados, juntas de España y el extranjero, y cuando llega un apuro de personal, yo el hombro a la Intendencia... que lo diga el que ronca... yo no me desdeño de echar una mano a Sanidad... Y añada usted el diario, el continuo servicio de implorar al Todopoderoso para que incline siempre de nuestro lado la suerte de las armas... Que no lo consiguen todo las balas, amigo mío; que algo y algos, y mucho y remucho hacen las oraciones. ¿No cree usted lo mismo?

—¿Se permite contestar con absoluta sinceridad?

—Hombre, sí.

—Pues, tratándose de los éxitos de la guerra, más fe tengo en las balas que en las oraciones. ¿Es herejía?

—Herejía, no... Y puede que lo sea, porque pone usted en duda la excelsa sabiduría y el supremo criterio con que el Altísimo decide las querellas de los hombres, haciendo prevalecer a los buenos sobre los malos.

—Bueno; pues concedo. No riñamos por eso.

—Y en prueba de concordia sobre este punto importantísimo, recemos, amigo Fago, recemos; no solo para pedir a Dios perdón de nuestras culpas, sino para que nos conceda...

—Un poco de artillería, que es lo que más falta nos hace —declaró Fago terminando jovialmente el concepto.

—Diga usted que es lo único que nos hace falta. Que nos den cañones... y me río yo del paso del Ebro... En fin, recemos.»

Rezaron un buen cuarto de hora, y luego Ibarburu, disponiéndose a dormir, rebozada la cabeza en la sábana, por no tener gorro con que defenderla del frío, se despidió de su amigo con estas palabras:

«¿Y a mí se me permite hablar con sinceridad, sin el artificio de la falsa modestia, diciendo, a estilo de Fago, todo, todito lo que pienso?

—Claro que se permite... Es más: se prohíbe en absoluto la hipocresía; quedan abolidos los remilgos del disimulo.

—Pues Ceferino Ibarburu no se ruboriza de afirmar que se conceptúa necesario en el ejército del Rey legítimo, y que está plenamente convencido de que, el día del triunfo, sus servicios no pueden ser en justicia recompensados con menos que con una mitra.»

Ya no dijo más, y se quedó dormido. «¡Una mitra! —pensó Fago paseándose—. Éste será obispo... y yo... Nada.» Sorprendiéronle en vela las primeras luces del día.

IX

De Sangüesa marcharon los carlistas con su Rey a Lumbier, y sin detenerse aquí más que algunas horas, continuaron en dirección de Aoiz. Temiendo que fuerzas considerables mandadas de Pamplona le cortaran el paso de Zubiri, apresuró Zumalacárregui su marcha, corriéndose por el norte de la capital en busca de su habitual base de operaciones, las fragosidades de Andía y Urbasa. El único hecho militar de importancia, en los días de esta atrevida marcha, fue el combate, desgraciado para los carlistas, entre la columna de Mancho y la división del general cristino Linares: ocurrió muy a la derecha del ejército de Zumalacárregui, en la Foz de Aispuri cerca de la frontera de Aragón. Las ventajas obtenidas en aquellos días por don Carlos consistieron en la presentación de bastantes oficiales del ejército nacional, perseguidos o postergados por sus opiniones realistas, descollando, entre estas valiosas adquisiciones, la del artillero don Vicente reina, a quien recibieron como enviado del cielo. Solo tres cañones de montaña tenía Zumalacárregui, y como no era fácil quitarle piezas al enemigo, ni menos traerlas del extranjero, daba vueltas en su fecundo magín a la idea de construirlas en el país. A principios de aquel año había sorprendido la fábrica de municiones de Orbaiceta, apoderándose de gran cantidad de proyectiles, que mandó enterrar en diferentes puntos de los enmarañados montes. Lo primero que hizo reina fue examinar uno por uno aquellos depósitos, y conocidos el calibre de las bombas y granadas, Zumalacárregui propuso al oficial y a un químico navarro, llamado Balda, que le fundieran dos obuses.

Por este tiempo, y hallándose el Cuartel Real y el ejército en el valle de Araquil, tuvo Fago ocasión de tratar a Gómez, que mandaba dos batallones; mozo despierto y valentísimo, a quien, andando el tiempo, había de hacer famoso la audaz expedición o correría que en la Historia lleva su nombre. Por un cambalache de caballos entraron en relaciones, y comieron juntos y merendaron más de una vez. Era Gómez franco y decidor; Fago, taciturno: por esta diferencia quizás simpatizaron. Una noche le mandó llamar a su alojamiento para decirle que sabedor el general de sus aficiones belicosas, por más que de ellas no hiciera alarde, deseaba verle. A la mañana siguiente le designó sitio y hora el ayudante Plaza, y, con efecto, a punto de las diez entraba el clérigo en la casa del cura, donde el guerrero famoso se alojaba. Una horita de antesala tuvo que aguantarse, porque estaban de conferencia el artillero reina, el químico Balda y dos señores del Cuartel Real. Al fin pasó mi hombre, y fue recibido por Zumalacárregui con severa cortesía, tan distante de la familiaridad como de la rigidez orgullosa. Mandole sentar, le pidió permiso para repasar unos papeles, y después, mirándole fijamente, con aquella atención penetrante que era en él habitual, le dijo: «Amigos de usted me han informado de sus aficiones a la guerra. Déjeme usted ser franco y decirle que los curas armados me gustan poco.

—Y a mí menos, mi general.

—Algunos he tenido muy bravos; pero no los quiero, no los quiero. El soldado es el soldado, y el cura, el cura: cada cual en su profesión... El soldado combatiendo sirve a Dios, y el cura rezando sirve al Rey. ¿No le parece a usted?

—Sí, señor.

—A los que se me han presentado con ganas de pelea, y a los que estaban con Iturralde cuando yo me hice cargo del mando, les he puesto en filas. Unos se han cansado y se han ido. Otros, muy pocos, continúan y son soldados excelentes. Pero no les dejo capitanear partidas volantes, porque tengo para mí que nos afea la causa el espectáculo de Cristo con un par de pistolas.

—Lo que dice vuecencia me parece muy atinado —declaró Fago con fría conformidad—. Pero si así piensa, sírvase decirme para qué me ha llamado.

—Tenga usted paciencia —contestó Zumalacárregui, atravesándole otra vez con su mirada como con una aguja—. Si es muy vivo el entusiasmo de usted por la causa, como me han dicho, quizás encuentre yo medios de utilizar las cualidades que sin duda tiene. El señor Arespacochaga me ha dicho que abrazó usted el estado eclesiástico como arrepentimiento y corrección de una vida disipada.

—Es verdad.

—¿Es usted navarro?

—No, señor: soy aragonés, de la Canal de Berdún.

—¿Conoce bien su país?

—En mi país y en todo el territorio de las Cinco Villas no hay rincón que no me sea tan familiar como mi propia casa. La Ribera de Navarra también me la sé palmo a palmo, y la merindad de Sangüesa lo mismo. Del resto de Navarra que he recorrido como cazador o paseante en mis tiempos de mozo, y de la Parte de Guipúzcoa donde he vivido últimamente, solo diré que montes y ríos me conocen a mí.»

Zumalacárregui le observó un rato sin decir nada. Era hombre que oía más que hablaba, y que no gustaba de palabras ociosas.

«Sin el conocimiento práctico del terreno —dijo después de una pausa—, no se puede ser buen militar. Y según mis noticias, que ha corrido tanto por estos vericuetos, debe de conocer hombres tanto o más que a los ríos y montañas... Señor Fago, yo podría encargarle a usted de una comisión, que no es muy militar que digamos; comisión poco gloriosa, poco brillante, pero que, en las circunstancias presentes, desempeñada con diligencia y sagacidad, nos resolvería un gran problema... Y se me figura que usted sabría prestar este servicio al Rey con el sigilo y la prontitud que el caso requiere... Fíjese usted. No se trata de ninguna empresa heroica, sino de un trabajo modesto, para el cual se necesita paciencia, astucia, honradez, amor a la causa y... valor; también se necesita valor, porque la cosa tiene sus peligros.

—Dígamelo pronto, mi general —replicó Fago, que se abrasaba en impaciencia.

—Pues verá usted: poseemos gran cantidad de proyectiles, de los que cogimos en Orbaiceta; pero nos faltan cañones... Si yo tuviera un par de obuses, no se reirían de mí las guarniciones de las villas de Navarra. ¿Y cómo me las compongo para adquirir esas dos piezas? Se me ha ocurrido hacerlas. Reina y Balda me han dicho ayer, y hoy me lo han repetido, que si les doy metal, fundirán los obuses en la ferrería de Labayén. ¿Pero de dónde saco yo el metal?

—Lo mismo digo: el metal, ¿dónde está? Habrá que extraerlo de las entrañas de la tierra.

—No, señor: hay que sacarlo de las entrañas de las cocinas y comedores de todas las casas de Navarra y Aragón, y el buscarlo y traérmelo es la misión que se me ha ocurrido encargar a usted.

—Comprendido, mi general. Vuecencia quiere que yo haga una colecta de cacerolas, badilas, almireces, aros de herradas, chocolateras, velones, braseros y demás objetos de cobre.

—En cantidad considerable —indicó Don Tomás sin mirarle, trazando con la pluma una rápida cuenta sobre el papel que delante tenía—, porque... Señor mío, no me contento ya con los dos obuses, y haré dos piezas de batalla de a ocho, y quizás cuatro... vamos, seis. Crea usted que si conseguimos esto, la campaña tomará otro giro... ¿Qué tiene usted que decir?

—Que se necesitan... No puedo calcularlo... pero creo que no hay bastantes badilas y almireces en Navarra y Aragón para esa obra, mi general.

—¿Pues no ha de haber?

—¿Y ese material, entendámonos, se compra, se pide... O se toma?

—Tráigamelo usted, y arréglese como pueda para obtenerlo. La habilidad del comisionado consiste en reunir metales con el menor gasto posible. En los pueblos adictos hallará usted muchas familias que ofrezcan su chocolatera para fundir los cañones de la Monarquía legítima; otras menos fervorosas darán ese adminículo por poco dinero, y habrá también quien lo niegue... Al que lo niegue se le quita, respetando siempre los conventos y casas de religión... En fin, que la causa necesita artillería, y el país debe proporcionar los medios de fabricarla. El sacrificio no es grande. Que sustituyan, durante algún tiempo, el cobre con el barro. ¿Qué más da?

—Admiro —dijo Fago con profundo respeto—, la energía de vuecencia, la fecundidad de su mente y la firmísima voluntad que aplica a cosas al parecer nimias para llegar a la realización de grandes fines. Lo que yo siento es no poder prestarle el servicio que me propone, no por falta de buenos deseos, sino porque no me reconozco con aptitudes para eso que... No sé si es tráfico de quinquillero, o postulación de mendicante... O algo que requiere mañas parecidas a las de los gitanos.

—Es un servicio de guerra como otro cualquiera; servicio que requiere destreza, habilidad y valor, porque si usted consigue reunir, como es mi deseo, grandes cantidades de metal en las Cinco Villas, y me las trae, fíjese bien, franqueando los caminos carretiles, donde es muy fácil encontrar columnas cristinas, necesitará desplegar cualidades militares que no son comunes. Le daré a usted alguna fuerza.

—¿Cuántos hombres? —preguntó Fago con inmenso interés.

—A ver... Dígalo usted... Le advierto que necesito el metal pronto, y que le señalo a usted ocho días, a lo sumo, para traerme los quinientos quintales.

—Pues ponga vuecencia a mi disposición una columna de doscientos hombres.

—¡Doscientos hombres! Es mucho —dijo Zumalacárregui sin mirarle, liando un cigarrillo—. No me vaya usted a salir con una partidita volante que moleste a los pueblos de Aragón sin gran ventaja para la causa. En aquel terreno, figúrese usted lo que tardarían en merendársela los cristinos... ¡Doscientos hombres!... ¿y para qué? Para saquear las cocinas de los pueblos... No me conviene, no. Convénzase usted de que ésta no es campaña de guerrillas, sino de ejércitos: las guerrillas pasaron, señor mío; hicieron su papel en la guerra de la Independencia y en las trifulcas del 20 al 23; pero todo eso está mandado recoger. Los llamados partidarios no llevarán a Su Majestad a Madrid.

—Mi general —dijo Fago con vivísima intensidad en la expresión de su deseo—, deme vuecencia los doscientos hombres, y antes de ocho días pongo en Labayén mil quintales de metal a disposición del señor reina, que ya puede ir preparando los hornos. Las operaciones que en esos ocho días realice yo, dentro del territorio de las Cinco Villas exclusivamente, serán de mi responsabilidad. Quedo obligado por mi honor a presentarme a vuecencia con los doscientos hombres, o con los que me queden, y vuecencia decidirá si sigo o no sigo.»

Zumalacárregui le miró como se mira a un loco. Comprendiendo Fago el sentido de aquella mirada, se levantó para coger el sombrero, y se despidió en esta forma:

«Mi general, dispénseme. En la mirada de vuecencia he conocido que le parece disparate lo que le propongo. Con seguridad hallará vuecencia persona más apta que yo para ese servicio de reunir trastos de cobre. Y como no quiero que por mí pierda el general su precioso tiempo, le pido su venia para retirarme.»

Púsose en pie Zumalacárregui, y con movimiento pausado y noble, sin perder ni un instante su gravedad, le quitó el sombrero de las manos, diciéndole: «No tenga usted tanta prisa, que aún no hemos acabado. Siéntese usted.» Algo había visto en el carácter del aragonés que le agradaba, o que, por lo menos, despertaba en alto grado su interés y curiosidad. Quería, pues, penetrar en el antro de resoluciones atrevidas y pensamientos tenaces que, sin duda, existía detrás de aquella cara de vigorosas líneas, de aquella frente pálida, de aquellos ojos ya fulgurantes, ya mortecinos, como escritura cifrada que necesita clave para su interpretación.

«No le doy a usted los doscientos hombres —dijo don Tomás poniéndole la mano en el hombro—. Le daré doce nada más, con los cuales tendrá fuerza bastante para otra comisión que voy a proponerle.»

X

Entró un ayudante con despachos que debían de ser urgentes, porque el general se aplicó a leerlos con avidez, y la conferencia fue interrumpida.

«Si vuecencia necesita despachar, o quiere recibir a alguien —le dijo el clérigo—, en la antesala aguardaré hasta que se me ordene.

—Sí, hágame el favor.»

Retirose Fago a la sala próxima, donde esperaban dos hombres del pueblo y algunos militares. No vio ninguna cara conocida, de lo que se alegró, pues no tenía gana de andar en saludos ni de entrar en conversación. En su aburrimiento se puso a contemplar el adorno de imágenes y estampas de la sala, el cual era tan variado como edificante: un Niño Jesús bien vestidito, un San Joaquín con faldas ahuecadas, y entre ellos una laminota de barcos de guerra peleándose. Corderillos bordados y un retrato de caballero con peluquín y chorreras, y en la mano una carta doblada en pico, completaban el ornato. Extremada era la limpieza de todo, y el piso, de tablas desiguales enceradas, ostentaba un lustre excepcional de días de fiesta. Cuando más solo se creía Fago, sorprendiole el cura, dueño de la casa y patrón del general, llegándose a saludarle con la confianza natural entre colegas. Era un hombre de mediana edad, pequeñín, torcido de cuerpo, de cara feísima, boca gimiosa y risueña, y ojos ratoniles. «¡Pero este señor general, qué poco se cuida de su salud! —dijo de buenas a primeras—. Pidió la comida para las doce, y son ya las dos... Ayer fue lo mismo: en conferencias y visitas se pasó la tarde, y a las seis le servimos el puchero. No gusta de hacer esperar a nadie. Todo el mundo por delante, y él el último.

—Pone toda su atención en los asuntos de la guerra —indicó Fago disimulando sus pocas ganas de palique—, y no se acuerda de las necesidades corporales: es todo espíritu, y su descanso es un continuo trabajar.

—Dios le conserve ese talentazo y esa actividad prodigiosa. Lo mismo se inquieta de las cosas grandes que de las pequeñas. Pero en la guerra, digo yo, no hay nada insignificante. De cualquier futesa depende el éxito; cualquier descuido trae un desastre; en la última piedrecilla tropieza y cae un ejército.

—Es la pura verdad —dijo Fago, teniendo por discreto al cura, que a primera vista le había parecido tonto—. Un general como éste, que sabe su obligación y mide sus responsabilidades, duerme en la almohada de sus pensamientos, y come en la mesa de sus afanes.»

El clérigo torcido y feo se frotó las manos; rasgó su boca en una larga sonrisa, señal de que variaba bruscamente de conversación, y dijo estas palabras no exentas de malicia:

«¿Con que ya tenemos en campaña a su señor tío de usted, el gran *pastor navarro*?

—No comprendo lo que usted dice, señor cura.

—Que ya tenemos de general en jefe de los cristinos y Virrey de Navarra a su tío de usted, don Francisco Espoz y Mina. ¡Si ya lo sabe todo el mundo!

—Menos yo, que también ignoraba que fuese sobrino de don Francisco.

—Entonces nos confundimos... ¡Oh!, dispénseme... —dijo el curita estrechándole las manos—. Le tomé a usted por Aquilino, el cura de Elizondo, sobrino carnal de Mina; digo, de su primera mujer. Vaya, que se le parece a usted en la color morena, en el ceño adusto, y en el metal de voz sobre todo. ¿Conque no? Por muchos años. Yo me alegro; porque francamente, como tenemos en contra al gran guerrillero, y hemos de cachifollarlo todo lo que podamos, celebro infinito que no sea usted su pariente. Pues yo, al entrar, le vi a usted y me dije: «¡Hola!, aquí tenemos al curita de Elizondo, enviado por su tío para parlamentar...» ¡Si hasta se ha dicho que Mina se nos venía a casa! Yo no lo creo. Pero, francamente, al ver al cura de Elizondo... pensé: «Tratos tenemos y recaditos. Mina es astuto, éste más. Puede que se entiendan, y unidos los dos, nos traigan en cuatro días el triunfo del Altar y el Trono.» Yo discurría con buena lógica... porque... la cosa es clara... usted en Elizondo, a dos pasos de la frontera por acá; Mina en Cambo, a dos pasos de la frontera por allá. «Nada, nada —pensé yo—: el sobrino se ha puesto al habla con el tío, y ahora trae el recado, y luego vuelta a Cambo con la contestación...» Digan lo que quieran, es usted el retrato de Aquilino Errazu, y el general, cuando le vea, le dirá...

—El general ya me ha visto, y no me ha dicho nada de eso.»

Con la palabra en la boca se quedó el cura. Fago fue introducido nuevamente de orden de don Tomás, y éste le dijo, permaneciendo los dos en pie:

«Le doy a usted doce hombres, que escogerá a su gusto, y con ellos se me encarga de una comisión para la cual se necesita arrojo, astucia y actividad extraordinaria. Dígame ante todo: ¿conoce usted bien los senderos de Vizcaya en el límite con Guipúzcoa?

—Los senderos que no conozca los aprenderé al instante.

—Tiene usted que ir a la costa, entre Motrico y Ondárroa. Cerca de esta villa, en un playazo, hay un cañón de hierro, excelente, de a doce, abandonado por el Gobierno cristino. Va usted, lo coge y me lo trae. Cómo se las ha de componer para transportar esa mole, usted verá. Escogeremos soldados que sepan de carpintería, pues será preciso hacer un carro. Piense usted y determine el camino que ha de seguir para transportar esa carga, burlando a las autoridades cristinas, y evitando que la noticia se divulgue. El cañón quiero que esté en Alsasua dentro de seis días. Hoy sale usted de aquí con los doce hombres y ocho onzas para los gastos que se ocasionen. Creo que bastará, aun suponiendo que sea menester emplear parejas de bueyes y pagar algunos jornales. Calculo yo que mis paisanos ayudarán todo lo que puedan sin interés alguno.»

Presentado el asunto con tanta sencillez, el general aguardó un ratito la respuesta de Fago, que mirando al suelo parecía meditar en las dificultades de la empresa.

«¿Qué? —preguntó Zumalacárregui impaciente y algo desdeñoso— ¿Cree usted que la cosa es difícil, imposible?

—Nada hay imposible —afirmó el otro afrontando la mirada del héroe—. Si esto fuera fácil, creo que vuecencia no me lo encargaría a mí. Traeré el cañón. Me parece poco seis días.

—Pues sean ocho. Hoy es miércoles. Del martes al jueves próximos estaremos en la sierra de Urbasa. Villarreal se adelantará a la ermita de San Adrián para esperar a usted. Sobre los medios que ha de emplear para el transporte, nada le digo, y lo fío todo a su ingenio, audacia y buena disposición. Construirán ustedes un carro...

—Mejor será una narria...

—Es verdad, narria... y aprovechando estas noches larguísimas... ¿Qué Luna tenemos?

—Ayer ha sido el menguante.

—Mejor... Nos conviene la mayor oscuridad. Tenga usted presente que corre el riesgo de encontrar las columnas cristinas de Carratalá, de Jáuregui o de Espartero. En cambio, puede favorecerle la columna nuestra que manda Eraso. Pero le advierto que se ve obligada a operar constantemente, y que tan pronto está en Vizcaya como en Guipúzcoa. Procure usted indagar sus movimientos y aproximarse a ella... Y por último, no necesito encarecer a usted el sigilo, aun aquí mismo. Nadie tiene que enterarse de esto, y los doce hombres que le acompañen no deben saberlo hasta que estén en camino. Sin vacilar escójalos usted guipuzcoanos.

—He pensado lo mismo... En este momento se me ocurre una idea.

—Dígala usted pronto.

—Me basta con ocho hombres.

—Perfectamente... y guipuzcoanos los ocho, conocedores del terreno. Hay dos de mi pueblo, que son capaces de subir a lo alto del monte Aizgorri la torre de la iglesia.

—¿Cuándo salgo?

—Esta tarde. Plaza le arreglará a usted todo... Y no hay más que hablar. Hasta el lunes o martes.

—Mi general... hasta la vuelta.

—Y si me demuestra, con el buen cumplimiento de esta comisión, que aciertan los que ven en usted un hombre de grandes aptitudes para la guerra... ya hablaremos.

—Ya hablaremos —repitió Fago estrechándole la mano—; pero por el pronto ya no se habló más, pues ni uno ni otro eran inclinados a la verbosidad. No salió, no, sin que le asaltara en la habitación próxima el dueño de la casa, oficiosamente expresivo, y con ardientes picazones de curiosidad. Algún trabajo le costó al aragonés sacudirse aquella mosca, y salir a escape hacia su alojamiento. Allí se vio obligado a despistar a Ibarburu, endilgando todas las mentiras que requería la diplomacia, arte en contradicción con la rigidez del Decálogo, y no pensó más que en prepararse para la expedición. Poco después del anochecer salió con los ocho hombres; dejaron en la aldea próxima los unos su traje militar, el otro sus arreos eclesiásticos, vistiéndose de aldeanos vascos, y calzando peales, y a la calladita franquearon la alta sierra para descender al valle donde nace el Oria, por las inmediaciones de Cegama. Eran los expedicionarios gente decidida, honrada hasta la inocencia, fuertes, incansables, buenos como los ángeles en tiempo de paz; en la guerra, dotados de un valor flemático y de una pasividad fatalista, que les hacía de hierro para atacar, de peña para resistir. Dispuso el capellán que se dividiera la cuadrilla en tres grupos para mejor disimulo, y les marcó los sitios y fechas en que debían tomar un descanso de pocas horas; les encargó que evitaran el paso por las poblaciones, deslizándose por las afueras de Villarreal y Azpeitia, y ganando la boca del río Urola para seguir luego por la costa hasta las inmediaciones de Motrico, adonde llegarían al amanecer del viernes. Los que Fago dejó consigo eran dos hermosos ejemplares de raza vasca: el uno, impetuoso y jovial, de cuarenta años, carpintero, natural de Azcoitia; el otro, fuerte y membrudo como un oso, de mucha andadura y pocas palabras, era del mismo Ondárroa. Se le había encargado poner al jefe de la expedición en contacto con dos individuos de aquel pueblo, para quienes llevaba una carta redactada en forma convencional.

Cumpliose con toda exactitud el plan de ida, y reunidos, con diferencia de pocas horas, en el punto designado, encamináronse juntos a Ondárroa por la costa, pues allí no era necesaria tanta precaución. Todo el viernes lo empleó Fago en hacerse cargo de la pieza que los hermanos Ciquiroa le mostraron y en labrar una sólida narria, para lo cual se les facilitó lo preciso en un taller de carpinteros de ribera: tres de la partida se destacaron a Motrico para contratar parejas de bueyes, que debían esperar a media noche en el camino de Garagarza, y la salida de Ondárroa se verificó con yuntas de la localidad, al amparo de personas adictas, tan desinteresadas como discretas. Serían las diez de la noche cuando el cañón fue movido y arrastrado por aquellos arenales, y después por caminos duros, no sin que hubiera que vencer, a trechos, obstáculos y pendientes. Pero la fuerza hercúlea de los ocho expedicionarios y la serena dirección de su jefe, ayudado por los que en la salida arrimaban el hombro al bronce de la causa, salvaron las dificultades, adiestrándose para las mayores que en el resto del camino habían de sobrevenir.

XI

Hombre previsor, y que no fiaba al acaso la ejecución de su plan, Fago enviaba por delante a dos o tres de sus hombres para que buscasen bueyes y los tuviesen preparados en sitios convenientes. Había que resolver el problema de salvar la divisoria entre el Deva y el Urola, evitando el paso por los caminos reales, donde era fácil encontrar tropas cristinas de las divisiones de Jáuregui o Carratalá. Y ningún auxilio debían esperar de la columna de Eraso, que, según les dijeron, había tenido que replegarse a Éibar, y de aquí a Durango, acosada por Espartero. Mas sin acobardarse por este desamparo, y esperándolo todo de la Providencia divina, franquearon sin accidentes insuperables las enormes pendientes del monte San Isidro, arrastrando el cañón con cuatro parejas por un difícil y áspero sendero. A cada paso tenían que apartar piedras y troncos, o desatascar la narria, o vencer obstáculos que la desigualdad del camino les ofrecía; trabajo de cíclopes que solo pueden acometer y consumar la ruda perseverancia, la inquebrantable adhesión a una causa más religiosa que política, cualidades asistidas de un vigor muscular a toda prueba. Todo esto lo tenían aquellos hombres, almas encendidas en ingenuo fanatismo, cuerpos atléticos. Eran niños en el sentir, gigantes en el hacer; cuando parecían extenuados, de su cansancio sacaban nuevos bríos.

Dificilísima fue la ascensión a San Isidro; penoso el descenso hacia Urralegui, en la noche oscura, rodeados de una densa neblina, que al amanecer se hizo de tal manera espesa que no sabían por dónde andaban. Solo encontraron algunos carboneros. El resplandor de una ferrería en el fondo del valle, muy conocida de algunos expedicionarios que habían trabajado en ella, les sirvió de guía para orientarse. Llegaron contentos y orgullosos a las inmediaciones de Azcoitia, y se ocultaron en la espesura del bosque, para tomar descanso durante el día, y estudiar el paso del Urola, que sería de gran dificultad si andaban por allí tropas cristinas. Mandó Fago cinco hombres hacia la venta de Elosua, a reconocer el puente próximo, tantear a la gente del país y procurarse las parejas necesarias para continuar a la noche siguiente. Uno que era de Azpeitia se encargó de acercarse a su pueblo para ver si había tropas, y con los otros dos se quedó solo el jefe, custodiando el cañón en sitio bastante cerrado de monte. *Chomín* llamaban a uno de ellos, y era de Éibar; hábil herrero y un poco maquinista; mocetón fornido, de corazón infantil y mollera tan dura como el hierro que sabía trabajar. El otro, de armazón ciclópea, superaba en corpulencia y vigor a todos los de la partida; levantaba pesos inverosímiles, y la barra usual de hierro era para él un juguete. Por lo demás, un pedazo de pan como carácter. Llamábanle Gorria, y era del señorío de Lazcano. Durmieron los tres como unas dos horas, y luego comieron de lo que *Chomín* traía en su morral: pan duro, que reblandecían en el agua de un manantial próximo, y queso áspero de Cegama. Gorria, que servía en la causa desde los principios de la guerra, contó a Fago cómo había sustituido Zumalacárregui a Iturralde en el mando de Navarra; las cuestiones entre la Junta y el primitivo cabecilla; cómo el gran don Tomás organizó con tenaz energía su ejército, enseñando a los campesinos tiradores el oficio de soldado, inculcándoles la disciplina y haciéndoles bravos, serenos, obedientes. Contaban esto los guipuzcoanos en lenguaje tan sencillo como incorrecto, pues hablaban detestablemente el castellano, y el aragonés lo oía con tristeza, pues todo aquello grande y práctico con que había ilustrado su nombre don Tomás lo habría hecho él si le dieran ocasión de ello. Gorria le contó el gran suceso de Arguijas, y luego lo de Salvatierra, con la derrota de Doyle. Aseguró que si pudieran hacerse con algunas piezas de artillería, la causa estaba ganada, y se merendarían a Mina, que ya se preparaba a darles batalla, y venía muy fanfarrón. Dijo Fago que Mina era muy querido en Navarra y la conocía palmo a palmo; pero que no podría con Zumalacárregui si éste tomaba buenas posiciones y le esperaba tranquilo. Más guerrillero que general, y enfermo y viejo, no había caído Mina en la cuenta de que los tiempos eran otros: no en vano pasan veinte años de política sobre los pueblos. El Ejército Real no valía menos, como tal ejército, que los mejores de Napoleón, con la ventaja sobre éstos de *estar en casa*, en un país enteramente adicto, donde todo le favorecía, la naturaleza y las personas. Los cristinos venían a ser como extranjeros: nadie les quería, pocos les ayudaban. Tenían que llevar consigo las armas y el pan, y fortificarse en todo punto donde ponían su planta. Por último, entonaron los tres un himno en alabanza de la sublime artillería, y juraron afrontar no solo lo difícil, sino lo imposible, hasta llevarle a don Tomás la pieza de Ondárroa, cuyos formidables disparos se imaginaban ellos semejantes al retumbar de mil truenos.

«Y si don Tomás —añadió el capellán— sabe escoger el mejor terreno; si atrae a Mina o a Córdoba a una batallita en regla, mucho será que no os apoderéis de cuatro o seis piezas de campaña, con las cuales yo... Digo él, pasaría el Ebro por Cenicero, dirigiéndonos como un rayo a Ezcaray, para seguir luego sobre Burgos, y... Pero dejemos venir los acontecimientos, que de fijo vendrán tal y como yo os los anticipo.»

El descanso de los tres hombres fue turbado por uno de los compañeros, que se les presentó jadeante, y les dijo: «En el camino de Elosua, los cristinos... Muchos, muchos... Caballería grande... Detenerse para ración... Pasar hacen por aquí bajo, hacia Azcoitia, pues.» De los otros compañeros vinieron luego dos confirmando la noticia. Los otros tres habían pasado el río, subiendo a las alturas de Pagochaeta en busca de yuntas de bueyes. Dispuso Fago internar más el cañón en el bosque, pues solo se hallaban a un tiro de fusil del camino real que en lo hondo del valle serpenteaba. Echaron todos sus formidables manos, y tomado el tiento a la pesada mole, lograron moverla monte arriba como unas veinte varas, poniéndola en un sitio más escondido, al amparo de las ruinas de una cabaña de carboneros... A poco de esto les sobresaltó un tiroteo lejano, señal de que alguna partida suelta molestaba a los cristinos desde las alturas de Elosua; fueron hacia allá, dejando el cañón custodiado por la Providencia divina, en la cual confiaban todos, y a la media hora de presuroso caminar, divisaron a lo lejos algunos hombres que iban a buen paso en dirección contraria al Urola, como hacia Placencia. Ordenó Fago que los más ligeros de piernas corrieran a su alcance, y les ordenaran detenerse de orden de Zumalacárregui. Eran escopeteros de la partida de Bidaurre; *Chomín* les conocía; corrió el primero; tras él fue Arizmendi, natural de Éibar, y pronto se pusieron unos y otros al habla. Por los de la partida supo el capellán que la columna cristina que se racionaba en Elosua era la de Carratalá. Reconociéndose todos al punto como defensores de la causa, en pocas palabras expuso Fago a los guerrilleros el objeto de su expedición, añadiendo que el general, al encargarle de transportar la pieza de artillería, habíale asegurado que las partidas volantes que operaban en combinación con la columna de Eraso le ayudarían en cualquier aprieto que pudiera ocurrirle. Un poco tardíos en hacerse cargo de la situación, los partidarios vacilaban; pero tal autoridad supo mostrar el aragonés, y con tan elocuente energía les habló, que se convencieron, prestándose a cuanto exigiera el servicio de la causa. Gorria, *Chomín* y los demás, hablando con los otros en vascuence, establecieron la más franca cordialidad. El principal de la partida les dijo: «¿Y qué tenemos que hacer?... ¿Defender la pieza por si quieren quitárnosla?

—No —replicó Fago—. Si quisieran quitárnosla, sería imposible defenderla. Lo que tenemos que hacer es impedir que la descubran; ocultarnos todos cuidadosamente, sin hacer el menor ruido, y una vez que la retaguardia cristina avance y nos deje el río libre, echar entre todos mano al cañón, y pasarlo por el puente de Elosua. Si por acaso los cristinos dejan alguna fuerza en el puente, embestirla sin miedo, acuchillarla, y adelante. Pasado el cañón a la otra orilla, no nos faltarán parejas con que llevarlo esta noche a Urrestillo, y franquear luego el monte Murumendi.»

Aprobado este plan, Fago mandó apartarse más hacia occidente, dejando una guardia que vigilase el movimiento de los cristinos. Los de la partida eran once bien armados, con municiones abundantes; los otros seis: diecisiete hombres en junto, de gran fortaleza y decisión. Contaron los escopeteros que Bidaurre les había mandado tirotear a Carratalá desde el monte, molestándole sin darle tiempo a la defensa, y que con rápida marcha se corrieran luego hacia Azcoitia para repetir la propia operación desde las alturas del puerto de Azcárate. El resto de la fuerza andaba por las cercanías de Azpeitia.

No se habían internado gran trecho en la espesura, cuando sintieron los clarines de la caballería cristina que avanzaba. Los vigías que habían dejado en las peñas que dominan a Elosua avisaron que aún quedaban allá grupos de fusileros en acecho, ocupando las alturas más accesibles. Toda su autoridad hubo de desplegar Fago para contener a los de la partida, que nada menos pretendían que cazar, *como erbias* (liebres), a los soldados cristinos. Hízose por fin lo que la prudencia y el buen gobierno de la situación aconsejaban. Echáronse todos en tierra, con orden de no hablar, evitando la repercusión de sonidos en la sierra fragorosa, y así permanecieron hasta que la gradual lejanía del rumor militar les anunció que la columna enemiga había pasado río abajo. Decidió entonces Fago aprovechar el tiempo, y dirigiéndose hacia donde había dejado el cañón, ordenó que entre todos, utilizando el repuesto de sogas que llevaban, tiraran de él para bajarlo al puente. Diecisiete hombres de poderosa musculatura, bien podían desarrollar la fuerza de tiro de dos parejas; o, por lo menos, había que intentarlo hasta conseguirlo o reventar, pues se recibió la noticia de que tras aquella columna venía otra, que había salido de Villarreal al mediodía: su paso por el sitio de peligro sería dentro de hora y media o dos horas lo más. ¿Qué remedio había más que acelerar el transporte de la narria a la otra orilla, so pena de no poder hacerlo hasta muy tarde de la noche, o de correr el gravísimo riesgo de caer todos, cañón y hombres, en poder de los cristinos? Ánimo, y adelante.

Los dieciséis hombres, los treinta y dos brazos tiraron, obteniendo la unidad del esfuerzo con el grito rítmico de la gente de mar, y el pesado armatoste resbaló por el suelo, suave en algunos sitios alfombrados de grama, áspero en otros. Pero tal energía desplegaban, tan extraordinario poder desarrollaron los brazos de aquellos hombres, excitándose con frases de ardiente entusiasmo y fervor por la causa, que en veinte minutos trasladaron la carga a corta distancia del puente, situándola en un altozano, al borde de un talud, por donde era forzoso precipitarla. El peligro de que la mole, resbalando a impulso de su propio peso, arrollara a los más impetuosos, fue salvado con las serenas disposiciones que tomó el jefe. Felizmente, los cristinos no dejaron fuerza en la venta, con lo que ya no había más que acelerar el paso a la otra orilla antes de que llegara la segunda columna. Los de la venta, adictos también, ofrecieron su ayuda, y por fin, en media hora de colosales esfuerzos, tirando todos, arreándoles Fago con gritos y trallazos, salvé el cañón la joroba del puente, y pasó a la margen derecha del Urola, donde había un caminejo bastante expedito que les permitió internar la carga a trescientas o más varas de la orilla. No era el sitio seguro, ni mucho menos; pero imposibilitado de seguir adelante sin yuntas, ordenó Fago a los escopeteros que se volviesen a la orilla izquierda y tomaran posiciones en lo alto de las peñas para molestar a la columna cuando llegara, distrayéndola por aquella parte. Como la noche se venía encima, dispuso también que en las alturas donde habían estado antes se encendiesen hogueras, a fin de que la atención del jefe de la columna se desviara del sitio que interesaba mantener libre de toda sospecha.

Retirose con esto la partida, y despedidos los de la venta, previa la amenaza de fusilarles si daban el soplo a los cristinos, Fago y los suyos esperaron con vivísima ansiedad, pues en aquel caso se jugaban la vida. Discurrieron abrir un gran hoyo y enterrar el cañón: solo una pala y una azada tenían; pero con tanto ahínco trabajaron, haciendo sus manos oficio de paletas, que el hoyo quedó abierto en media hora, y la pieza desapareció dentro de tierra y bajo una capa de yerbas y pedruscos. Hecho esto, se dispersaron, y situados en alturas fragosas, acecharon el paso de la columna. Temía Fago que los de la venta, por miedo o cobardía, revelaran el secreto a la tropa, o a la patrulla de *chapelgorris*, que seguramente vendría de noche; recelaba que si no los hombres, las mujeres, siempre charlatanas y enredadoras, dejaran traslucir algo, y no tenía tranquilidad hasta no salir de aquella comprometida situación. Al anochecer pasó la columna sin detenerse, circunstancia felicísima a que los expedicionarios debieron su salvación: sin duda quería llegar a

Azcoitia a hora conveniente para alojarse. Los escopeteros tirotearon como a un cuarto de legua más abajo, conforme Fago les había advertido: todo iba bien, admirablemente combinado por la previsión suya, ayudada del acaso. Solo podía entorpecer el éxito la inopinada presencia de los miqueletes, sobre todo si algún maligno o indiscreto les ponía sobre la pista del enterrado tesoro; pero este peligro se disponían a conjurarlo *Chomín* y Gorria, proponiéndose quitar de en medio a la patrulla, sin darle tiempo a respirar.

XII

Llegaron por allí dos mujeres que Fago no vio con buenos ojos. No temía de ellas la traición deliberada, sino la infidencia inocente, por indiscretas habladurías.

«¿Saben ustedes —les preguntó— si están en la venta los miqueletes?

—Ya se fueron, pues, con tropa. Volver ya harán, pues, a las diez. La cena ya pedirle han hecho a Casiana.

—*Chapelgorris* dormir hacen por la noche... y algunas noches ya hemos visto, pues, subir monte, y hablar confianza con partidas.

—No me fío —dijo Fago—; y ahora van ustedes a hacer lo que yo les mande, pero sin tratar de engañarme, porque en este caso lo pasarán mal.

—Serviremos ya, pues.

—Ahora se van ustedes a buen pasito por este sendero arriba, y en el primer caserío que encuentren se enteran de si hay pareja de bueyes, y la tratan, ofreciendo una dobla por media noche, y me la traen aquí; y si en vez de un par me consiguen dos, les daré a ustedes media onza de oro, con la cual paga este leal trabajo nuestro rey Carlos V. Accedan o no a prestarme este servicio, sepan que mientras estemos aquí no les permito pasar el puente para volver a la venta. Y no traten de engañarme, dando un rodeo para vadear el río, porque mi gente las vigila, y no hay forma de escapar. La que intentare pasar a la otra orilla antes que yo se lo permita, será pasada... por las armas. Conque... ya saben. Si me obedecen, media onza y viva Carlos V; si no, la muerte. Decídanse pronto.»

Ambas gustaban en verdad de servir a la causa; pero la una tenía que volver a su casa con leña; las urgencias de la otra, que era corpulentísima, consistían en la obligación de dar la teta a su niño. «Tú llevarás la leña después —les dijo Fago—; y el crío tuyo, que espere. Por nada del mundo os permito volver a la venta.» Ante tan resuelta actitud, diéronse prisa las dos a desempeñar su comisión, y con paso ligero emprendieron la marcha. Advirtioles el jefe que si encontraban a los dos hombres de la partida que habían salido con el mismo encargo de buscar yuntas, les diesen exacto conocimiento del lugar donde él y los suyos se encontraban. «Y otra cosa —agregó llamándolas después que echaron a correr—: que no me traigáis parejas con carro. Como yo sienta el chirrido de ruedas con los ejes desengrasados, hago un escarmiento en vosotras, en los boyeros y en los bueyes mismos... ¡Eh, andando!»

Antes que las mujeres, se presentaron de regreso los dos hombres con una sola yunta, pues no habían podido conseguir más. Transcurrieron las primeras horas de la noche en gran ansiedad, con el temor de que apareciesen los miqueletes reforzados con tropa cristina; pero nada de esto ocurrió. No se oía más ruido que el del Urola saltando entre las peñas de su lecho. El vigía que pusieron junto al puente, ordenándole que permaneciese tumbado con el oído sobre la tierra, comunicó que los *boinas rojas* habían llegado, y después de permanecer un rato en la venta, cenando quizás, habían vuelto a salir, alejándose río arriba. Receló después Fago que las familias de las dos mujeres, que en aquel momento servían la causa del Rey, se inquietaran por su tardanza y saliesen en su busca; recelo que se confirmó antes de las once con la aparición de una vieja y un chico preguntando por las ausentes. Una y otro confirmaron la ausencia de los *chapelgorris*; la vieja, con su ardiente adhesión a la causa, manifestada espontáneamente, inspiró confianza al jefe; era madre de la mujerona que criaba: el esposo de ésta servía con Zumalacárregui. Expresados el nombre y la filiación del tal, resultó que *Chomín* le conocía; eran grandes amigotes. «¡Vaya, Tomás Mutiloa!» Echándose a llorar, dijo la vieja que el apóstol Santiago se le había aparecido la noche anterior, asegurándole que ella no se moriría sin ver a don Carlos en el trono, ya la santa religión triunfante. Preguntole Fago si no había en su casa algún hombre forzudo que quisiese trabajar; a lo que respondió la anciana que en su familia no había más hombre que su hija Ignacia, la cual tenía una fuerza como la de una vaca. Tiraba de un carro de abono tan guapamente; araba como la mejor pareja, y para romper la tierra no había otra. «Pues tráele aquí la cría para que le dé la teta en cuanto venga, y así podrá ayudarnos.» No quería la vieja más que obedecer, poniéndose decididamente a las órdenes de aquel personaje desconocido, en quien su senil imaginación y su fanatismo veían a un príncipe de la familia real, disfrazado. Pronto regresó con el chico, que parecía un ternero; media hora después volvían el marimacho y su compañera con una pareja de bueyes, única que habían podido encontrar.

Con los escasos elementos de que disponía, organizó Fago su marcha, y desenterrado en un momento el cañón, engancharon, y ¡hala monte arriba! Gorria formó yunta con la Ignacia, y daba gloria verles tirando de la pieza. La otra mujer también ayudaba, y el chico, que era su hermano, igualmente. Delante iba la vieja con el ternero en brazos, animando a los bravos campeones de ambos sexos con palabras de alegría y confianza en la causa: «¡Arrear, arrear ya, *mutillac*!, y háganse cargo de que al propio Rey a su palacio llevan. ¿Pesa, pesa? Ya vale, pues. Con este cañón que llevar hacéis, ya querrá Dios que don Tomás hacer polvo a los negros... ¿Cansar hacéis? Aquí no cansar ninguno. Pensar, pues, que a rastra llevar el mismo religión, y quitar el de herejes... Pensar esto, pues, y Dios ya dará fuerzas a vos, hará que fuerzas tener como bueyes y caballos... ¡Arrear, arrear!»

La noche era oscura, glacial, y la neblina condensada se resolvía en lluvia menudísima, que habría enfriado los huesos de los expedicionarios si el rudo ejército del tiro no les hiciese entrar en calor. Ignacia echaba fuego de su rostro; pero, incansable, daba ejemplo de resistencia a los hombres. Sin detenerse más que breves momentos en los puntos que designaba el jefe para tomar descanso, llegaron al amanecer a las alturas que dominan a Villarreal, y de allí, sin perder tiempo, cuesta abajo ya, se dirigieron a la cuenca del Oria por Astigarreta, donde ya tenían contratadas yuntas para bajar hasta Beasaín. La vieja con su ternero, la gigantesca Ignacia y la otra con el chico se despidieron allí para volver a su casa, después de bien recompensadas en nombre de Su Majestad, encargando la mujer-vaca que dijeran a su marido Mutiloa el grande servicio que ella había prestado a la causa, y que no dejara de portarse en toda ocasión como un valiente, pues el Rey y Dios, de una manera o de otra, se lo habían de premiar.

Acordó Fago un descanso de medio día, cinco horas de sueño y una para comer, y *Chomín* propuso que visitaran a un ermitaño que en aquellas soledades gozaba opinión de santo, y aun se permitía milagrear un poco. Llamábanle Borra, y hacía doce años que se había dado a la vida ascética, construyendo su cabaña de piedra y barro, techo de juncos y tierra, en una de las vertientes del Murumendi. Vivía de limosnas y del fruto de un huertecito que cultivaba junto a la cabaña. *Chomín* y Gorria, mientras conducían a su jefe a visitar al ermitaño, contaron, que éste había militado en las partidas realistas del año 22, y que habiéndole sorprendido Mina en actos de espionaje, le condenó a muerte, conmutándole luego la pena por la menos cruel y más infamante de cortarle las orejas. Se las cortaron, ¡ay!, y el pobre hombre se fue a su casa, sin gana ya de volver a guerrear por los realistas ni por ningún nacido. Agobiado de tristeza y soledad, pues además de la falta de orejas lloraba la de familia, vendió su corta hacienda, y se fue al monte, ávido de quietud religiosa, lejos de las pasiones humanas y del loco trajín del mundo. No volvieron a entrar tijeras en su barba y cabello, y éstos le cubrían la mutilación nefanda. Vestía un capote de pastor, y se hallaba acompañado de una cabra y un perro. Como a veinte pasos de su cabaña había plantado una enorme cruz hecha con troncos, y allí rezaba las horas muertas: aquélla era su iglesia, y no tenía más, ni le hacía falta para nada. El huerto dábale coles y borrajas, alguna patata; no cazaba, ni poseía instrumentos para quitar la vida a ningún ser. Sus devotos, que en Beasaín y Larza los tenía muy fieles, solían subirle cosas de más sustancia: alguna trucha del Oria, queso, pan, y en las solemnidades, huevos y algún chorizo de añadidura.

Distaban aún cien pasos de la choza Fago y sus compañeros, cuando se encontraron al ermitaño, que paseaba al Sol, precedido de la cabra y el perro. Era alto y huesudo, tan tieso que parecía de madera; figura semejante a muchas que se ven en nichos polvorosos de las iglesias, olvidadas de la devoción, sin ofrendas, sin culto. El cabello entrecano le caía hasta los hombros, y la barba era de variados colores, uno y otra de extraordinaria aspereza. Calzaba peales, y se cubría todo el cuerpo con un ropón de jerga, remendado con cierto esmero, ceñido a la cintura por cuerda de cáñamo. En una mano llevaba el garrote, y en la otra un cuenco de media calabaza, con el cual bebía el agua cristalina de una fuente próxima a su vivienda. Saludado por los visitantes, miré a Fago con recelo, que el capellán disipó con palabras afectuosas.

«Eres tú aragonés —le dijo el venerable—. Por el acento te conocí. Vi y traté a muchos aragoneses en mi tiempo de pecador, y todos guapos chicos, pero muy quijotes... Camorristas, bebedores, cantadores y enamorados.» Siguieron hablando de cosas indiferentes, y luego propuso Borra que le acompañasen a la fuente, donde catarían con él el agua más rica del mundo. De aquel líquido se daba el solitario, según dijo, grandes atracones mañana y tarde, y a ello debía su inalterable salud. Fueron, pues, al manantial, y sentados en el césped finísimo, bebieron de un agua cristalina y glacial, que a Fago le pareció como todas las aguas, y a *Chomín* inferior al peor vino. El de Navarra fue ardientemente elogiado por Gorria, y de aquí saltó la conversación a la guerra, diciendo Fago: «Nosotros tres y los compañeros que abajo quedan somos servidores del rey don Carlos V, en favor de quien tú, bendito Borra, seguramente imploras los auxilios del cielo. Unos con las oraciones y otros con las armas, todos ayudamos a la causa.» Respondió el ermitaño con frialdad, no inferior al agua que habían bebido, que él, desde que se retiró a la aspereza del monte, había hecho corte de cuentas con todo lo que fuera política, reyes y ambiciones armadas o pacíficas. Nada le importaba ya que mandase Juan o Pedro, y le gustaba más mirar a las estrellas que a los hombres. Hasta su soledad llegaban a veces rumores de tropas que pasaban por el fondo de los valles; pero él les hacía el mismo caso que si fueran las caravanas de hormigas que andan afanosas por la tierra.

«Óiganme, señores míos, y si quieren hacerme caso, bien, y si no, también. Yo les digo que la guerra es pecado, el pecado mayor que se puede cometer, y que el lugar más terrible de los infiernos está señalado para los generales que mandan tropas, para los armeros que fabrican espadas o fusiles, y para todos, todos los que llevan a los hombres a ese matadero con reglas. La gloria militar es la aureola de fuego con que el Demonio adorna su cabeza. El que guerrea se condena, y no le vale decir que guerrea por la religión, pues la religión no necesita que nadie ande a trastazos por ella. ¿Es santa, es divina? Luego no entra con las espadas. La sangre que había que derramar por la verdad, ya la derramó Cristo, y era su sangre, no la de sus enemigos. ¿Quién es ese que llaman el enemigo? Pues es otro como yo mismo, el prójimo. No hay más enemigo que Satanás, y contra ése deben ir todos los tiros, y los tiros que a éste le matan son nuestras buenas ideas, nuestras buenas acciones.»

Quiso Fago replicarle defendiendo las guerras cuyo fin es refrenar la maldad; pero el anacoreta no quiso escuchar tales argumentos, y levantándose y esgrimiendo el garrote, no con manera hostil, sino en forma oratoria, dijo estas palabras: «No, no, no... ¡A mí con ésas! condenado Fernando VII, condenado don Carlos María Isidro, y condenadas todas las reinas, magnates y archipámpanos que andan en este pleito.

—Y condenados también nosotros —dijo Fago, un poco mohíno, levantándose.

—También, si no vuelven la espalda al demonio —agregó el ermitaño, poniéndose en camino pausadamente en dirección de su cabaña—. Y más les digo: dos cosas malas, remalas hay en el mundo: la guerra y la mujer... ¡La guerra!, por el son de la palabra, ya se ve que también es mujer. Detrás de las matanzas entre hombres hay siempre querellas, envidias y trapisondas de mujeres.

—¿Crees, también que está condenado el bello sexo? —le preguntó Fago con un poquito de socarronería.

—Condenadas todas no —replicó el otro con autoridad—, porque algunas hay buenas... Aunque pocas... Pero que el infierno está lleno de mujerío, no lo duden ustedes.

—¿Verlo tú, pues, padre? —preguntó *Chomín*.

—No necesito verlo —dijo el solitario alzando el garrote con alguna viveza— para saber lo que hay allí; y si lo dudas, pronto te desengañarás, porque pronto te has de morir, y has de morir matando.

—Y de mí, —preguntó Fago—, ¿qué piensas?, ¿cómo y cuándo crees que he de morir?»

El eremita se detuvo, y mirándole grave y detenidamente al rostro, le dijo: «De ti no sé nada... No te entiendo... En ti veo mucho malo y mucho bueno. En tus ojos hay dos ángeles distintos: el uno con rayos de luz, el otro con cuernos. Yo no sé lo que será de ti. Tú harás maldades, tú harás bondades... No sé.»

Siguieron un buen trecho silenciosos, hasta que Gorria, queriendo soliviantar al solitario, se dejó decir: «¿No sabes, santo Borra? Tenemos ya de general en jefe de los cristinos a Mina.» Al oír este nombre se inmutó ligeramente el solitario, y con un movimiento maquinal se llevó ambas manos a las orejas, mejor dicho, a los oídos, cubiertos por la enmarañada y polvorosa guedeja. «Mina, Mina... —dijo algo turbado y balbuciente...— no es ése más ni menos perro que otros perros asesinos.

—Tu religión, nuestra religión —le dijo Fago—, te manda perdonar a tus enemigos.

—Y los perdono. Pero Dios no los perdonará... Digo, no sé. Allá Él. Yo rezo todos los días porque los militares abran los ojos a la verdad, y abominen de las matanzas. Pero nada consigo. Todos los que vienen a verme me dicen que cada día es más terrible la guerra, y ya no guerrean solo los hombres, sino los viejos y hasta los niños. Vosotros, que venís a dar un consuelo al pobre ermitaño, guerreros sois también, y sin duda de los que andan al acarreo de armas y municiones.

—Así es: honra mucha —dijo *Chomín* impetuoso—. Llevar hacemos un cañón grandísimo para el Ejército Real, y muy pronto, pues, oír tienes sus disparos.

—Mientras tú rezas —dijo Gorria—, nosotros disparamos... quiere decirse que rezamos con pólvora.

—Ese rezo es para Satanás maldito.

—¿Estás bien seguro de lo que afirmas? —le dijo Fago, queriendo poner fin a la conferencia y volver a su obligación.

—Tan seguro —replicó amoscándose el desorejado eremita—, como lo estoy de que los tres sois alcahuetes de la guerra, y mequetrefes de Satanás. Ya os estáis marchando para abajo, que yo me encuentro mejor en la compañía de los pájaros y de las moscas que en vuestra compañía.

—Nos vamos, sí —dijo Fago tranquilamente, sacando del bolsillo una moneda—. Nos llama nuestra obligación. Te dejaré una limosna.

—¿Dinero?... Gracias. No me hace falta para nada —replicó el santón, alejándose de los tres—. Ahí tenéis otro motivo de condenación, el maldito dinero, que no sirve más que para hacer a los hombres codiciosos y avarientos. Por dinero salta el hombre y baila la mujer, y de estos brincos sale la guerra... Guárdate tu moneda, que yo no tengo bolsillo. Mira las hormigas cómo viven sin dinero. Pues lo mismo soy yo: como y estoy bueno sin ver un cuarto... ¡Cuartos! ¡Vaya una inmundicia...!

—También tengo plata...

—¡Plata!, ¡qué roña!

—Y oro.

—De plata tiene los cuernos Lucifer, y de oro la pezuña. Váyanse, váyanse con Dios... Ustedes matan, yo rezo...»

XIII

Se alejaron, dejándole en la proximidad de la cruz en actitud de oración. A distancia como de cien pasos, Gorria cogió una piedra, diciendo: «¿Quieren que se la estampe en mitad de la frente para que se le aclaren las entendederas a ese viejo estúpido?

—No, no; déjale... O es un bienaventurado de muy pocos alcances —dijo Fago— o un vividor de mucha trastienda. Sea lo que quiera, ha resuelto el problema de la vida, y es un hombre feliz. No se le haga ningún daño, pues él a nadie ofende, y vámonos, que es tarde.»

Con toda felicidad bajaron al anochecer a Larza, y sin ningún percance pasaron el Oria, donde tenían parejas preparadas, siguiendo inmediatamente hacia Lazcano y Ataún, monte arriba, en busca de la sierra de Araquil. Ya no temían el encuentro de tropas cristinas; iban tranquilos, contando las horas que faltaban para llegar al término de su arriesgado viaje. Sanos y salvos los nueve, se creían ostensiblemente favorecidos de la Providencia, por la felicidad con que se les habían allanado los obstáculos y conjurado los peligros en su difícil aventura. En San Gregorio, donde en alegre descanso y esparcimiento pasaron el domingo, encontraron personas amigas, entre ellas el cura, a quien Gorria y *Chomín* trataban con bastante confianza, por haber sido el tal fusilero en el 5.º de Navarra durante un mes no más, distinguiéndose por su entusiasmo, ya que no por sus condiciones militares. El general fue quien le disuadió de sus guerreras aficiones, mandándole recoger los hábitos que ahorcado había, y convencido el hombre, mas no curado de su entusiasmo, se hizo soldado platónico, siguiendo con afán desde su iglesia el desarrollo de la campaña. Con Fago hizo o quiso hacer al instante buenas migas, alabándole su expedición, y atribuyendo el éxito de ésta a su consumada pericia; lo que él sentía era no poder agregarse a ellos para entrar nuevamente en filas. Pero no podía, no; estaba visto que no servía para el caso, pues su fiereza y acometividad se enfriaban enormemente al empezar el fuego, y le entraba un insano temblor, que si no era miedo, se le parecía como un huevo a otro.

Hablando, hablando, propuso a Fago que, para festejar dignamente la feliz llegada del cañón, dijese misa; y si al pronto el aragonés no rechazó la idea, luego sintió en su alma secreta repugnancia de celebrar: no se creía digno; no se encontraba en la disposición de conciencia que el acto requiere, y al suponerse revestido ante el altar, se le contraía el corazón y se le enfriaba toda la sangre, afectado de un miedo semejante al de su colega cuando sonaban los primeros tiros de una batalla. El uno temblaba ante los escopetazos; el otro ante la grave solemnidad del altar sagrado, ante el Evangelio abierto sobre el atril, ante el crucifijo. Este singular encogimiento de su espíritu le tuvo en gran tristeza todo aquel día, y necesitó de toda su voluntad para poder aguantar, con la conveniente cortesía, los despotriques belicosos del otro cura. A la noche continuaron el arrastre del cañón por ásperas pendientes pobladas de bosque. Felizmente, tenían en su ayuda a los mejores guías del país, enteramente afecto a la causa, y si no pudieron procurarse más de dos parejas, porque no las había, las suplieron con el *tiro personal*. Hombres y mujeres dejáronse enganchar gozosos, y hasta el cura, mejor dotado de musculatura que de corazón, se puso a tirar de la narria uncido con el sacristán. ¡Hala, hala por empinados senderos!... y a las tres de la madrugada llegaban al alto de Lizarrasti, divisoria entre las aguas de Navarra y Guipúzcoa. Ya estaban en casa, ya veían a sus pies el valle de la Borunda. Despidiéronse los de San Gregorio para regresar a sus hogares, y los compañeros de Fago, no pudiendo contener su júbilo por ver coronada de un éxito feliz la empresa que habían acometido, lanzaron en lo alto del monte el grito céltico *Hiújujú*, característico de las razas cántabras y éuskaras, relincho salvaje, pastoril, guerrero, pues todo lo expresa y dice sin decir nada. Resuena en la silenciosa cavidad de los valles profundos, como voz de los montes, convertidos en genios de piedra, con cabellera y pelambre de bosques, con túnica de nieblas y cimera de celajes desgarrados. A poco de lanzar su grito, oyeron la respuesta lejana. *Hiújujú* dijeron las profundidades de la Borunda, y el corazón de los expedicionarios palpitó de alegría. Volvieron a soltar el relincho, que quería decir: «Aquí estamos; volvemos con felicidad. Traemos el cañón, la esperanza.» Y los de abajo, los hermanos, los compañeros de armas y de fe, respondían: «Os aguardamos, valientes. Al amanecer nos reuniremos. ¡Viva Carlos V!»

Viéndose en el término y remate de su arriesgada empresa, los expedicionarios, con la sola excepción del jefe, se entregaron a extremos de alegría delirante, y a la media noche se durmieron. Fago estaba triste, caviloso, y sus pensamientos tuviéronle en vela hasta hora muy avanzada. Se paseaba por entre los grupos de los compañeros entregados al sueño, o se sentaba en la narria para contemplar a su gusto el cielo, que en aquel punto y hora se espejó, cual si quisiera recrearle mostrándole su azul inmensidad poblada de estrellas.

Provenía la tristeza de Fago de una repentina intranquilidad de su conciencia. Todo aquello que hacía, ¿no era contrario a la ley de Dios? Las ideas toscamente expresadas por el ermitaño Borra se habían aferrado a su espíritu, y las antiguas dudas acerca de la divinidad de la causa defendida por la facción volvieron a atormentarle. «¿En qué consiste —se decía—, que a veces me siento guerrero, tan guerrero como el que más, y dotado de las esenciales miras y talentos de un caudillo militar, y a veces me siento profundamente religioso, con anhelos vivísimos de perfección? ¿Será posible que entre uno y otro sentimiento pueda existir concordia? El hombre de guerra, maestro de tropas, organizador de combates, y el hombre consagrado a las espirituales batallas del Evangelio, ¿pueden fundirse, como si dijéramos, en una sola persona? Para resolver este problema, he de asentar previamente que en el cúmulo de causas o banderías humanas, puede haber alguna que Dios apadrine, haciéndola suya. Las historias, y antes que las historias los profetas, nos dicen que hubo un *pueblo de Dios*, un pueblo a quien Dios protegió ostensiblemente en sus esfuerzos para librarle de la esclavitud, y después le guió en sus campañas contra la idolatría, inspirando a sus caudillos, dándoles el divino aliento estratégico y táctico. Sobre esto no hay duda.»

Y continuando en la contemplación de las estrellas como si con ellas hablara, y ellas le respondieran dando vigor a sus argumentos, prosiguió en su ardiente soliloquio: «En tiempos relativamente modernos, tenemos la épica guerra secular contra los moros desde Pelayo a Isabel la Católica, y vemos la intervención divina en las batallas. Creo en la presencia militar del apóstol Santiago en Clavijo y en los estragos materiales causados por su acero; creo en los prodigios de la Cruz en las Navas de Tolosa; y viniéndome más acá, casi a un ayer cercano, veo en Lepanto la intercesión milagrosa de la Virgen del Rosario. No hay duda que el Cielo autoriza las guerras, que toma partido por los que salen a la defensa de la ley cristiana. Y ahora, ya veo muy claro que puede existir y ha existido lo que yo buscaba, la amalgama o fusión del hombre que acaudilla soldados y les lleva a la victoria, con el hombre que sirve a Dios en la paz soberana de la religión. Esta síntesis la veo clara en San Fernando: ¿quién me lo negará? San Fernando fue santo y capitán general de los ejércitos de Castilla. San Fernando expugnó fortalezas, tomó ciudades y villas, ganó batallas campales, para lo cual hubo de matar grandes manadas de moros. Y al propio tiempo mereció por su virtud los honores de la canonización. Era místico y guerrero: sin duda rezaba en el momento de machacar cabezas de infieles...»

Tanto alborozo produjo en su alma esta idea, que se disparó a pasear de un lado para otro, inquieto, febril. Era como un incensario que va y viene, echando humo, y el humo eran las ideas. Pero de pronto le asaltó una que hubo de apagar repentinamente el hogar que las demás formaban. Fue una objeción que a su mente vino; hubiera podido creer que un espíritu invisible le apuntaba al oído: «San Fernando fue guerrero y santo, es verdad: peleó, porque a ello le indujo su condición de Rey, maestro y amo de los pueblos. Religioso y santo era, mas no sacerdote... Fíjate bien, hombre, y no desbarres: no era sacerdote.»

Sentadito en el cañón volvió a contemplar las estrellas, y éstas le facilitaron, con su dulce centelleo, nuevos argumentos consoladores. «Pero casos hay, casos hay de sacerdotes guerreros. En las Cruzadas y en nuestra Reconquista, más de un obispo, más de un abad montaron a caballo, o en mula, y acaudillaron tropas... El cardenal Albornoz es otro ejemplo... Tenemos, pues, innumerables ejemplos de guerreros religiosos o por la religión.» Nuevas dudas, nuevo soplo de la voz misteriosa, que al oído le dijo: «Pero no fueron santos.»

«¿Y por qué habían de ser santos? —se dijo volviendo a su febril paseo, con las manos en los bolsillos—. La santidad rara vez se alcanza. Basta con que fueran buenos cristianos y supieran cumplir sus dos ministerios: el ministerio sacerdotal y el otro... El de gobernar tropas y destruir con ellas la impiedad... Y ahora me pregunto: ¿estoy bien seguro, bien, bien seguro de que esta causa nuestra tiene por objeto destruir la impiedad y entronizar el reino de Dios? ¿Representa nuestro don Carlos la ley divina? ¿Los de la otra parte, los que mandan Oraa, Córdoba o Mina, son realmente la maldad, la herejía, la ley del demonio? Este cañón que yo he traído, ¿será destructor del pecado? ¿Los proyectiles que salgan ardiendo de su boca, serán lenguas de la verdad? ¿Nuestro don Tomás, recibe de los ángeles la virtud estratégica? ¿Lo que en nuestro Rey parece ambición, es convencimiento de una misión divina?... Sáqueme Dios de esta duda, y yo seré... ¡qué sé yo lo que seré!... El primer soldado de Dios y el primer eclesiástico de los hombres.»

Terminó su soliloquio con una fervorosa oración, de rodillas, embebecido en contemplar el cielo, esmaltado de infinitas luces. «Señor, líbrame de esta horrible duda, y dime que puedo ser guerrero sin dejar de ser tuyo. Concédeme la gloria de restaurar la fe en la patria de San Fernando, sin menoscabo del sacramento que me otorgaste. Dime que puedo matar impíos con este cañón que he traído de Guipúzcoa, y celebrar tu santo sacrificio; coger la espada sin que mis manos se imposibiliten para tomar la Hostia; dirigir tropas, y perdonar los pecados.»

El sueño le rindió al fin, y se quedó dormido diciéndose: «Grande, desmedida ambición es ésta... Guerrero Vencedor... y sacerdote militante... Triunfar del pecado con la espada y con...»

XIV

Al amanecer llegaron hasta ellos las avanzadas de la división de Eraso, que aguardándoles estaban, y con francas demostraciones de alegría, cambiaron unos y otros noticias y saludos, y se pusieron al tanto de lo ocurrido en la expedición y en el ejército. *Chomín* y Gorria contaron con vivo lenguaje las fatigas y apuros del transporte del cañón, y los otros, después de manifestar que no habían tenido encuentros importantes con los cristinos, dijeron que el grueso del ejército iba en marcha hacia el valle de Berrueza, donde se daría una batalla, que debía de ser la más sonada de toda la campaña, y quizás la decisiva. Al descender a la Borunda, encontraron a Eraso, que, en cumplimiento de órdenes del general, mandó dar sepultura al cañón en una ladera próxima a la venta de Urbasa. La tropa no se cansaba de admirar la soberbia mole, y los aldeanos de ambos sexos y hasta los chiquillos acudían a contemplarla gozosos, y la palpaban con blandura y cariño, ponderando los estragos que haría cuando empezase a vomitar por su negra boca balas y más balas. El popular entusiasmo se manifestó, al fin, bautizando la pieza con el gráfico nombre de *El Abuelo*, y nadie la llamó de otro modo en todo el curso de aquella memorable guerra.

Incorporáronse a sus respectivos Cuerpos los compañeros de Fago, y éste se fue al Cuartel general para presentarse a Zumalacárregui y darle cuenta del feliz cumplimiento de la misión que le había confiado. Diéronle caballo en Alsasua, y con el 1.º de Guipúzcoa atravesó la sierra de Andía en dirección a la Berrueza. El tiempo era magnífico; comenzaba diciembre con apariencias de octubre; la Naturaleza favorecía la campaña, se hacía también guerrera, obsequiando con temperatura bonancible y tibia sequedad a los dos ejércitos, que ansiaban una batalla campal decisiva. Entre los carlistas era general la creencia de que ésta se daría en las posiciones de Mendaza, y que tendrían que habérselas con las dos divisiones de Oraa y Córdoba, acantonadas en Los Arcos y en Viana.

Atravesando la Amézcoa baja, fueron a dormir en Artaza, y al día siguiente encontraron la división de Iturralde acantonada en Aucín. Zumalacárregui, con don Bruno Villarreal y los batallones alaveses, estaba en Piedramillera. Antes que al general vio Fago a su amigo Ibarburu, el cual le abrazó con efusión, felicitándole por su feliz arribo. Ya se sabía en todo el ejército la hazaña realizada por el buen sacerdote y sus ocho auxiliares, ¡Oh!, bien merecía tal hazaña una cruz, la cruz de San Fernando, sí señor, y es seguro que don Carlos adornaría muy pronto con ella el noble pecho de uno de sus primeros capellanes. Replicó Fago a estas cariñosas demostraciones que ninguna falta le hacían cruces ni calvarios, pues él servía desinteresadamente al Rey, creyendo servir a Dios.

También dijo Ibarburu con gran alborozo a su amigo que el ejército de la Fe iba adquiriendo las deseadas piezas de artillería, arma indispensable en todo organismo de guerra: además de *El Abuelo*, tenían ya dos cañones de batalla que los señores reina y Balda habían logrado fundir en Labayén con el metal de cacerolas y chocolateras reunido en Navarra. «Ya hay cañones en casa, y ahora podremos hablar gordo a la impiedad. Lo único en que la impiedad nos ha llevado ventaja ha sido en esto, en poseer cañones. Pues ahora nos veremos, señores cristinos. Trátase de saber si ustedes nos los quitan, o si nosotros les quitamos los suyos... Ya no hay razón que aconseje el circunscribirnos a la guerra de montaña, amigo Fago. Al llano, a Castilla, ¿no cree usted lo mismo? A pasar el Ebro, después de merendamos a Oraa y a Córdoba... y quédese aquí el señor de Mina echando discursos a los alcaldes, cortando puentes que no habríamos de pasar, y fortificando villorrios que no habríamos de acometer, pues ninguna falta nos hace poseerlos. Nuestra ambición santa va más lejos, y los poblachos que queremos tomar se llaman Miranda de Ebro, Burgos, Madrid...»

Fago no decía nada, y atacado de intensísima melancolía, contemplaba las cazuelas y sartenes puestas a la lumbre. Hallábase esperando la comida en la cocina de la casa, donde Ibarburu se alojaba. Gatos y perros les daban compañía, y un viejo decrépito, veterano del Rosellón y de la Independencia, les refería la expedición del marqués de la Romana y la vuelta del Norte, aderezándola con embustes novelescos. Ibarburu tomaba en serio cuanto el anciano decía, y Fago deseaba comer y marcharse, para estar solo y platicar a sus anchas consigo mismo.

Al siguiente día vio al gran don Tomás en el campo, en ocasión que el general salía con su escolta a recorrer las inmediaciones de Mendaza. Volvía Fago de dar un paseo a caballo con dos amigos, más bien conocidos, del batallón 1.º de lanceros. Zumalacárregui le conoció al punto, mandole acercarse y hablaron de silla a silla, poniendo los caballos al paso. Lo primero fue felicitarle con urbana frialdad, como si no quisiera dar a la expedición desmedida importancia. El capellán, alardeando de modestia, se la quitó por entero, y expresó su afán de que se le encargaran cosas de mayor dificultad.

«El método de organización que vengo empleando —le dijo don Tomás—, no me permite dar a usted el mando de una compañía. Esto sería contrario a las Ordenanzas, que aquí se cumplen lo mismo que en cualquiera de los ejércitos regulares de Europa. Si usted quiere combatir por la causa, no hay más remedio que entrar en filas. Yo le aseguro que si se porta bien, adelantará conforme a sus servicios; y si nos hace algo extraordinario, extraordinaria será también la recompensa.»

No podía Fago mostrarse exigente ni soberbio, ni era aquélla la ocasión más propicia para ponerse a discutir con el general. Reconociendo que el orden de la milicia tiene, como todos los órdenes, su método de ingreso, que alterarse no puede sino en casos excepcionales, dijo: «Principio quieren las cosas, y a los principios me atengo. Seré soldado, mi general. Fácil es que no pase de ahí; mas no tengo por imposible el merecer algún adelantamiento; y mereciéndolo, no hay duda que vuecencia me lo dará.»

Despidiéronse con esto, y poco después le veía recorriendo la falda de la altura riscosa que domina a Mendaza. Como los lanceros le dejaran solo, el capellán observar al general en su paseo, que al parecer no tenía otro fin que un examen y estudio del terreno. Le vio rodear la montaña, alargándose por la parte norte, en el camino que conduce al puente de Murieta sobre el Ega. Detúvose un rato, hablando con los que le acompañaban; volvió grupas, y recorrió el llano que separa a Mendaza de Azarta. Fago no le perdía de vista. Fingió ocuparse en adiestrar su caballo, galopando en derredor de las eras de Nasar. Por fin, Zumalacárregui examinó la angostura que conduce de Azarta a Santa Cruz, por un escabroso sendero. Sin duda, quería reconocer la distancia a que está el Ega por aquella parte.

Y luciendo habilidades de entendido jinete, más que por presunción, por disimulo, Fago se decía: «Ya, ya conozco tu plan: no puede ser otro que el que la configuración del terreno te señala y te inspira. Estoy dentro de tu cerebro, y sé todo lo que vas a disponer mañana, pasado mañana, o cuando sea.»

Al ver a don Tomás de regreso hacia Mendaza y Piedramillera, se retiró también, rodeando, y se fue a su alojamiento. Aquella misma noche se le notificó su ingreso en filas, y dándole fusil, correaje y canana bien abastecida de cartuchos, le destinaron al 5.º de Navarra. Sin entusiasmo ni desaliento, en un estado de pasividad estoica, resignábase el capellán a ser uno de tantos resortes comunes de la máquina de guerra. Esperaba que en la primera coyuntura le señalase su destino alguna senda, o se las cerrara todas; mas no tuvo tiempo de pensar en ello, porque a la madrugada su batallón recibió orden de marchar a los Altos de Mendaza. Cuatro batallones, tres navarros y uno guipuzcoano, iban al mando de Iturralde, el rival de Zumalacárregui en los comienzos de la guerra, y después su más sumiso Lugarteniente o general de división; hombre tosco, más notado por su temeraria bravura que por su pericia militar. Zumalacárregui le encomendaba las situaciones de empeño, los avances peligrosos, dándole órdenes estrictas respecto a posición y marchas, como freno de su impetuosidad, que unas veces precipitaba el éxito y otras lo entorpecía. Era el audaz guerrillero, cuyas dotes utilizaba el general habilidosamente, educándole en el gobierno de tropas regulares; teníale siempre sujeto con una rienda que aflojaba o requería, según los casos.

Al amanecer iban en marcha los cuatro batallones hacia Mendaza. En las filas del suyo se encontró Fago a *Chomín*, que había pasado del 1.º Guipuzcoano al 5.º de Navarra. En el capitán de su compañía, don Antonio Alzaa, natural de Sangüesa, reconoció una amistad antigua: era un valiente oficial, hijo de sus obras y de sus méritos, pues de soldado raso había ido ganando poquito a poco sus ascensos, y con moderada ambición y conducta intachable esperaba seguir adelante. A uno de los tenientes, Saráchaga, le conocía también, por ser íntimo de Ibarburu. El coronel era un aristócrata navarro, pariente de los Ezpeletas, hombre enérgico, de buenas formas, excelente militar y cumplido caballero. Ostentaba en su zamarra la cruz de Santiago.

A las nueve ya habían tomado posiciones las fuerzas de Iturralde en la falda del monte de Mendaza, y al propio tiempo otros cuatro batallones, mandados por Zumalacárregui, en persona, se dirigieron a Asarta. La caballería y los tres batallones alaveses al mando de Villarreal ocupaban el llano entre los dos pueblos. Al observar estos movimientos veía Fago confirmadas sus ideas de la tarde anterior. El plan de don Tomás era el suyo; y el suyo era el mejor, el único, el que resultaba de la disposición y accidentes del terreno. Podría creerse que sus ideas penetraban en el cerebro del general al modo de inspiración divina, y allí obraban sobre la voluntad que a la práctica resueltamente las llevaba. Y a todas éstas, los cristinos no parecían: se les esperaba por el desfiladero de San Gregorio. Faltaba que vinieran pronto, y que cayeran en la ratonera que se les había preparado.

La columna o división de Iturralde extendiose a la falda de la montaña de Mendaza, circundándola por el poniente y el norte, y Fago se encontró en un sitio desde donde no veía nada. «Naturalmente —pensó—, estos cuatro batallones deben permanecer ocultos a la vista del enemigo. De otro modo, el plan resultaría un desatino, a menos que Córdoba y Oraa no vinieran con los ojos vendados.» Y tanto tardaban en presentarse las tropas de la reina, que los facciosos llegaron a creer que no vendrían. Por fin, a eso de las diez corrió en el batallón la voz: «Ya vienen, ya están ahí.» Un rumor vago, de inquietud y alegría, corrió por todo el ejército. Desde su posición, detrás de la montaña, conocía Fago la ansiedad de las tropas situadas en la llanura. Veía un movimiento singular de lanzas, como vibración del aire, y oía un resollar lejano. De las tropas de Asarta nada se veía, porque lo estorbaba una protuberancia del terreno. Tiros no sonaban aún.

De pronto las cornetas ordenaron marcha. Uno de los batallones rebasó la línea del pueblo; los demás les seguían: cada uno ocupaba sucesivamente las posiciones que el anterior dejaba. El 5.º Navarro, que era el último, se colocó donde antes estaba el 1.º Guipuzcoano. Al efectuar este movimiento oyó decir Fago que el enemigo avanzaba hacia el centro en formación de columna; mas él no veía nada. Lo vio después, cuando Iturralde mandó desplegar sus cuatro batallones en la falda de la montaña; impetuoso movimiento de impaciencia en que se revelaba el guerrillero, y que determinó un cambio en la dirección que traían los cristinos. Oraa, que mandaba la vanguardia de éstos, en vez de marchar contra el centro, que era el cebo de la ratonera hábilmente armada por Zumalacárregui, se fue sobre la izquierda, o sea los cuatro batallones del bravo Iturralde. La impetuosidad de éste alteró gravemente la posición de las piezas en el tablero, y la jugada no podía ser ya tal como la concibió y preparó el general, inspirado por los ángeles, o por Fago, que éste así lo creía y así lo expresaba en un breve soliloquio. «Ya nos ha reventado este señor Iturralde con su acometimiento de principiante. Se le mandó que tuviese ocultos, tras la montaña, los cuatro batallones, y los presenta de cara al enemigo... Señor don Tomás, ¿qué hace usted en este momento al ver la pifia de su amigote? Pues rabiar y patear, como pateo y rabio yo. Esta acción, no lo dude usted... la perdemos.»

XV

Oraa, con certero golpe de vista, lanzó sus tropas hacia Mendaza, mandándolas flanquear la altura y atacar a Iturralde de flanco. Los cuatro batallones tuvieron que moverse de nuevo: al sonar los primeros tiros, su posición era ya muy desventajosa. Difícilmente pudo el Guipuzcoano y uno de los Navarros sostener el fuego contra los cristinos; los otros dos Navarros no sabían dónde ponerse. Iturralde les mandó bajar, y luego subir, y luego estarse quietos. Con la conciencia de su falta, el hombre no sabía ya qué hacer, ni cómo arreglarse para salir airoso de aquel mal paso. En tanto, el amigo Fago, que aún no había disparado un tiro, intentaba hacerse cargo de lo que ocurría en el centro. Por allá también se batían. Sin duda la división de Córdoba atacaba las fuerzas mandadas por don Bruno Villarreal, consistentes en tres batallones y la caballería, y en apoyo de éstos corría sin duda el propio Zumalacárregui con los cuatro batallones situados en Asarta. Esto se lo figuraba el capellán soldado: lo veía en su mente a la luz de la lógica; pero no en la realidad, pues desde el repecho en que había quedado el 5.º de Navarra, sin poder avanzar ni retroceder, nada se distinguía claramente. Por entre las ondulaciones del terreno de roja arcilla, salpicado de olivos en algunos trozos, en las más enteramente calvo, veíase humo de fogonazos; pero nada más. El tiroteo arreciaba; el rumor de batalla era ya formidable estruendo.

Por el lado de Mendaza, los del bravo Iturralde resistían el empuje de las tropas de Oraa, batiéndose con su habitual denuedo; pero los cristinos habían sabido ganar mejores posiciones, y llevaban la mejor parte en la refriega. El bueno de Iturralde y su gente lo habrían pasado mal si la acción no cobrase un vivo interés en el centro. El coronel del 5.º, descontento de su desairada situación, ávido de entrar en fuego, maniobró hacia la llanura, corriendo por su cuenta y riesgo en apoyo de los alaveses. Ya tenéis a Fago batiéndose en primera línea, impávido, como si en su vida no hubiera hecho otra cosa. Con seguro instinto sabía escoger en el pequeño radio de que disponía la mejor posición; alentaba a sus compañeros, y antes daba que recibía de ellos el ejemplo de serena audacia, pasando más bien por veterano que por bisoño.

Desplegado el batallón en columnas, más de una hora sostuvieron éstas el fuego al amparo de un grupo de olivos. Avanzaron dos o tres veces; tuvieron que retroceder a su primera posición, perdiendo algunos hombres. A la una de la tarde, las bajas de la compañía de Fago eran cuatro muertos y unos catorce heridos, entre ellos el capitán Alzaa. El coronel se impacientaba: no tenía costumbre de batirse largas horas en un mismo sitio; sus valientes soldados se habían educado en los avances rápidos. Pero en aquella desdichada ocasión les atacaba un poderoso enemigo, apoyado en la columna de Oraa, que rápidamente les quitó la ventaja del terreno alto; de poco les valió a los carlistas aventurarse a una fogosa carga a la bayoneta, porque la tropa contraria *les tenía ganas*, se sentía en mejor posición y con mayor fuerza moral. Mandábala un general de grandes alientos, joven, instruido, hecho a las luchas diplomáticas y militares, tan buen conocedor de la sociedad cortesana como de los campos de batalla. Desde el primer momento conocieron los facciosos que el contrario era duro de pelar, y por aquella vez la extraordinaria pericia de don Tomás no les llevaba a una fácil victoria.

Los batallones que mandaba el propio Zumalacárregui adquirieron alguna ventaja sobre los cristinos a las dos de la tarde. Pero como por el sur de Mendaza, Iturralde se vio desalojado de sus posiciones, teniendo que replegarse con alguna confusión, Córdoba no tardó en ganar el terreno perdido, y a las tres la caballería cristina, mandada por López, acometió con extraordinario brío, y los facciosos no pudieron con ella. Desconcertado desde el primer momento el plan de Zumalacárregui, apenas pudo éste sacar partido de sus setecientos de a caballo. Harto hizo con proteger la retirada de los castigados batallones, que abandonaban la victoria con más tristeza que desaliento, sintiéndose dispuestos a empezar otra vez en aquel mismo instante, si así se les ordenaba.

El 5.º de Navarra sostuvo el fuego hasta que no pudo más, y perdiendo mucha gente, apoyó la retirada de los alaveses. De tal modo habíase adiestrado el capellán aragonés en la táctica, que preveía todo lo que habían de mandarle, y más de una vez sus movimientos y los de los compañeros que a su lado combatían se anticiparon a las órdenes de los jefes. La serenidad del coronel y su práctica de la guerra; la firmeza de los valientes oficiales que supieron mantenerse en el heroísmo pasivo y en la resistencia deslucida; la conducta de la tropa, penetrándose con seguro instinto de estas ideas y realizándolas admirablemente, enaltecieron al 5.º de Navarra en aquel día. Gracias a él, la derrota de los carlistas no fue una desbandada vergonzosa.

La retirada de los tres batallones a cuyo frente seguía Iturralde no pudo hacerse sin algún desorden; los del centro hiciéronla con admirable serenidad. Al anochecer todo el ejército carlista iba en busca del puente de Arquijas. El general mismo corrió peligro de que le cogieran prisionero, por habérsele caído el caballo cerca de Acedo. Los minutos que tardó en reponerse, auxiliado por los suyos con toda diligencia, decidieron de la suerte del Cuartel general. Un minuto más, y todo se habría perdido. Favorecidas de la noche, las tropas de Carlos V pasaron el Ega, por junto a la ermita de Nuestra Señora de Arquijas, y acamparon en las inmediaciones de Zúñiga, en campo raso. El ejército cristino durmió en las posiciones de Mendaza y Asarta: dormir hoy donde durmió anoche el enemigo es la victoria. Si los facciosos hubieran hecho su cama en Los Arcos y en Viana, es fácil que a los ocho días don Carlos hubiera puesto sus almohadas en el Palacio de Madrid. Pero aquel Dios, que muchos suponían tan calurosamente afecto a uno de los bandos, dispuso las cosas de distinta manera, y pasó lo que según unos no debió pasar, y según otros sí. Estas sorpresas, que nada tienen de sobrenaturales, obra de la divina imparcialidad, son tan comunes, que con ellas casi exclusivamente se forma ese tejido de variados hechos que llamamos Historia, expresando con esta voz la que escriben los hombres, pues la que deben tener escrita los ángeles no la conocemos ni por el forro.

Ya cerrada la noche, los valientes cristinos, acampados en las posiciones realistas, formaban pabellones, encendían hogueras, preparaban su cena frugal. En los caseríos de Mendaza y Asarta se alojaban los jefes y alguna tropa, y se habían instalado los hospitales de sangre para auxiliar a los quinientos heridos de aquel sangriento día. La cifra de muertos de uno y otro bando no se conocía bien a prima noche. Al pie del cerro de Mendaza había como sesenta, y en el llano de Asarta muchos más, yacentes en una faja de terreno de reducida anchura, que revelaba la firmeza del choque entre las dos fuerzas. Las diez serían cuando avanzaba por el camino de Arquijas, en dirección contraria al puente, un general con su escolta: sin duda venía de practicar un reconocimiento del campo de batalla y de las nuevas posiciones que en su retirada había tomado Zumalacárregui. Al pasar por entre los grupos de soldados que vivaqueaban satisfechos y gozosos, con ese estoicismo festivo que es la virtud culminante de la infantería española, el resplandor de las hogueras iluminó su busto. Era un viejo fornido, de rostro totalmente afeitado, el cabello corto, el perfil a la romana, con cierta dureza hermosa, a estilo napoleónico. Los soldados, al verle venir, abandonaron sus cacerolas, donde guisaban habas con un poco de tocino, y prorrumpieron en exclamaciones de cariño ardiente: «¡Viva el general Oraa!... ¡Viva nuestro padre, y mueran ellos!...» Y más lejos gritaban: «¡A ellos ahora mismo!... A quitarles las camas... ¡Viva Oraa, viva Córdoba, viva la reina!»

Dirigiose el general al alojamiento de Córdoba, en Mendaza, y allí estuvieron, hasta muy avanzada la noche, en largas conferencias y estudio de la marcha que debían seguir con sus diecisiete batallones. ¿Forzarían el paso de Arquijas? ¿Operarían parabólicamente, pasando el Ega, cuatro leguas más arriba, para buscarle camorra al enemigo en el valle de Campezu? Cualquiera sabe lo que discutieron y determinaron. Es probable que adoptado un plan aquella noche, lo modificaran al día siguiente, en vista de las noticias que por buenos espías tuvieron de los movimientos del enemigo, y de la inducción más o menos acertada que con ellas hicieran de las sagaces intenciones de Zumalacárregui.

Avanzada la noche, se acallaron los ruidos del campamento. Muchos soldados dormían; otros hablaban sosegadamente, aventurando juicios y cálculos para el día próximo. Veíanse bultos que exploraban el campo, reconociendo muertos con auxilio de farolillos, pues la noche era tenebrosa, y el celaje espesísimo no dejaba ver la Luna creciente. El estrago de un encarnizado combate, como el del 12 de diciembre en Mendaza, no lo revela el día, sino la oscura, la callada noche, cuando examina recelosa el campo de batalla y los tristes despojos esparcidos en él; cuando se pregunta a los muertos su número, quizás sus nombres; cuando se busca entre los rostros lívidos alguno que entre los vivos no parece. Tras de los ejércitos van personas que hacen esta triste investigación mejor que los mismos de tropa; gentes que aman al soldado, que le sirven, le ayudan, le auxilian, que rara vez estorban a la disciplina militar, y a menudo fortifican la llamada satisfacción interna.

Más abundaban estas cuadrillas abyecticias en el ejército cristino que en el de Don Carlos, y en ocasiones llegaron a ser en tanto número, que los generales hubieron de limitar el parasitismo, expulsando vagos, mercachifles y mujeres. A los grupos que aquella noche andaban a la busca y reconocimiento de muertos, agregáronse soldados que anhelaban encontrar al compañero, al paisano, al amigo. Iban de acá para allá, alumbrando el suelo con la luz de las mustias linternas, y al encontrar un muerto le nombraban. «¡Ah, Fulano, pobrecico!...» A otros nadie les conocía: llamaban con fuertes voces a soldados distantes. «Tú, ven, a ver si sabes quién es éste... Juraría que es Juanico, cabo del sexto... ¿Y aquél no es Samaniego, el guipuzcoano jugador de pelota?... ¡*Miá, miá*, qué cuerpo tan grande! Digo que no va a haber tierra donde meterlo... Ved aquí al pobre *Chomín* con pierna y media nada más, y la cabeza rota... El que no comparece es Gurumendi, más bravo que el Cid, y más feo que el hambre. ¡Ay!, aquí está el chico ese de Cirauqui... Blasillo. Su madre quedaba esta tarde en Piedramillera rezando porque no le tocaran las balas. Tiene atravesado el pecho. Maldito si saben las balas adónde van... ¡Qué dolor!... Y gracias que hoy no se han reído esos pillos, y en retirada fueron... Pero veras tú la que traman ahora... Lo que yo digo es que con este don Córdoba no juegan... Denles mañana otra batida como ésta, y veremos adónde va a parar la taifa *legítima*... ¿Y por qué no viene el *asoluto* a ponerse aquí, en los sitios donde pegan? ¡Ah!, mientras sus soldados echaban aquí el alma, él tan tranquilo en Artaza, sentadito al amor de los tizones... Ellos, ellos, el don Isidro ese, y la Isidra de allá, doña Cristina, debieran ser los primeros en meterse en el fuego... pues de no, no veo la equidad. ¡Ay, españoles, que es lo mismo que decir bobos!...»

—Cállate, Saloma —murmuró, reprobando este concepto un granadero esbeltísimo, portador de la linterna—, que no es ésta ocasión de bromas.

—No me callo —replicó la baturra cuadrándose—, que lo que digo es la verdad de Dios.

—Decir españoles —manifestó un vejete riojano que llevaba en un borrico su bien surtida provisión de bebida, con lo cual ganaba mucho dinero—, es lo mesmo que decir héroes. ¿Pues qué eran sino españoles netos Hernán Cortés, Colón y la Agustina de Zaragoza?... ¿Qué me contáis a mí, que estuve en la de Arapiles y en la de Vitoria? Aquí, donde me veis, un día le cosí una bota al propio *Ior Vellinton*... Me la trajo su asistente. Un servidor de ustedes era el primer zapatero de todo el ejército aliado... Y con gran primor le cosí la bota, y él se la puso, y con ella ganó la batalla; quiero decir, que le dio la puntera a Marmont... Conque yo sé más que vosotros... y digo que españoles y héroes es lo mesmo.

—¿Qué sabes tú, borracho? —le contestó la baturra—. Lo que yo digo es que en Borja conocí dos chicarrones que eran más simples que el caldo de borrajas. Les metías el dedo en la boca, y no te mordían... En fin, bobos como los corderos de la Virgen... Vinieron al ejército cristino; el general Lorenzo les mandó a llevar un parte a la guarnición de Los Arcos. Los pobrecicos lo llevaron, y al volver por Logroño encontraron la partida de Lucus, cien hombres. Lucus les dijo: «¿De dónde venéis vos?» Y ellos responden: «Del *jinojo*...» «Mirad que os afusilamos si no decís la verdad...» «Semos de Borja y decimos lo que nos da la gana.» Murieron, ¡angelicos!, gritando: «Venimos del *jinojo*, y al *jinojo* nos vamos.»

—Eso es decencia. Murieron antes que vender el secreto del general. ¿Y dices que eran simples?

—Como borregos.

—Di que mártires, como los de Dios vivo.

—Pues eso.

—Los santos, ¿qué son?

—Eso... Son de Borja... personas decentes.

—¿Qué es un baturro?

—Un simple que no quiere vida sin honor.

—Pues eso digo.

—Eso... *Jinojo*... y ahora danos una copita de aguardiente.»

XVI

Al entrar en Zúñiga, donde Zumalacárregui rehízo a su gente, dándole descanso y municiones, Fago fue hecho sargento, sin pasar por la jerarquía de cabo. Así se lo notificó el coronel, elogiándole por su valerosa conducta. Todo el día 13 se ocuparon en preparar un nuevo combate, presumiendo ser atacados por Arquijas. Cortaron algunos árboles de la orilla izquierda, y destruyeron luego el puente de madera. Los heridos fueron llevados a Orbiso, donde estaba el Cuartel Real, que por disposición de Zumalacárregui debía replegarse, para mayor seguridad, a San Vicente de Arana, desde donde podría pasar fácilmente, franqueando los Altos de Encía, a tierra de Álava. Tres batallones fueron situados en las alturas que dominan a Zúñiga, plantadas de olivos, y las restantes fuerzas las escalonó en las posiciones convenientes, esperando el ataque de Córdoba. No tardó Fago en hacer estudio del terreno, y conceptuó seguro que los cristinos habrían de atacar por un flanco o por otro, o por los dos a la vez.

Sin duda una división pasaría el Ega por Acedo, a fin de embestir por el valle de Lana. Otro cuerpo de ejército podría presentarse por el valle de Santa Cruz. Quizás las dos operaciones se verificarían simultáneamente, en cuyo caso Córdoba y Oraa tenían que dividir su ejército en tres partes. Pensó el novel sargento que el general, obligado a la adivinación de estos movimientos, sabría ya a qué atenerse. «Y si el general no lo adivina, lo adivinaré yo —se dijo, olfateando el aire como un sabueso que rastrea la caza—. Vendrán por un lado y por otro. Como no se prevenga don Tomás para este triple ataque, estamos perdidos.» El 14 por la tarde, hallándose con su batallón en un olivar próximo a Zúñiga, vio venir al general con su escolta, inspeccionando las posiciones y enterándose de que sus órdenes estaban bien cumplidas. El coronel del 5.º le salió al encuentro, y hablaron un rato, denotando en su actitud perfecta satisfacción del estado de las cosas. Zumalacárregui, que todo lo veía, vio también a Fago, cuando éste le hizo el saludo militar; paró su caballo diciendo: «Ya sé, ya sé que tenemos un soldado más, excelente, bueno entre los buenos. Adelante, señor Fago, y no desmayar.» Y siguió su camino.

El capellán sargento se quedó meditando: en la mirada del general hubo de reconocer sus propias ideas, por virtud de una transfusión milagrosa, y se dijo: «Todo lo que yo pienso, lo piensa él; pero lo piensa después que yo... Está convencido de que nos atacarán por el frente y por las dos alas, y ha tomado sus medidas para esterilizar la combinación. El escalonar los batallones a lo largo de este camino demuestra una gran pericia; las posiciones son acertadísimas para acudir a una parte u otra con presteza y seguridad. Todo va bien, como a mí se me ocurre, como debe ser, como es, porque o se tiene lógica o no se tiene. Yo la tengo, y acierto siempre... Y como acierto siempre, señor don Tomás de mi alma (decía esto viéndole perderse con su escolta tras un grupo de olivos), debo manifestar a vuecencia que yo no me asusto de que pasen el Ega por la ermita de Nuestra Señora de Arquijas: al contrario, que vengan, que vengan pronto a esta orilla, donde hemos tomado posiciones inexpugnables. Y si mi jefe no lo permite, añadiré que yo no habría mandado cortar el puente. El río es fácil de vadear por esa parte. El puente habría sido para ellos una facilidad; la facilidad trae la confianza, y la confianza es la perdición cuando se está en una puerta que conduce a un calabozo. Trampa será para ellos este cerco de montañas. Mientras más pronto entren, más pronto conocerán que no pueden salir.

»Y ahora, se me ocurre meterme en el pensamiento del señor de Córdoba. Si yo mandara las fuerzas cristinas, renunciaría al paso del Ega por Arquijas. Yo no combato nunca donde le conviene al enemigo, sino donde me conviene a mí. Pero el espíritu de imitación tiene tal fuerza, que el hombre de guerra no puede sustraerse a la atracción que ejercen sobre él los actos de su contrario. ¿Vas tú por allí? Pues yo detrás. Donde tú estás ahora, estaré yo mañana, y he de ir por el camino que tú recorriste... Pues no, señor... Iré por donde menos pienses tú que debo ir. Yo Córdoba, después de amagar por Arquijas, llevaría durante la noche todo mi ejército a Campezu, y desconcertaría el plan de Zumalacárregui, es decir, el mío, porque yo lo he pensado, y él conmigo... Pero para este caso hay también previsiones, y yo vencería, obteniendo con mi victoria todos los cañones de batalla que trae Córdoba; y reforzado mi ejército y cubierto de gloria, franquearía sin pérdida de tiempo la Sonsierra, caería sobre la Guardia, y luego sobre Haro y Miranda de Ebro. Pasado el Ebro, se salva Pancorbo, y ya estamos en Burgos...

—Mi primero —le dijo el furriel despertándole bruscamente de su espléndido sueño militar—, para el rancho de hoy me han dado una cosa que llaman patatas. Mire, mire: son como piedras. ¿Esto se come?

—¡Qué bruto! Es una comida excelente. ¿De dónde eres tú?

—Mi primero, yo soy de Sansoaín, orilla de Lumbier. En mi pueblo no comen esto las personas, sino las monjas por penitencia, según dicen, y los marranos, con perdón.

—Pues en el mío y en todos se cultivan las patatas y se comen, y saben tan ricas. Se introdujo en España este comestible cuando la guerra del francés.

Muchos no querían comerlo por ser fruto traído de Francia; pero ya vamos entrando con él, que para el buen comer no hay fronteras.

—Mi primero, oí que comiendo estas pelotas sacadas de la tierra, se pierde la buena sangre, y nos volvemos todos gabachos o ingleses de la parte de mar afuera, diendo para La Habana. Yo no entiendo; pero le diré que las probé y me supieron al jabón que traen de Tafalla y Artajona. Si es para limpiar tripas, bueno va. Pero no me digan que esto cría sangre.

—Échales vino encima y verás.

—Con el vino solo me apaño, y estas pelotas que las coman los guiris, para que revienten de una vez.

—Ponlas y calla, y el que no las quiera que las deje. Si no tenemos bastante vino, yo lo compro de mi bolsillo: ya sabes que no me falta un duro para obsequiar a la sección. Pídele cuatro o seis Pintas al *Riquitrún*, y tenlas aquí antes de que toquen a rancho.

—Mi primero, por si no lo sabe, pongo en su conocimiento que el *Riquitrún* es muy malo, y siempre nos lo da con agua. Ese tunante ha sido sacristán, y esto basta para que no venda vino de ley. De usted se reía esta mañana, diciendo que en Oñate le ayudó la misa y que se equivocó usted tres veces, trabucando los latines, poniendo el cáliz donde no debía ponerlo, y haciendo muchas morisquetas.

—Miente el bellaco —replicó el capellán, pálido de ira—. Yo no me equivoco en la misa ni en nada. Y si vuelven a decirme tal injuria, el sacristán y tú sabréis quién es José Fago.»

Al día siguiente, 15, atacaron los cristinos por Arquijas. Vadearon el río; se batían en las dos orillas bravamente, con mucha menos tropa de la que presentaron en Mendaza el día 12. No había duda de que aparecerían por Santa Cruz o por el valle de Lana. A las dos de la tarde se despejó la incógnita: Oraa se apoderaba de la Peña de la Gallina, y contra él fueron cinco batallones mandados por Villarreal e Iturralde. Zumalacárregui estaba en el camino que va de Zúñiga a Orbiso, en lugar culminante, y como adivinaba un tercer ataque por su derecha, tenía dispuestos cuatro batallones. Sereno y previsor, con su ejército y el del enemigo metidos dentro de la cabeza, viendo y sintiendo la totalidad del terreno con sus varios accidentes y distancias, aguardaba el desarrollo de la acción con la tranquilidad del maestro que domina su oficio. Todo en aquel día feliz marchaba como el programa de una función histriónica, y los distintos papeles eran desempeñados con puntual exactitud, no solo por parte de los suyos, sino de los contrarios. El enemigo hacía lo previsto, lo calculado, sin ninguna iniciativa nueva, sin ninguna sorpresa o improvisación que desconcertara el plan general. Éste, por su sencillez lógica, parecía la página más elemental de un tratado de estrategia.

Los cinco batallones de la izquierda realista, el 5.º entre ellos, atacaron la división de Oraa, sin darle tiempo a descansar de su fatigosa marcha. Iguales eran las fuerzas por una y otra parte; en bravura fuera difícil hallar diferencia. La que resultó a la caída de la tarde tuvo por causa la ocupación de mejores posiciones por los facciosos, y el desaliento de los cristinos al enterarse de que las tropas que rodearon el Ega por Arquijas volvían a pasar a la orilla derecha y se retiraban hacia el caserío de Acedo. Replegose Oraa a su primera posición de la Peña de la Gallina; los carlistas, sintiéndose con indudable ventaja, le acosaron; Iturralde quiso reponer su fama de la pérdida lamentable del día 12, y como hallara en los cristinos pasividad heroica y resistencia formidable, apretó los resortes de su máquina; puso en el último grado de tensión el vigor navarro, y, perdiendo gente, arrebató muchas vidas al enemigo. Toda la tarde combatió Fago con impávida constancia, comunicando su valor sereno a los hombres que estaban a sus órdenes, haciéndoles audaces y temerarios, al mismo tiempo que prudentes y astutos. Ya se venía la noche encima, cuando medio batallón de los de Oraa, revolviéndose desesperado, como el león herido, acometió con zarpazo furibundo al 5.º de Navarra, que fieramente le hostigaba. Trabose lucha a la bayoneta; corrió la sangre; cayó un frente de carlistas de más de veinte hombres, como la mies rápidamente segada por la hoz.

Pero aún había navarros en gran número para vengar a sus compañeros, y multitud de cristinos cayeron acuchillados sin piedad. Fago iba delante, pues había llegado el momento del ardor fogoso, de la embestida frenética con uñas y dientes. En el ardor de la refriega, y en una de esas pausas de segundos que median entre los golpes, vio entre los enemigos que avanzaban una figura extraordinariamente terrible, un hombre de cabellos blancos, corpulento... Desde lejos le miraba, y parecía dirigirle la afilada punta de la bayoneta al pecho o al estómago... El capellán se vio acometido de un miedo súbito: su consternación le privó como por ensalmo de toda su energía militar, arrancándole su conciencia de soldado. Aquel hombre, más bien irritada fiera que contra él venía, era Ulibarri, el propio don Adrián Ulibarri; no podía dudarlo: le vio como a diez varas; sus facciones no mentían, no podían mentir, ni había confusión posible con otra persona... En mucho menos tiempo del que se emplea en referirlo, el fantasma, o lo que fuera, estuvo a dos pasos... Fago reconoció la voz, la mirada: era él... Su terror fue inmenso... Se dejaba matar. Pero cuando solo un palmo distaba de su vientre la bayoneta del furibundo cristino, dispararon contra éste los navarros dos o tres tiros que le hirieron gravemente. Cayó Ulibarri, y se volvió a levantar. Fago vio en sus ojos moribundos el odio y la ferocidad: una mano de tigre le agarró convulsiva el cuello; una voz le lanzó el mayor insulto que boca humana puede proferir... Recobró el capellán súbitamente su personalidad corajuda; dio un paso atrás, requiriendo su fusil armado de bayoneta, y se hartó de clavarla en el cuerpo de su enemigo.

XVII

Hecho esto, salió corriendo por encima del cadáver, impulsado de un instinto de fuga. Corrió hacia las líneas enemigas; no iba solo. Sus compañeros le agarraron; viose envuelto por los suyos, que retrocedían... Sin conciencia, de sus actos, anduvo después largo trecho por entre los combatientes, pisando muertos y heridos, oyendo voces que ignoraba si eran de carlistas o de liberales, y, por último, fue a caer sin conocimiento al pie de un olivo. Nunca supo lo que duró su espasmo; al recobrarse de él, viose en completa oscuridad, pues la noche había cerrado ya. Las voces de sus compañeros sonaban cerca; distinguió algunas que le eran familiares. Dirigiose allá casi a tientas, porque apenas veía. «¿Es noche oscura —pensaba— o estoy yo ciego?» Miró al cielo, y vio algunas estrellas; luego empezó a distinguir los accidentes del terreno, y movibles bultos, pelotones de hombres que se alejaban.

Ya se consideraba próximo al sitio donde creía encontrar a los de su batallón, cuando se hizo cargo de que no tenía fusil. Trató de volver al pie del olivo donde había caído como desmayado, mas no acertó a encontrarlo. Los árboles salían a su encuentro, como diciéndole: «Yo soy, yo soy el olivo.» Pero luego resultaba que no eran. Determinose a seguir sin fusil, y tampoco pudo reconocer la dirección que antes había tomado. Ni las voces se oían ya, ni los bultos informes se veían tampoco. Aquí y allá tropezaba con muertos. ¿Eran cristinos o carlistas? Por las boinas o morriones los determinaba fácilmente. Miró al cielo, buscando la Osa mayor para orientarse; pero ya no se veían las estrellas, y la tierra se iba envolviendo en una niebla blanquecina, cuyos vellones espesos venían de un punto que el aturdido capellán no pudo discernir si era el Norte o el Sur. Al fin, plantándose y llamando a sí toda su inteligencia, ansioso de encontrar una idea meteorológica, pudo hacer este razonamiento: «De allí viene la niebla, pues por allí está el río.»

Anduvo presuroso en la dirección que estimaba contraria al curso del Ega. La niebla parecía perseguirle, y cuanto más andaba, más envuelto se veía en las masas lechosas. Ningún ruido turbaba la lúgubre quietud del ambiente. Los olivos iban a su encuentro; algunos troncos le cortaban el paso con brutal choque, sacudiéndole formidable testarazo; otros huían deslizándose por su flanco, y le azotaban el rostro con sus ramas mojadas. La tierra le abría zanjas en que se hundía, o le presentaba parapetos para hacerle caer de rodillas. Tropezó en un tronco, y al poner las manos en tierra tocó ropas, cabellos... Era un cadáver. «¿Será éste? —pensó el infeliz capellán poseído nuevamente de glacial terror—. ¿Habré venido a parar junto al cuerpo de Ulibarri, a quien ensarté no sé cuántas veces con mi bayoneta?» Reconocido el muerto, vio que tenía barbas y casco. No era el alcalde de Villafranca... Más allá encontró un caballo; después otros muertos, y un fusil, que tomó. Era un arma cristina.

Siguió adelante, sin saber ya por dónde iba, pues lo desigual del terreno obligábale a variar de dirección a cada instante. «Paréceme —se dijo echándose fatigado en el suelo—, que me encuentro en el campo de batalla de hoy, en el paraje donde rechazamos el ataque de los cristinos, a arma blanca, donde vi a Ulibarri vivo... No, no: esto no puede ser, porque sería un milagro... ¡Milagro! ¿Y quién me asegura que Dios no haya querido sacar de la tierra al buen Don Adrián, y darle realidad o apariencias de vida para confundir con una imagen terrorífica mi estúpida arrogancia militar, para despertar mi conciencia de sacerdote, y enseñarme que las manos que cogen la Hostia no deben derramar sangre humana? ¿Será esto? Ejemplos hay de apariciones sobrenaturales dispuestas por Dios para expresar a un alma extraviada la divina voluntad. Si Dios puede hacer que tomen forma corpórea los fenecidos para revelar la justicia y la verdad a los vivientes, ¿por qué no admitir, desde luego, el milagro de la presencia de aquel buen hombre en el campo de batalla? No hay que decirme que pudo ser el que maté persona que al muerto de Falces se pareciese. No era semejanza, era identidad: el que vi, el que maté, era el alcalde de Villafranca. Aún le estoy viendo; aún veo la blancura de sus cabellos, el ardor de su rostro; veo sus ojos iracundos que me traspasaban, que me daban más miedo que todas las bayonetas cristinas... Era él, era él. No es aquella imagen obra de mis sentidos, que la tomaron de la conciencia alborotada: era efectiva, real, y esta realidad solo Dios pudo disponerla. Creo en los milagros; creo que he visto al padre de Saloma, que le he matado, que por aquí debe de estar su cadáver.»

Dio algunos pasos; anduvo un buen trecho a gatas, abandonando el fusil que poco antes cogiera, y luego se echó de nuevo en tierra, asaltado de ideas turbulentas que contradecían las ideas anteriores. «¿Y quién mi dice que fuera real la muerte de Don Adrián en Falces? ¿Quién me asegura que lo que vi en aquella tristísima noche y en aquella alborada sangrienta no fue el milagro verdadero? Bien pudo ser que mi conciencia y mis sentidos forjaran, por disposición del Cielo, el suplicio del hombre que ofendí; bien pudo ser que Dios me pusiera ante los ojos mi ignominia en aquella forma. Si, en efecto, Ulibarri no pereció en Falces, nada tiene de absurdo que se me presentara en las filas cristinas, sin necesidad de milagro... ¡Ay!, en todo caso mi conciencia se alborota, estalla, ahogándome toda el alma. Milagroso o no, el hombre que vi y que maté en un momento de furor instintivo, me reveló con su presencia estoy nuevamente encenagado en el mal, que escarnezco la sagrada Orden, cogiendo en mis manos un arma y matando sin piedad cristianos con ella... ¡Si al menos fuesen moros!... Pero tampoco... Ni moros ni nada... Que los maten los militares, si necesario es para el cumplimiento de la ley de Dios y el triunfo del Evangelio... ¡Pero yo, yo matar!... Reventé a Ulibarri o a su imagen, por la ley física que nos mueve a defendernos cuando nos atacan... Es uno hombre sin poderlo remediar. Un santo haría lo mismo... Estalla el coraje cuando menos se piensa... y al recobrarnos de la horrible locura, ni aun sabemos a ciencia cierta lo que hemos hecho. Llega un momento en que al hombre civilizado se le cae la ropa, y aparece el salvaje. Luego nos da vergüenza de vernos desnudos, y volvemos a encapillarnos la levita, la sotana, o lo que sea...»

Corrió luego desaforadamente, gritando como un loco: «Estoy en pecado mortal... Piedad, Señor, piedad... En mí llevo el infierno, la guerra; mis planes estratégicos son los caminos de Satanás... Mi régimen de movilización de tropas, idas y venidas de demonios... ¡Piedad, Señor, piedad!...»

Oyó cantar un gallo, por donde vino a conocer que eran las dos de la mañana, hora en que habitualmente deja oír su voz el reloj de la noche. Aventurose en la dirección del canto, creyendo encontrar un caserío; pero la niebla era ya tan densa, que no sabía por dónde iba. Oyendo después que el gallo cantaba a su espalda, volvió hacia atrás, cada vez más perdido en el seno de aquella opacidad algodonácea que envolvía la naturaleza como un sudario. Había dejado de tropezar con olivos, y de pronto se presentó un escuadrón de ellos, plantados con orden y estorbándole el paso... Vino luego un parral, cuyas cepas a cada instante se le enredaban en los pies. Eran garras que le cogían, y horquillas que le enganchaban. El hombre volvió a arrojarse en tierra, exánime, más afligido aún de la negra desesperación que del cansancio. Lágrimas brotaron de sus ojos. No podía consolarse de haber dado muerte al que en rigor de justicia debió ser, antes, y después, y siempre, su matador... No con lloros y suspiros, ni con la pena ardiente, ni con el razonar febril, podía desahogar su alma, ni aliviarla de aquella colosal pesadumbre. Pasó algún tiempo en tan triste situación, y al fin amaneció: triste claridad se manifestaba al través de aquel pesado velo, más denso al avanzar el día, más lúgubre blanqueado por la luz. A veinte pasos no se distinguían los objetos: árboles y peñas desaparecían como tras una cortina. Los ojos llevaban consigo aquella ceguera de las cosas; el circuito blanco se movía con el espectador.

No hacía media hora que era día, cuando sintió el capellán voces humanas. ¿Por qué parte? No podía precisarlo. Tan pronto sonaban aquellos ruidos por su derecha como por su izquierda. O había gente por todas partes, o la niebla jugaba con el sonido, echándolo de un lado para otro. Eran ecos extraños de voces roncas de mujeres, como disputando con voces más ásperas aún de hombres. Por un momento creyó escuchar la dureza del vascuence. Pero no: era castellano, tirando un poco a baturro. Creyendo reconocer voces de compañeros de la facción, anduvo en seguimiento del ruido; se equivocó de rumbo: llamó; le contestaron, y, por fin, encontrose junto a un grupo de personas diversas, sentadas en el suelo. Habían encendido una hoguera para guisar algún comistrajo y calentarse. Algunos dormían: el aspecto de todos era de extraordinario aburrimiento y fatiga. No bien apareció junto a ellos el clérigo aragonés, saliendo como espectro de los blancos vellones de la niebla, fue reconocido por una mujer del grupo, que asustada dijo: «No es nadie. Creímos que venían carlistas. Es el clérigo de Villafranca vestido de paisano, y sin armas... ¿Qué le pasa, Padrico? ¿Está su merced en servicio militar, o sigue de capellán?... ¿Vienen más facciosos con usted? Nosotros somos gente de paz.

—Y vendemos aguardiente, —dijo un vejete, señalando el borrico atado al árbol más próximo.

—Con esta condenada niebla nos hemos perdido —agregó otra mujerona que atizaba la lumbre—, y aguardamos a que abra para seguir a nuestro ejército.

—Según eso —dijo Fago, echándose en el suelo, gozoso del calor y de la compañía—, estoy en el campo cristino.

—¿Viene usted del campo faccioso?

—Sí: ayer tarde me separé de mis compañeros del 5.º de Navarra, y no he podido reunirme con ellos. Cegado por la niebla, he andado a ratos toda la noche, y en este momento ignoro dónde estoy.

—A poca distancia de Santa Cruz de Campezu... Mucho tiene que andar para juntarse con los suyos, que deben de estar en Zúñiga... Tómelo con calma; y para recobrarse del cansancio, eche un trago de vino, y luego probará de estas pobres sopas. Aquí somos todos de paz, y estamos a ganar un pedazo de pan, con remuchísimo patriotismo... Yo he servido en Fusileros de San Fernando, con don Carlos España... Derrotamos al Francés en Arapiles... ¿Sabe usted lo que fue Arapiles?

—¿Pues no he de saberlo?... Batalla ganada por lord Wellington junto a Salamanca... Y a propósito: no sé aún el resultado de la acción de ayer entre Arquijas y Zúñiga.

—Por el cuento, parece que la hemos perdido.

—Quita allá —dijo Saloma—. ¿Tú qué entiendes? El retirarse Córdoba es engaño, para cogerlos luego por allá... qué sé yo. Nosotros nada sabemos. Córdoba sabe más que el *Tío Zamarra*, y por un lado o por otro le tiene que coger... y como le coja, se acabaron los *asolutos*... ¿Qué les quedará si pierden ese general? Pondrán al frente de las tropas a un clérigo de misa y trabuco... O el mismico don Isidro tomará las riendas, como quien dice, el rosario.»

XVIII

En el abatimiento y confusión de su espíritu no mostraba Fago gran deseo de conocer el resultado de los combates del día anterior. Batallas más terribles, libradas en el campo oscuro de su conciencia, secuestraban su atención, y compartida ésta entre el conflicto propio y los hechos que el anciano cantinero refería, apenas pudo enterarse de la victoria facciosa, o se enteró de un modo incompleto, recogiendo solo retazos, noticias sueltas. Córdoba se había retirado inopinadamente de Arquijas. Oraa fue rechazado en Lana, y Gurrea, que intentó atacar por la derecha, había llegado tarde. En retirada quedaron, pues, al anochecer los cristinos, y aún no se sabía por dónde andaban. Prisioneros de la niebla, los dos ejércitos aguardaban que el Sol les libertase para volver a combatir en las mismas posiciones, o en otras.

«¿Qué le parece? —le preguntó el vejete—. ¿Pelearán en las mismas posiciones?... ¿Qué piensa, buen hombre?... ¿O es que, por no entenderlo, no piensa nada?

—No pienso, no se me ocurre nada —dijo Fago demostrando en el mirar y en el gesto extraordinaria confusión—. ¿Qué entiendo yo de posiciones?

—Es usted sargento, ¡contro!

—Soy un pobre cura que se ha visto obligado a... No sé lo que digo... Dadme un poco de vino para que pueda coordinar las ideas.

—Bien se ve que le han engañado esos puercos —dijo Saloma alargándole el jarro—. No hay más que verle para saber que es usted un mosén muy cuitadico, y que no sirve para manejar el chopo. Váyase, váyase pronto a coger el cáliz, para que Su Divina Majestad le perdone el meterse en estas *jerarquías*.»

Y otra mujer saltó diciendo: «En la cara se le conoce que es cobarde... ¿Qué le pasó, mosén?... ¿que al oír los primeros tiricos le entró lo que los vizcaínos llaman *bildurra*, y se le movieron las tripas?»

La actitud silenciosa y sombría de Fago confirmó a la baturra en su creencia, y por caridad, se apresuró a darle participación en la comida, que ya había sido apartada del fuego, y repartidas las cucharas, comieron todos de la misma cazuela en que las sopas habían hervido: No estará de más representar con cuatro perfiles a las personas que componían la cuadrilla parasitaria del ejército cristino. Saloma ya es conocida; la otra mujer tenía por apodo la *Maja de la seda*, y llevaba muchos años de ejercer el comercio ambulante, rodando por Rioja y Cinco Villas. Su patria era el Bocal; sus ojos bizcos fulguraban picardía y malas artes; su cuerpo igualaba en flexibilidad al de una lagartija. Comúnmente la llamaban *Seda*, y se titulaba esposa de otro punto de la partida, por mal nombre *el tonto de la Uva*, o simplemente *Uva*, de rostro atezado y cuerpo contrahecho. Era del Valle de Arán, y se hacía pasar por francés, hablando a veces un *patois* de su invención. El vejete, que ostentaba el timbre glorioso de haberle cosido a Wellington una bota, la víspera de Arapiles, procedía también del Bocal de Aragón, y le llamaban el *Tío Concejil*. Ganaba dinero con su mercadería ambulante, era consecuente en su filiación liberal, y había sido fiel parásito de Sarsfield, de Quesada, después de Rodil, y últimamente de *don Francisco*, que era su amigo. En Puente la reina, el año 24, le había dado Mina la mano, cuando le llevó la noticia de que los realistas, escapados de Cirauqui al anochecer, habían llegado a Oteiza a las dos de la madrugada. Otros dos hombres había en la cuadrilla, que eran como bestias de *Uva*; cargaban enormes mochilas parecidas a cuévanos, repletas de tabaco.

Saloma era entre los parásitos como una huésped: daba un tanto al día por participar de su comida, y también comerciaba en pequeña escala. Conocía por sus nombres y apellidos a un centenar de soldados cristinos de todas armas; mas no se crea que andaba entre ellos con malos fines: les trataba, les tenía ley, se interesaba en sus triunfos, dábales alientos con palabras expresivas; pero se mantenía fiel al granadero Manuel Díaz, natural de Herraméluri, entre Haro y Santo Domingo de la Calzada; mocetón de buen ver, que más pronto tomaba las mozas que las trincheras de la facción. No era esta cuadrilla la única que seguía las legiones de la reina; había otras, y algunas promiscuaban, sirviendo a carlistas y constitucionales alternativamente, según les convenía.

A mitad de la comida, se arrancó Saloma con este grave aforismo: «Un aragonés no puede ser cobarde, aunque sea clérigo, señor de Fago... Esto lo digo yo que soy de Borja...

—Es verdad —replicó el capellán haciendo honor a las calientes sopas—. Un aragonés es... un aragonés.

—Y está dicho todo. El día que se desbarate España, para volver a jacerla tendrán que poner por pedernal del cimiento los corazones de Aragón.

—Y que lo digas. ¿No piensa lo mesmo el señor cura?

—Lo mismo pienso, y en verdad os aseguro que deshonro a mi tierra, porque soy cobarde. Me creí valiente... Me engañé a mí mismo, me engañaron diciéndome que era yo muy entero.

—Y en cuanto oyó los primeros tiros...

—No, no fue a los primeros tiros, sino a los últimos.

—Eso sí que es raro —dijo Saloma—. Pues mire, Padrico, ándese con cuidado, que si le cogen los faiciosos, le afusilan por desertor, y si le pescan los cristinos, no lo pasará bien... Ya se está usted quitando las *ensinias* de sargento. Como no tiene uniforme, no le estorba el chaquetón; pero algo debe disfrazarse, que aunque sea *falso*, a veces no parece que lo es, y hasta podrían tomarle por un valiente triste, quiere decirse, *aflegidico* por mor de amores o qué sé yo qué.»

Tal era el desaliento de Fago y tan aplanante su pasividad, que no hizo el menor movimiento cuando Saloma descosió con sus puercas uñas las insignias que en las mangas llevaba.

—«Y ahora, si no quiere que sospechen, quédese con nosotros —agregó la baturra—, y aquí comerá de lo que haiga. Si no tiene dinero para el gasto, no le importe, que a mí no me falta un duro para los amigos, y más si son de la tierra... Donde yo estoy, está Aragón... Conque...»

De tal modo sentía el clérigo deshecha y caída su voluntad, que nada supo contestar a estas razones, y a todo asintió, agradeciendo al propio tiempo el socorro de comida y fuego que a los buenos parásitos debía. Pensando en aquella inesperada situación a que le había traído su destino, sorprendió y reconoció en su alma una glacial indiferencia política. Lo mismo le importaba hallarse entre liberales que entre facciosos. Empequeñecidos ambos bandos, eran de la misma talla mezquina ante la magnitud del tremendo conflicto que él llevaba en su alma. ¿Ni cómo podía ser de Dios uno de los ejércitos, y el otro no? Dios estaba en todos y en ninguno, y los hombres no se podían diferenciar ante Dios más que por sus conciencias. Pero estos razonamientos y otros no podía calmar la suya, ni ver nuevos horizontes en su vida ulterior. ¿Qué haría? ¿Adónde trasladarse, qué partido tomar, y qué conducta preferir, y a qué aferrarse?

Rasgó el Sol con punzantes rayos la niebla, y se aclaró un espacio que permitía ver los objetos a distancia de tiro de fusil. Pero luego cerrose de nuevo la espesa cortina, y a oscuras quedáronse otra vez dentro de aquella ceguera blanca, que era como el ver que no se veía nada. Oíanse, no obstante, tambores y cornetas. Los batallones más próximos marchaban ya, sin que se pudiera saber adónde. *Uva*, que había ido a explorar, volvió diciendo: «San Fernando y la caballería de López vuelven a Mendaza. Los demás, sabe Dios por dónde andan.

—¿Y ellos?

—La facción, dicen que va hacia la Amézcoa; pero no es más que un decir.»

Las diez serían cuando acabó de deshilacharse la niebla, y la cuadrilla se puso en marcha, llevando el burro por delante: Fago se dejó llevar; no tenía voluntad. Vio soldados cristinos en marcha, caballos, acémilas; vio a Saloma hablando con sus amigos y conocimientos; vio un capellán en mula, en quien reconoció a un antiguo colegial de Vergara. Afortunadamente no fue conocido. *Uva* se emparejó con él, y quiso distraerle con su charlar festivo; pero el aragonés, atacado de un mental marasmo, parecido a la imbecilidad, no acertaba en las contestaciones, y de rato en rato decía: «Amigo *Uva*, ¿a dónde vamos? Yo quisiera ir a Veruela.

—No creo que vaigamos tan lejos. Pero usted, mosén, si quiere, por Los Arcos y Viana se puede pasar a Logroño, y de allí, caminito arriba, hasta Tarazona... En el coche de San Francisco, cinco días o seis.»

Rendido de sueño, el infortunado capellán, aprovechando el descanso de la cuadrilla en un humilladero que les ofrecía comodidad, se tumbó en el rincón más abrigado, y mal envuelto en pedazos de manta que pusieron a su disposición las baturras, se durmió profundamente. Soñó primero mil disparates inconexos: que *Uva* estaba jugando a la pelota con Zumalacárregui; que, Saloma era la Saloma de Ulibarri, transfigurada físicamente; que *Seda* iba del brazo del general Córdoba por la calle principal de Ejea de los Caballeros, y, por último, su cerebro forjó una serie de imágenes y hechos, combinados con relativa lógica, imitando la realidad en todo lo que los sueños imitarla pueden. Viose en manos de los monjes de Veruela, que de nuevo le rescataban del Infierno, entregándole a Dios... Otra vez se veía, cubierto del traje eclesiástico, y pasaba de Veruela a un lugar sin nombre, con sus casas cimentadas en escalones sobre altísimas peñas. En el pico más alto estaba la iglesia, como un nido de cuervos, apoyando sus contrafuertes en las grietas musgosas de la roca. El sueño le representó después diciendo misa en la iglesia roquera, delante de un grupo de fieles vestidos de negro, con cirios... No tardó en cambiar la decoración, y viose en otra iglesia pequeñita y oscura. También en ella celebraba, y en el momento de salir revestido con casulla blanca, por ser la fiesta del papa San Gregorio, oyó tiros cercanos, gran tumulto de batalla.

Los cristinos cercaban el pueblo; ya eran dueños de las casas exteriores, y seguían adelante, destruyendo todo lo que encontraban al paso. Mas él, impávido, apartando su mente de todo lo que fuese guerra y matanza entre cristianos, empezó su misa. La decía despacio, muy despacio, recreándose en las bellezas del simbolismo litúrgico. Pero cuando llegaba a la consagración, los tiros sonaron en los propios muros del templo. El pueblo salió despavorido: mujeres y hombres acudían a la defensa armados de fusiles, palos o esgrimiendo cirios, blandones, incensarios y lo primero que encontraban. El acólito abandonó el altar, y de la caja del púlpito sacó una escopeta. El oficiante sintió el demonio de la guerra en su alma, dejó el cáliz sobre el ara, y sin pensar en quitarse las sagradas ropas, pues el aprieto del ataque no le daba tiempo para ello, corrió a la ventana, por donde entraba, con el grandísimo estruendo, humo y polvo de un batallar furioso. Alguien, no supo quién, puso en sus manos un fusil. Cogiolo, y saliendo intrépido a la ventana, echóselo a la cara. Los cristinos subían con escalas. Les recibió a tiros, acertando en todos. Cada disparo era una muerte. Mientras disparaba un fusil, le cargaban otro y otro. Llovían balas contra él; pero todas se estrellaban en su casulla como en una coraza milagrosa... Con gritos de coraje alentaba a los suyos, y con horribles expresiones blasfemantes denostaba a los enemigos que asaltaban la iglesia. Tantos mató, que caían en racimos al pie del muro. Y él indemne, viva imagen del dios Marte, vestido de alba y casulla, mostrando un valor heroico y una pericia no inferior a su bravura. No contento con rechazar a los que osaron meterse por la ventana, salió al frente de su cuadrilla por la puerta lateral, y persiguió al enemigo en retirada, acuchillándolo sin piedad, machacando cráneos, rasgando vientres, cercenando piernas y brazos. En fin, que a poco de emprender esta feroz batalla no quedaba un enemigo para contarlo. Transcurrió un lapso de tiempo, que apreciar no podía; mas al término de él, continuaba tan tranquilo su misa, como si nada hubiese pasado. Su casulla, que era blanca al empezar, se había vuelto roja de la sangre de la batalla, y la festividad, que antes era de confesores, después lo fue de mártires. El vino de la consagración le supo a pólvora; el acólito, en vez de campanilla, tocaba un tambor... «¡Cuánto disparate, y qué sueño tan absurdo e irreverente!», dijo el capellán despertando a los tirones de pies que le daba *Uva*.

«Padrico, que nos vamos. Levántese si no quiere que le dejemos aquí.

—¿En dónde estamos? ¿Qué pueblo es éste?

—El pueblo es Mirafuentes. Esto se llama el Cristo de la Caña... Volvemos a Los Arcos, amiguito, a repostarnos de municiones para emprenderla otra vez contra esos pillos, que no pelean; lo que hacen es escurrirse como culebras cuando les tenemos cogidos... Dese prisa, si no quiere quedarse.»

En marcha ya, la mente del tránsfuga, que con el sueño se había despejado considerablemente, pudo hacer apreciaciones razonables de su verdadera situación, y la voluntad, libre ya del horrible desconcierto de la noche anterior, supo determinar algo conforme a lógica y al sentido común. «No se me había ocurrido hasta ahora que debo presentarme al señor Arespacochaga, mi protector y amigo, por quien he venido a estas endemoniadas aventuras. Debo manifestarle el estado de mi conciencia, mis horribles dudas, el espanto que me produjo la visión de Ulibarri, el desaliento que ahora me invade, y todo, todo, para que lo sepa y decida. Él me trajo; él dispondrá de mí.»

«Amigos míos —dijo a los cantineros, parándose en mitad del camino—, cuando nos encontramos, la luz de mi razón hallábase apagada. Ya se ha encendido: ya veo claro. Agradeciendo a ustedes la caridad que me han hecho, me veo precisado a dejarles. Tengo que ir al Cuartel Real de Carlos V.»

Diéronle medio pan y un palo, y despidiéndose afablemente tiró hacia el Norte, camino de Mendaza y del puente de Arquijas.

XIX

Toda aquella tarde anduvo sin encontrar tropas. Las de Córdoba fueron hacia el Sur, y la división de Oraa habíase retirado por la estrechura de San Gregorio. Encontró, sí, gentes dispersas, que corrían a recobrar los hogares abandonados; rebaños fugitivos, y, de trecho en trecho, caballos muertos, despojados ya de sus arzones militares; algunos cadáveres de cristinos y facciosos, que nadie se había cuidado de enterrar, y multitud de objetos de vestuario y armamento, despojos tristísimos de la guerra. Ignorante de la verdadera residencia del Cuartel Real, confiaba que algún campesino adicto a la causa, y por allí casi todos lo eran, se lo dijese; mas no quiso formular su pregunta hasta no hallarse más cerca del terreno dominado por realistas. Mas no le habría gustado encontrar al ejército, y si pudiera meterse en el Cuartel Real sin pasar por entre los batallones de Zumalacárregui, se creería dichoso.

Por la noche pidió albergue en el primer caserío que encontró, y allí le dieron noticias contradictorias respecto al Cuartel Real: que había pasado a tierra de Álava, que iba hacia el Baztán, que en la Amézcoa... Confiaba que a la siguiente mañana no faltarían noticias ciertas, y se durmió sosegado, después de cenar habas mal cocidas y un poco de leche de ovejas. Lo que trajo el día subsiguiente no fue la noticia fidedigna que Fago deseaba, sino una nevada formidable. Amaneció todo el país cubierto de nieve, borrados los caminos, el horizonte ceñudo, el cielo arrojando copos. Era, pues, el tránsfuga prisionero de la Naturaleza, como la noche anterior, y toda su voluntad resucitada no podía con el tremendo obstáculo de la nieve y del frío. Resolvió esperar, toda vez que sus patronos, con gallarda nobleza, le ofrecieron hospitalidad por todo el tiempo que quisiese. No se les ocultaba, juzgando por el habla, que era persona principal, quizás de alta categoría, y le escuchaban con respeto y se desvivían por agasajarle. «Señor —le dijo el anciano, jefe de la familia, compuesta de viejas, muchachas y niños, pues todos los mozos estaban en la facción—, vocencia me dispensará si le digo que le hemos conocido, y que no tiene por qué ocultarse de nosotros. Aquí somos fieles a la causa, y puede estar tranquilo, pues. Sabemos que vocencia eminentísima es ese príncipe, primo hermano de la sacra católica real Majestad; ese que le nombran don Sebastián, don Grabiel, o no sé cómo, y que anda por estos lugares desaminando pueblos al ojeto de ver dónde se pone una grande fortaleza o laberiento de trincheras que piensan hacer, para que se apoyen las tropas, y den las batallas en regla. Aquí está vocencia seguro, y puede sacar los pinceles y compases para pintar la tierra y montes y honduras radicantes arriba y abajo. Yo también he sido militar, del 1.º de Zapadores: me encontré en Zaragoza con el comandante de Ingenieros señor Sangenís, y sé lo que son escarpas y contraescarpas, líneas quebradas, y obras de tierra y fajina. De modo que aunque estoy algo mal de la vista, y por ello gasto antiparras, bien podré ayudarle, y conmigo las muchachas, que todas se despepitan por servir a la real persona.»

Respondió Fago que él no era príncipe ni magnate, sino un pobre capellán del Cuartel Real, que se había extraviado en la acción de Arquijas, y deseaba volver a reunirse con los suyos. No se dio por convencido el viejo, y continuaba mirándole con las antiparras de redondos vidrios, montados en gruesa armadura de cuerno.

«Pues diré a vocencia que, para mí, el Cuartel Real está ya sobre Salvatierra, y las tropas van a forzar el paso de Pancorbo para plantarnos en Burgos en menos que canta un gallo.»

Las viejas tomaron parte en la conversación, y propusieron a Fago darle un balandrán de cura que cogido habían en el campo de batalla. No le pareció mal este ofrecimiento, y aún le pareció mejor al ver la prenda de ropa enteramente ajustada a su talla y cuerpo, y tan buena que revelaba ser de canónigo. Aceptada desde luego, se la puso para abrigarse: el frío era intenso; seguía nevando, y no había que pensar en salir tan pronto. Los pastores que en cabañas próximas recogían su ganado, aseguraban que el Rey con toda su Corte estaba en la Amézcoa Baja, y también el ejército, y que hasta pasada Navidad no habría operaciones, por causa del mal tiempo. El viejo de las antiparras no se separaba de su huésped, tratando de hacerle menos aburridas las horas con su charlar continuo de la guerra, entreverado de anécdotas navarras, y de noticias referentes a linajes, familias y personas: de todo ello coligió que había tenido posición y hacienda muy superiores a la pobreza en que a la sazón vivía. Era ribereño, de Murillo el Cuende, y se llamaba Fulgencio Pitillas. Comprometido en las campañas realistas del 22 y 28, Mina le había quemado sus casas y graneros, y quitádole los ganados. Todo lo perdió por defender una idea; pero no le importaba con tal de ver la idea victoriosa. ¿Qué valían unos cuantos carneros y algunos sacos de trigo en comparanza de la religión católica y del trono legítimo? Dios sobre todo.

Oía esto con indiferencia el buen Fago hasta que de concepto en concepto, picando el señor de Pitillas en uno y otro asunto, vino a resultar inopinadamente que había conocido a don Adrián Ulibarri. De tal modo se desconcertó el capellán al oír nombrar a la víctima de Falces, que en un punto estuvo que apretase a correr, poseído de un pánico semejante al que sintió en la batalla de Arquijas. Como el buen Pitillas era tan cegato que no veía *tres sobre un burro*, no advirtió la turbación y palidez del otro, y siguió diciendo que en sus buenos tiempos había tratado íntimamente a Ulibarri, y que la difunta de éste, doña Saturnina Dorronsoro, y la difunta de Pitillas, doña Manuela Mendívil, eran primas segundas. Agregó que había sabido el fusilamiento de don Adrián, pena que le estaba bien merecida, por meterse a dar soplo a los cristinos de los movimientos de los leales; cosa fea, porque el buen navarro debía pertenecer en cuerpo y alma a la causa *disoluta*. Titubeó Fago entre nombrar a Saloma o callar este nombre, que removía en su alma heces amarguísimas; pero su ardiente curiosidad pudo más que su miedo, y Pitillas, contestando a la tímida pregunta, dijo: «Esa desgraciada, que conocía muy bien el genio que gastaba su padre, no se atrevió a presentarse a él después del estropicio, y ahora...

—¿Ahora qué?

—Dicen que dicen... Yo no gusto de conversaciones, y mejor es que me calle.

—¿Luego vive?

—¿Que si vive? Ahora la tiene usted de ama de cura.

—¡Jesús mío!

—Dicen que dicen... yo no digo nada... Volviose con el mismo que la perdió; éste, que es un gran tunante, para esconder sus pecados debajo de la religión, se hizo cura, y ella...

—Eso no es verdad, señor Pitillas, —afirmó el capellán con acento tan distinto del que comúnmente usaba, que el viejo se desconcertó.

—Yo no lo he inventado.

—Pues es falso, y quien lo haya dicho, miente como un bellaco.

—Así será, pues vocencia lo asegura. De que lo dicen respondo. Ahora, que sea o no verídica, no sé... Yo he creído que ella y él no se han metido en nuestra religión santísima, sino en otra de esas en que hay *clérigas*, quiero decir, donde los curas son al modo de matrimonios casados, y cada canónigo tiene su sacerdotisa para que le cosa la ropa... Eso pienso; no sé.

—¿Y dónde están?

—Que me condene si lo sé. Pero aquí viene este Fermín Iralde, que debe de saberlo, porque una noche contó que había visto a la Saloma tocando las campanas en la iglesia de un lugar, de cuyo nombre no me acuerdo.»

Llegose al grupo un pastor cojitranco, con peales y zahones, hirsuto, de color gitanesco. Interrogado por Pitillas, dijo que Saloma era ama de un cura que peleaba en la facción.

«¿Y se llama...?

—No lo sé... Solo sé que es aragonés, y que está en el 5.º de Navarra.

—Eso no es verdad. Y ese clérigo, antes de meterse a soldado, ¿era quizás párroco de algún pueblo?

—Capellán del Cuartel Real.

—¿Y es el mismo que...?

—No, señor; es otro.

—Mentira, más mentira todavía. ¿De dónde habéis sacado esas fábulas indecentes?... Otra cosa. ¿Y dónde decís que habéis visto a Saloma Ulibarri tocando las campanas?

—Repicando... Cuando entraba en el pueblo Su Majestad don Carlos Isidro. La vio un pastor que se llama Orden.

—¿Dónde? ¿Qué pueblo era ése?

—Aranarache, en la Amézcoa Baja.

—También lo niego. Yo sostengo que es falso de toda falsedad, y a ver quién es el guapo que me desmiente. Sois unos zopencos; hacéis mal en tomar en boca a personas honradas, que ni han escandalizado ni escandalizarán jamás. Saloma no es ama de cura, ni *clériga*, ni nada de eso, y al que lo diga le enseñaré yo el respeto que se debe a la mujer virtuosa: dondequiera que ahora resida, llorará la muerte de su padre y sus propias culpas. Para mí está o debe estar en algún recogimiento, casa de religión o cosa así.

—No se incomode vocencia —le dijo Pitillas tirándole del balandrán, pues Fago se había puesto en pie y accionaba enérgicamente con el garrote—. ¿A nosotros qué nos va ni qué nos viene en esto?

—Nos va y nos viene, señor mío, que no debemos dar curso a la calumnia, sino cortarla dondequiera que la encontremos. Yo salgo a la defensa de toda persona calumniada, ahora y siempre.

—Bueno, señor. Hágase cargo de que no hemos dicho nada, y vámonos a comer, que ya es hora.»

Comió Fago de mal talante, y a cuanto le decían sus patronos contestaba tan solo con monosílabos incoherentes. Por la tarde, con gran sorpresa de toda la familia pitillesca, afirmó que no podía detenerse; y resistiendo a los halagos de aquella gente infeliz, se despidió, ávido de lanzarse a los caminos, de agitarse y correr, movido sin duda de la necesidad de ejercicio físico, o quizás de una impaciencia que ni él mismo sabía si era caballeresco-militar, caballeresco-religiosa o caballeresco... ¿qué, Señor? El tiempo y los hechos lo dirían.

No acobardado del mal cariz del cielo, ni de la nieve que en espesa capa cubría la tierra, marchó resueltamente hacia el Norte en busca del paso del Ega más próximo, que era el de Acedo. Escasos dineros llevaba: dos pesetas columnarias y una regular porción de cuartos. Sus víveres eran un pan con chorizo entre la miga, que al salir le dieron los Pitillas; su compañía, sus pensamientos y el garrote. No llevaba media hora de marcha, cuando empezó a ser atormentado por una idea, y ésta no le abandonó hasta el fin de la jornada. Era como un compañero de viaje que al compás de los pasos, y convirtiendo en voz humana el singular crujido de la nieve bajo los pies, le hablase al oído. ¿Qué decía? Pues que en el bolsillo del balandrán que puesto llevaba, generosa ofrenda de los Pitillas, había, cuando se lo dieron, una carta olvidada. Recordaba que en el momento de tomar la prenda de ropa de manos de la vieja había registrado los bolsillos, encontrando en ellos un pedazo de yesca, dos cuartos y un papel escrito. Rompió el papel la anciana, sin que a él se le ocurriese impedirlo, por no sospechar que pudiera ser interesante. Pues bien, al ponerse en camino dio en pensar que el papelejo era una carta de la persona cuyo nombre, pronunciado inopinadamente aquella mañana, había removido su ser todo. La hija de Ulibarri escribía muy mal, y firmaba solo con la sílaba *Mé*, abreviatura de Salomé, con que de niña la nombraba su abuela. «Parece que es esto obra del demonio —pensaba—. Ahora veo los pedazos del papelejo, rotos y echados al viento por señá Martina, y creo recordar, creo recordar... Como no sea esto una artimaña del espíritu maligno... Creo recordar que en uno de aquellos pedacitos, que volaba delante de mis ojos, estaba escrito: *Mé*... Y yo digo: ¿esto del creer recordar, es como recordar verdaderamente? Si vi pasar la palabra *Mé* por el aire, ¿cómo no me causó la impresión que ahora me causa el querer recordarlo? Luego no hubo tal palabra... ¿Y no podría suceder que viera la sílaba sin darme cuenta de lo que significaba?...»

Por todo el camino, sobre la blancura inmaculada de la nieve, fue viendo algo como huellas de una cabra, un signo que evidentemente decía: *Mé*, *Mé*, *Mé*...

XX

La noche le cogió en el arrabal de Acedo: pidió y le cedieron albergue en una choza humilde, y a la mañana siguiente, muy temprano, se agregó a una cuadrilla de campesinos que le llevaron en borrico unas cuatro leguas. El tiempo había mejorado; pero al deshacerse la nieve, los caminos y senderos se ponían intransitables. Sin desmayar por esto, el peregrino seguía, y a medida que se aproximaba a las alturas de la Amézcoa, iba encontrando gente que iba o venía, caballerías cargadas de provisiones, y alguna descubierta de soldados a pie o a caballo. En Galbarra encontró a dos conocidos: el uno, aragonés; el otro, navarro, y por ellos se informó de las posiciones de la tropa, sin dar a entender que deseaba conocerlas para evitar su encuentro. Agregaron que el Cuartel Real estaba en Artaza, y que allí permanecería cuando el ejército saliese a operaciones, pasada la fiesta de

Navidad. Con estas noticias determinó emprender un largo rodeo, a fin de meterse en Artaza sin pasar por los pueblos donde acampaban las tropas de Zumalacárregui. Esto le ocasionó una tardanza de tres días, durante los cuales iba viendo el *Mé, Mé*, ya representado por la huella de cabras, ya por letreros diferentes, trazados con negro en esquinazos de iglesias o en tapiales de caserones.

Llegó a Artaza de noche. El pueblo dormía; los centinelas obligáronle a esperar el día para entrar en las calles, y arrimose a un vivac, donde encontró conocidos y amigos, entre ellos uno del propio Oñate. Éste le notificó que se le tenía por muerto en la batalla de Arquijas, y que el señor Arespacochaga había mandado echarle responsos. Hablando de operaciones, díjole el mismo que pasada Navidad se emprendería la guerra por la parte de Guipúzcoa, donde andaban muy envalentonadas las divisiones de Espartero y Jáuregui.

No sentía Fago ningún interés por estas noticias de guerra; pero se guardó de dar a conocer su desencanto. Tales confianzas no podía tenerlas más que con su protector y amigo, el señor Arespacochaga, ante quien se presentó por la mañana, no causándole menos impresión que si fuese alma del otro mundo. Era el tal cortesano de don Carlos persona de muy cortas luces, ambicioso forrado en beato, de ideas comunes y palabras rebuscadas y ampulosas. Su edad no pasaba de los cincuenta años; era de buenas carnes, de rostro frío y redondo, afeitado; facciones que podrían llamarse eclesiásticas, con la salvedad de que carecían de toda expresión mística. Su mirada se esforzaba en ser aguda y luminosa; pero no lograba la vanidad lo que solo es privilegio de la inteligencia: resultaba un mirar de desconfianza oficinesca, o de comerciante en mercedes palatinas. Usaba en el trato social tosecillas, pausas, caídas de ojos y otros medios auxiliares de expresión que conceptuaba indicadores de pensamientos recónditos: realmente eran un juego que respondía a la vaciedad de su inteligencia. Y como había otros más negados que él, para éstos tenía un repertorio de frases comunes, adquiridas en lecturas o cosechadas en el trato de otros prohombres burocráticos, las cuales le servían para deslumbrar a la muchedumbre de casacón y sombrero de tres picos, que es sin duda la más fina y selecta variedad en la familia extensísima del humano vulgo.

Pues bien: serían las nueve de la mañana cuando el asendereado presbítero se presentó al señor Arespacochaga, el cual habría desmentido su carácter si no le recibiera con toda la gravedad que gastar solía, así en los actos ordinarios como en los más solemnes de la vida. A poco de entrar Fago, sirvieron a los dos el chocolate. Su Excelencia oyó, frunciendo el ceño, las explicaciones que el capellán le diera de su desaliento militar, de aquella inesperada fuga, que parecía una deserción, pues no estando herido debió incorporarse inmediatamente al 5.º de Navarra. «Con estas cosas, señor de Fago, y estas rarezas de su carácter —dijo el Consejero de Castilla—, me ha puesto usted en ridículo, pues yo le aseguré al señor general en jefe que usted era un gran soldado y un sagaz estratégico: así me lo manifestaron personas que le conocen desde su juventud. Y ahora pregunto: ¿usted sirve o no sirve para las armas? Porque si en el terreno militar no ha de hacer nada en gloria y provecho de nuestro augusto Soberano, lo mejor será que vuelva a ponerse la sobrepelliz y procure sernos útil en la esfera eclesiástica...

—Señor —replicó Fago con efusión humilde—, yo no sirvo: ni en una ni en otra esfera podré hacer nada de mediano provecho.

—Pues entonces, ¿a qué aspira usted?

—Aspiro a encerrarme en un recogimiento, y a dar de mano a todas estas contiendas, así políticas como militares, pues unas y otras las creo de una vanidad absoluta.

—Hubiera usted empezado por manifestarme esas ideas egoístas —dijo el Consejero sin mirarle—, y yo no le habría sacado de Oñate. Le tuve por un gran hallazgo, como hombre de inteligencia; después salimos con que era usted hombre de acción, y, a la primera prueba, nos resulta fallido... Hábleme con franqueza: ¿es que le falta a usted la primera condición de todo militar, el valor?

—De sobra he tenido esa cualidad en algunos momentos; en otros, la verdad, me ha faltado.

—Pero yo pregunto: ¿el valor personal, el arrojo del soldado, son indispensables en quien, como usted, según repetidas veces me han dicho, descuella por el sentido estratégico y las combinaciones?

—El valor personal es necesario siempre. Sin él todas las aptitudes guerreras no sirven para nada.

—Hombre, hombre... No estamos conformes... Y yo pregunto: ¿cree usted poseer la ciencia estratégica, ese don innato, ese...?

—Francamente, señor, creí poseerla: en mi obcecación y soberbia llegué a imaginar que los pensamientos del general en jefe no eran más que una reproducción de mis propios pensamientos; pero ya me he curado de esa presunción ridícula... Yo no sé nada; yo no sirvo para nada.

—Hombre, hombre... Pues estamos bien. Me deja usted lucido... Aquí nos desvivimos por traer a la causa todos los elementos útiles, así religiosos como políticos y militares; descubro a Fago; creo haber hecho una adquisición, y ahora, usted mismo, con esa santa pachorra, me dice: «Señor, soy un necio» lo que significa que más necio fui yo al considerarle discreto.»

Al llegar a este punto, el señor Arespacochaga, apurado el chocolate y bebida con gran fruición el agua, empezó a medir la estancia, las manos a la espalda, jugando con los faldones de su larga levita. Fago continuaba sentado, y aún mojaba bizcochitos en el soconusco.

«No, no, señor mío —prosiguió el cortesano, alardeando de penetración y agudeza—; aquí hay algo que usted no quiere decir, algo que se propone ocultarme con esos artificios de su ineptitud, de su supuesta cobardía, etc. Aquí hay algo, y yo, que veo mosquitos en el horizonte, veo el oculto pensamiento de usted, y le demostraré ahora mismo que a todos engañará, pero a mí no.

—Ni a usted ni a nadie —dijo el capellán mirando fijamente al Consejero, el cual se paró ante él, y puso entre ambos una silla, en cuyo respaldo reforzaba con golpes sus severas palabras.

—Toda esa historia que usted me cuenta es una fábula grosera con que quiere ocultarme sus recientes inclinaciones al cristinismo, al liberalismo, al bando infame contra el cual peleamos... ¡Ah!, es esto, y no puede ser otra cosa... ¿Por qué no lo dice usted claro?

—Ni claro ni oscuro puedo decirlo, porque no es verdad. Grandes turbaciones he sentido; pero eso... líbreme Dios. ¡Yo cristino, yo liberal! señor don Fructuoso, es usted conmigo injusto, cruel, despiadado.

—¿Me negará usted que estuvo en el campo de Córdoba en la mañana siguiente al combate de Arquijas?

—Estuve, sí, señor, porque me perdí... porque...

—Se perdió usted... y tan perdido... Ya lo veo.

—Si yo me hubiera pasado al cristinismo, no estaría en este momento donde estoy...

—Es que... bien podría suceder que acá se nos viniera con fines de espionaje... Valor se necesita para ello... De su conducta, señor capellán, deduzco que usted podrá ser todo lo que se quiera, pero cobarde no es.

—Sí que lo soy, señor don Fructuoso —dijo el otro poniéndose en pie—, pues usted me injuria gravemente, usted me llama espía, y yo... lo aguanto; yo... Continúo respetando al que ha sido mi protector y mi amigo.»

Viendo pasear al Consejero con las manos en los faldones, Fago se sintió acometido de un vivísimo impulso: coger a su protector y tirarle por la ventana.

«Permítame usted que me retire —le dijo, temiendo que su sangre impetuosa le lanzara bruscamente a una brutal acción.

—¡Ah! no... ¿Cree usted que he concluido? ¿Cree que renuncio a obtener las explicaciones que estimo pertinentes?

—¿Explicaciones? Ya las he dado todas.

—Ahora lo veremos. Siéntese usted... Considere que, si se me alborota, me será fácil mandarle preso... y un consejo de guerra decidirá si el curita Fago es simplemente un desertor medroso, o un valiente vendido, a los enemigos de la Fe.

—Mándeme, si gusta, al consejo de guerra, pues nada temo, ni me importa. Que me juzguen como quieran.

—Le digo a usted que se siente, y oiga.

—Oigo sentado...

—Pues... yo pregunto al capellán Fago: ¿quién es una mujer, una mujer digo, que la víspera de la batalla de Arquijas, se presentó en el Cuartel Real pidiendo noticias de usted?

—¿De mí?... ¿Una mujer? Lo ignoro —replicó el capellán palideciendo.

—Y bien se comprendía que no preguntaba la tal por un desconocido. Su lenguaje y el interés de sus interrogaciones demostraban confianza y antiguo conocimiento con el señor capellán.

—¿La vio usted? —dijo Fago con apagada voz, tragando saliva—. ¿Qué señas tenía?

—Alta, buena presencia, ojerosa... vestida de negro.

—¿Edad?

—Como unos veinticinco años... quizás menos.»

Y creyendo ver en la intensísima palidez del clérigo indicio seguro de culpa, prosiguió con hueca severidad: «Le vende a usted su turbación, y todo lo que diga no le servirá más que para enredarse en sus propias mentiras.

—Yo no miento... Por las señas, esa mujer es la hija de Ulibarri.

—¿Y cuándo hizo usted conocimiento con ella?

—¡Ah!, es cosa muy antigua, anterior a la época en que abracé el estado eclesiástico.

—¿Y qué clase de relaciones...? ¿Se puede saber...?

—Se puede saber; pero no se sabe, porque yo no he de decirlo, ni a usted le importa nada ese asunto, enteramente personal y que nada tiene que ver con la guerra.

—¿Que nada tiene que ver con la guerra? Muy pronto lo dice.

—Lo digo y lo sostengo, sin más explicaciones.»

La actitud resuelta y valiente del aragonés desconcertó al señor Arespacochaga, que se pasaba la mano por la frente, anunciando con este movimiento la pronta emisión de una idea luminosa.

«Si no se tratara más que de los grandísimos pecados mortales cometidos por usted en su vida de seglar licencioso, nada tendría que decir. Debo creer que usted limpió su conciencia de aquellos crímenes contra la ley de Dios, y que fue absuelto en el tribunal de la Penitencia. Pero no se trata de eso. La mujer de quien hablamos no es, no puede ser extraña a la deserción de usted, ni a su visita al campamento enemigo.

—¡Qué absurdo! Pruébemelo usted.

—A eso voy. Dos días antes de aquel en que se presentó en Orbiso la señora esa, se recibió una carta dirigida al capellán don José Fago.

—¿Y la abrió usted?

—Naturalmente. Su Majestad me ha encargado del servicio de correos y policía. El estado de guerra me autoriza a leer todas las cartas, y mayormente la de mis subalternos. Usted es mi capellán; pero aunque no lo fuera... Aunque no lo fuera... La carta, muy mal escrita, le decía a usted que saliera al anochecer a la primera venta que hay en el camino de Antoñana, *Parador del Manco* se llama, donde la firmante le esperaba para hablarle de un asunto.

—¿Y firmaba...?

—Firmaba *Mé*.

XXI

—Es ella, es ella —dijo Fago poseído de febril inquietud, levantándose para espaciar su espíritu y respirar fuerte—. Pero, pero...

—¿Pero qué?... No sabe usted por dónde salir.

—¿La carta...?

—La mandé a su destino, y por mis vigilantes supe que el señor capellán acudió a la cita.

—Eso no es verdad, como no lo es que yo recibiera tal carta: se lo juro. Tiene usted un servicio de espías detestable. Le han engañado, señor mío.

—Para que vea usted que soy leal y que no quiero cogerle en una trampa —manifestó el Consejero empleando toda su gravedad—, le diré que mis informes sobre el particular no son de los que alejan toda duda. Al punto de cita acudió un hombre de balandrán. No me han asegurado que fuese usted. Bien pudo suceder que la señora *Mé* citara a varios clérigos para celebrar algún concilio, o junta de rabadanes.»

Esta broma no le pareció bien a Fago, que sentándose otra vez dio un golpe en la silla que les separaba, diciendo: «La señora *Mé* no tiene por qué celebrar concilios, ni es persona capaz de andar en tratos de mala ley, en enredos políticos o militares.

—¿Qué no? ¿Se atreve usted a decir que no? Pues sepa que esa señora pasó la noche del 14 al 15 de diciembre en el alojamiento de los ayudantes del general; sepa usted que algunos días antes, el 10 o el 11, estuvo en Los Arcos en compañía del capellán de Gerona, con quien parece ha vivido o vive en gran intimidad. Es indudable que ha pasado de un campamento a otro trayendo y llevando recados. Hay sospechas de que para sus espionajes se disfraza de monja, en compañía de otra mujer, figurando que pertenecen a la Comunidad de Dominicas de Los Arcos, desalojadas por los cristinos... ¿Qué tiene usted que decir? ¿Por qué me pone esa cara de estupor y atontamiento?

—Pongo esta cara porque realmente me siento atontado y estúpido. Paréceme que sueño; que oigo contar cuentos de duendes y trasgos. Yo me vuelvo loco, señor Arespacochaga, y no sé si creer o no creer lo que escucho.

—Pues yo, en mi sano juicio, sostengo que esa señora, disfrazada de monja, se ha visto con usted el día antes de Mendaza, quizás el mismo día, y le ha inducido a llevar proposiciones de componenda, quizás de traición al general don Luis Fernández de Córdoba. Y usted ha visto a Córdoba, no me lo niegue, y usted, antes de venir aquí, ha llevado a Zumalacárregui algún mensaje del jefe cristino, y usted...

—Señor mío —dijo el capellán con acento solemne, dueño de sí, no turbado ni balbuciente, sino con la energía y el aplomo de quien expresa la verdad, y pone la verdad sobre todas las cosas, sin exceptuar la vida—; yo, José Fago, por la Orden sagrada que recibí, ante Dios que ha de juzgarme, ante los hombres a quienes entrego mi vida, juro que estoy inocente de todo delito de traición y espionaje, que no he visto a Córdoba ni a Zumalacárregui, que no he visto a esa mujer a quien suponen ocupada en traer y llevar recados de uno a otro campamento, que todo lo que usted me cuenta es absolutamente desconocido para mí. Y si no es verdad lo que juro, que me mate Dios ahora mismo, y mande mi alma a los infiernos; y si usted no me cree, disponga que me lleven ante un consejo de guerra y me fusilen inmediatamente, pues para nada quiero una vida calumniada. Honrado soy en mi conciencia, y me basta; por eso no temo la muerte; casi la deseo, y matándome se me da la gloria del martirio, que apetezco, que ambiciono.»

Esta vez fue Arespacochaga quien palideció, afectado por la actitud arrogantísima del capellán, por su voz entera y vibrante, por el fuego de sus ojos.

«¿Me cree usted o no me cree? —añadió Fago, dando un paso hacia él.»

No quiso el Consejero dar su brazo a torcer tan pronto ni declarar el efecto que la solemne manifestación del aragonés le había producido. Dominando su turbación, echó mano de su gravedad, del recurso de las medias palabras que nada dicen, y parecen revelar pensamientos hondos... «Tengamos calma... Yo opino... ¿Cree usted que a mí se me engaña... que no sé distinguir?... Poco a poco. Ya sabe que le aprecio, que le he protegido, que mi mayor gozo es verle triunfante de la calumnia...

—¿Me cree usted, sí o no?

—Calma, señor capellán... Puede que de esta conferencia salga la certidumbre de que no es usted traidor... Yo la deseo... Estoy dispuesto a admitir todas las explicaciones razonables.

—Y hay más —declaró Fago con enérgica resolución y acento firmísimo—: creo que todo eso que a usted le cuentan sus espías y polizontes, es falso. Unos por congraciarse con sus jefes y aparentar servicios ilusorios, otros por la recompensa pecuniaria que se les da, le traen a usted mil embustes y enredos... No hay, no hay, no puede haber tales tratos entre el ejército de la legitimidad y el ejército impío; yo lo niego: le engañan a usted, abusan de su credulidad, señor don Fructuoso.

—¡Carape!... Ahora sí que tengo a usted por un inocente, digno de que le entierren con palma —replicó el Consejero alardeando de hombre agudo, sabedor de secretos gravísimos—. Admito... ya ve usted si le considero... Admito que mi capellán no tenga parte alguna en esos enjuagues y componendas... Las manifestaciones que usted acaba de hacerme serían una hipocresía monstruosa si no fuesen verdaderas. Admito su inocencia, señor Fago; pero dudar de que existen proyectos contrarios a las grandiosas aspiraciones de nuestro Rey augusto... ¡ah!... Eso no, eso no puedo dudarlo; porque en mi mano tengo más de un hilo, que me traerá el ovillo de esta indigna conjura. Todos los servidores de Su Majestad no tienen el mismo grado de fe y entusiasmo. No diré que nos vendan al enemigo, eso no... Pero algunos, o por falta de convicción o por exceso de soberbia, buscan la alianza con determinados personajes cristinos, proponiéndoles concesiones políticas, señor mío; ofreciendo cosas tan absurdas como el otorgamiento de una Constitución prudente, y libertades que no están ni pueden estar en nuestro programa, porque son contrarias al dogma religioso... Total: que se quiere acelerar el triunfo de la causa, por medio de un arreglo en el cual quedarían por el suelo las sagradas prerrogativas de nuestro Soberano... Y yo pregunto: ¿triunfar de ese modo es verdadero triunfo?»

Fago no chistó. Las ideas expresadas por su patrono eran de tal extrañeza y novedad, que no podía, sin mayor detenimiento, admitirlas ni rechazarlas.

«No hablo de traición, no —dijo el Consejero en el tono de quien no quiere manifestar más que una parte de lo que sabe—, porque si ha llegado la hora de las intrigas, no ha llegado, ni quizás llegue, la hora de las traiciones. ¿Me entiende usted? Yo pregunto: ¿las operaciones de nuestro ejército obedecen a un plan conveniente y práctico? Yo creo que no. No se necesita ser estratégico de profesión para comprender que, derrotada la impiedad en Arquijas, nuestros soldados vencedores debieron perseguirla en el camino de Los Arcos, batirla aquí y en Viana, y después acometer sin miedo el paso del Ebro por Logroño, o por Cenicero, si el paso de Cenicero se creía más seguro. ¿Usted qué opina?

—Que por Cenicero.

—Y cuando todos creíamos que Zumalacárregui operaría sobre Los Arcos, nos hablan de una expedicioncita a Guipúzcoa. ¿Para qué? Para coger moscas, para perseguir a las columnas de Espartero, Jáuregui y Carratalá. ¿Usted no piensa como yo que esto es un disparate, y si no un disparate militar, una... ¿cómo diré? un pretexto para ganar tiempo, hasta que se pueda llegar a la pastelada política con Mina o con Córdoba?» Y viendo que Fago, la mirada fija tenazmente en el suelo, no decía nada, le incitó con instancias a manifestar su opinión.

«Creo —dijo al fin el capellán—, y ésta no es opinión técnica, sino de sentido común; creo que no estamos aún en disposición de pasar el Ebro. En Arquijas, según tengo entendido, no se cogió al enemigo ninguna pieza de artillería.

—Ta, ta, ta... Siempre el mismo cuento. A eso replico que si no las tomaron, fue porque no quisieron. Mis noticias son que el 5.º de Navarra tuvo los cañones cristinos poco menos que entre las manos.

—Eso no es verdad: lo niego como testigo que fui.

—Los batallones que mandaba Villarreal también pudieron ganar algunas piezas, y no las ganaron.

—Lo dudo.»

Callaron ambos, y mientras el Consejero se paseaba, Fago retrotraía su imaginación al día y campo de la refriega de Arquijas, buscando en sus recuerdos la certeza o falsedad de lo que su patrono afirmaba. Nunca había tenido Fago muy alta idea de las dotes intelectuales del señor don Fructuoso, y en aquella ocasión no encontró motivos para rectificar su criterio sobre este punto. Tiempo es de decir que se hallaban en una estancia grandísima de superficie, mas tan baja de techo, que parecía un pajar; indigno alojamiento de funciones políticas y burocráticas, que constituían algo semejante a un Ministerio de nuestros días. El piso de madera ofrecía ondulaciones como las del mar; desnudas de todo adorno estaban las paredes y los muebles eran dos papeleras desvencijadas y una mesa, que más bien parecía mostrador, atestadas de legajos. En una habitación próxima, abuhardillada y polvorienta, trabajaba el individuo que era como la representación sintética de todo el personal del departamento, un pobre chico, acólito en Oñate, donde le ayudaba las misas a Fago, en campaña escribiente, secretario y ayuda de cámara del señor Consejero. Lo mismo le limpiaba las botas que extendía la minuta de un Real decreto. Natural era que viviese con tales estrecheces y privaciones una Corte ambulante, más rica en entusiasmo y fe que en materiales recursos, y en la cual las dependencias de un gobierno embrionario funcionaban difícilmente, corriendo de un pueblo a otro con los archivos en una galera, los tinteros vacíos, y las cabezas más llenas de esperanzas que de sólidas ideas.

En pueblos tan pobres como Artaza, gracias que pudiera alojarse con relativo decoro la Católica Majestad, ocupando los cómodos aposentos de la casa del cura. Los del séquito, reducido en aquel tiempo, por consejo de Zumalacárregui, al personal absolutamente indispensable para el Real servicio, se aposentaban donde podían, no desdeñando los desvanes, graneros y cuadras, cuando no se encontraba cosa mejor. Cien hombres escogidos daban escolta al Cuartel Real, y solían dormir en la sacristía o dependencias de la iglesia, o en la sala del Ayuntamiento, teniendo por cama común el suelo duro y frío. La suerte era que ninguno se quejaba: no hay colchón como la fe.

Antes de proseguir hablando, reconoció el Consejero las dos puertas de la habitación, cerrándolas después cuidadosamente, y ni aun así dio a su voz toda la sonoridad que acostumbraba.

«Dejando a un lado si pudimos o no pudimos tomar piezas, ello es, amigo Fago, que esta desviación de las operaciones hacia Guipúzcoa es un gran desatino. Todas las personas entendidas en asuntos militares lo censuran: el Rey... y le advierto a usted que nuestro augusto Soberano posee un gran conocimiento de las cosas militares... El Rey, digo, no parece muy satisfecho de las disposiciones tomadas últimamente por su generalísimo. Claro que esto no puede decirse, y yo se lo digo a usted con la mayor reserva...

—Y con toda reserva, pregunto yo: ¿acaso Su Majestad piensa cambiar de general en jefe?»

Al oír esto, volvió don Fructuoso al examen y revisión de puertas, y con la certidumbre de que nadie le oía, dijo: «Aquí, en confianza, amigo Fago, estamos preparando un Real decreto, por el cual Su Majestad, inflamado en intenso fervor religioso, elige por generalísima de sus ejércitos...

—¿A una mujer?

—A la Purísima Concepción, y se pone bajo el amparo de la excelsa Señora, para que dé la victoria a las armas que se esgrimen en defensa de la fe de nuestros padres.

—¡Oh!... Me parece muy bien. Es una nueva muestra de la piedad de este excelso príncipe... Pero la Virgen no ha de ponerse al frente de las tropas... Creo yo, y siempre ha de haber un hombre que desempeñe las funciones del orden práctico y material, en el bien entendido de que si esas funciones no son desempeñadas con criterio y rectitud, de poco valdría, ¡ay!, la tutelar protección de la reina de los Cielos.»

XXII

Tras una pausa en que uno y otro parecían embebecidos en hondísimas meditaciones, prosiguió Fago: «Lo que pregunto a usted es si piensa Su Majestad variar de generalísimo... terrestre.

—No creo que, por ahora, de eso se trate. Su Majestad, mientras los acontecimientos no prueben que Zumalacárregui va por mal camino, no puede retirar a éste su confianza. El Señor es hombre de gran prudencia y tacto, y toma sus resoluciones después de bien meditadas...

—¿Hay acaso en el Cuartel Real personas que hayan demostrado o demuestren aptitudes excepcionales para el gobierno de un ejército?

—Acá para *inter nos*, amigo Fago, la organización de tropas y el llevarlas al combate y a la victoria, previo estudio del terreno en que han de pelear, me parece a mí que no es ciencia tan sublime como algunos creen. Vea usted lo que han tenido de Aníbales o Pompeyos nuestros generales más afamados. Y no quiero hablarle a usted de los guerrilleros. La mayor parte de ellos ladran... Para mí es cuestión de sentido común y un poco de sangre fría, ni más ni menos. En el Cuartel Real tenemos sujetos de gran conocimiento en estos asuntos, algunos del orden civil.

Cuando el Soberano nos hace el honor de reunirnos en su tertulia, hablamos, discutimos, y haciendo la crítica menuda de las marchas y disposiciones del general, unas veces nos parecen bien, y otras... ¡qué quiere usted que le diga!... Nos parecen medianas.

—¿Y al consejo áulico de Su Majestad no asisten militares? La opinión de éstos me parece muy digna de tomarse en cuenta, y no es esto despreciar el criterio de los señores del orden civil.

—¿Militares dice usted? Su Majestad tiene a su disposición a más de cuatro que se distinguieron en la guerra de la Independencia y en la campaña realista; hombres de conocimientos, de práctica en la manipulación de tropas, y señalados además por la firmeza y fervor de sus creencias religiosas. Sin ir más lejos, aquí está el señor González Moreno, de quien debemos esperar días gloriosos para la causa; persona muy sensata, muy grave, de las que a mí me gustan... ¡pocas palabras, ¿me entiende usted?, una seguridad en el juicio, una entereza en el carácter...! Tenga usted por cierto que con ése no juegan los caballeros constitucionales y masónicos.

—Y ese señor González... ¿quién es? Perdone usted mi ignorancia. ¿Con qué hazañas, o siquiera hechos de algún viso, ha ilustrado su nombre?

—Por Dios, amigo Fago, ¿de qué dehesa sale usted? ¿Es de veras que no ha oído nombrar al señor González Moreno, el afamado gobernador militar de Málaga, que en los últimos años de don Fernando VII descubrió y aniquiló la conspiración de Torrijos y otros corifeos del democratismo, atrayéndolos de Gibraltar a Málaga, y...?

—Ya, ya sé... Si he de hablar con franqueza, señor don Fructuoso de mi alma, esa página histórica no resulta muy gloriosa que digamos... Expreso lo que siento... y bien mirado ello es un acto político más que militar.

—Yo le aseguro a usted —afirmó el Consejero enfáticamente—, y puedo probarlo, que el señor González Moreno posee en grado altísimo talentos militares, con los cuales emulará, *Deo volente*, a los caudillos más insignes.»

Con estas salidas de tono, expresadas en el lenguaje oficinesco que tan bien manejaba, solía tapar don Fructuoso las bocas de diversos personajes, amigos o rivales suyos, con quienes comúnmente departía, y que si no le eran inferiores en cacumen, no le llegaban al zancajo en la emisión de conceptos graves, de fácil sonsonete persuasivo. Fingió Fago que se convencía aceptando al señor Moreno por un segundo Napoleón, se permitió poner en duda la ciencia militar de los que sahumaban con vano incienso la persona del llamado Rey legítimo.

«Dejemos este asunto del cambio de general —dijo luego don Fructuoso desarrugando el ceño—, a la autoridad augusta del Soberano, y ocupémonos en lo que es de nuestra humilde incumbencia. Encargado estoy de velar por la seguridad de esta gloriosa Monarquía; a mí me compete el acechar a los enemigos, el buscarles las vueltas y atajarles los pasos. Creo haber, adquirido noticias de grandísimo precio para desbaratar las intrigas de los constitucionales; pero la red es tan espesa, amigo mío, que aún me falta coger muchos de sus hilos. Los que andan sueltos por ahí espero atraparlos con la ayuda de usted.

—¡Yo! ¿Qué puedo hacer yo, triste de mí?

—Mucho, amigo Fago, mucho. Las dudas que acerca de su lealtad me asaltaron al verle hoy, se han disipado. Creo en su inocencia. Para creer en su adhesión incondicional a la causa, necesito que me preste usted un servicio... ¡ah!, un servicio que no vacilo en llamar eminente.

—Dígamelo pronto, y si es cosa que puedo y sé...

—¿Que si puede y sabe? No se le exige ciencia militar ni teología dogmática. Ésta no es empresa de guerrero ni de sacerdote.

—¿Pues de qué?

—De hombre... Simplemente de hombre, señor Fago. La causa exige de usted en estos momentos que deje a un lado las aptitudes militares, si es que las tiene, y las disposiciones evangélicas, para no ser más que el José Fago vulgar, el de marras.

—No entiendo, señor don Fructuoso; explíquemelo mejor.

—Más claro: necesito que vaya usted en seguimiento de esa mujer, que la rastree, que la persiga, que la encuentre y me la traiga.

—¿Ésa...?

—Esa *Mé*... O como quiera que se llame. No se haga usted el tonto. Yo le señalaré un itinerario seguro para encontrarla. Verá usted como no falla, y cobraremos esa hermosa pieza, ya se disfrace de monja dominica, ya de aldeana rústica o ama de cría. Para ganar su confianza y apoderarse de sus secretos empleará usted los medios que crea eficaces, cualesquiera que sean, pues la santidad del fin todo lo justifica y ennoblece. Quiero decir que no sea usted remilgado, pues ésa debe de ser pájara de cuenta... En fin, ¿qué he de decirle, si usted mejor que yo la conoce?

—Señor don Fructuoso de mi alma —dijo el capellán con gran consternación, palideciendo—. Yo no puedo desempeñar esa comisión... yo no quiero ni debo ver a esa mujer, a quien conocí y traté más de lo conveniente, en mis tiempos de seglar desalmado y libertino. Mi conciencia me prohíbe avivar el fuego que sofoqué para bien de mi alma... No me lance usted a ese peligro, por Dios; se lo ruego...

—¡Hombre, qué ridículos escrúpulos!... Yo no le digo a usted que caiga nuevamente en el pecado, ni de eso se trata. Ya sé que habló con un sacerdote. Pero la causa es la causa, y no se la puede servir eficazmente sin algún sacrificio... No pido el sacrificio de la conciencia; basta con el de los actos, basta con una apariencia de... Poniéndome en su caso, entiendo que no me sería difícil conquistar o reconquistar la voluntad de esa hembra, conservando mi conciencia en paz, y ofreciendo a Dios la pureza de mis intenciones y el servicio que presto a la fe, como garantía de la nulidad de algún pecadillo formal que pudiera cometer... Formal digo, de forma, *per accidens*... usted me entiende.

—Dispénseme usted —dijo Fago con grandísima turbación, la frente empapada en sudor frío—; pero yo no puedo, no me determino... Me entra el pánico, señor; ese pánico que me hizo correr en el campo de batalla. No soy dueño de mí, no tengo voluntad.

—Bueno, bueno: tranquílicese, amigo Don José... y piense con calma lo que le propongo, para que pueda darme de hoy a mañana su conformidad.»

Trémulo y desconcertado, el capellán se levantó, tendiendo su mano a don Fructuoso. Quería marcharse, huir, correr. Sentía las ansias del pánico, y no se conceptuaba seguro hasta no poner la mayor distancia posible entre su persona y la del grave Consejero, que era en aquel instante su demonio tentador. Aún quiso éste retenerle, estrechando sus manos abrasadas; pero Fago no podía más, no. Si no escapaba pronto, su temblor se convertiría en ataque epiléptico. Despidiose con palabras balbucientes, y salió de estampía, tropezando en los muebles, haciendo retemblar las hojas de la puerta.

Largo rato vagó por el pueblo, recorriendo de punta a punta su calle única, empinada y fangosa, sin que con el desgaste de la energía muscular se calmase la vivísima agitación que le dominaba. Encontrose uno, dos amigos, y hablando con ellos de cosas en que fijar no podía ni el oído ni la atención, sintió un frío muy intenso, que le hacía dar diente con diente; después un calor que le abrasaba el rostro. Uno de aquellos señores, contador de la Real Intendencia, tomándole el pulso le dijo: «Querido don José, está usted malo, muy malo; lo mejor que puede hacer es meterse en la cama, si es que la tiene, que en este condenado pueblo no podemos revolvemos los que componemos la Corte. A mí me tiene usted en un pajar, y gracias que me ha tocado una patrona con buenos colchones... Si quiere, y no ha encontrado aún alojamiento, véngase conmigo.»

Tan malo se encontraba el buen capellán, que no recordó el ofrecimiento que don Fructuoso le había hecho de su casa ministerial, y aceptó la invitación del otro sujeto, mejor dicho, se dejó conducir de él. En un camaranchón le metieron, y en el suelo le acostaron, sobre un mediano colchón, con abrigo de mantas y un grueso capote de su amigo. El resto del día y toda la noche pasó con calentura intensísima, inquietud y delirio; al día siguiente parecía mejorado; al tercero dijo el médico que se moría; al cuarto faltó poco para que le dieran el Viático. Una mejoría repentina hizo concebir esperanzas, y al octavo se le declaró fuera de peligro; pero su convalecencia había de ser larga. ¿Cuál era su enfermedad? Tabardillo, fiebre nerviosa, no sé qué. Ni él ni tampoco el médico lo sabían. Lo cierto fue que después de los crueles días de gravedad, se quedó aplanadísimo, como atontado, y sin ganas de vivir. Indiferente a todo, se pasaba los días mirando al techo, bostezando a ratos, y tarareando una monótona canción de los tiempos juveniles, que revivió en su memoria en los críticos días de ardorosa fiebre. Su amigo trataba de distraerle, y le proporcionaba buenos alimentos y aun golosinas para despertarle el apetito; mas nada conseguía. Ni aun el señor Arespacochaga, con su conversación grave y sus frases en estilo de cancillería, lograba sacarle de aquel estado de atónica tristeza. Pasó la Navidad, pasó el día de Año Nuevo (1835), y hasta la Epifanía no empezó el hombre a entrar en caja.

Por fin, gracias a Dios, dejó el camastro, y empezando a tomar alimento, recobraba las fuerzas del cuerpo y el vigor del espíritu. Aun después de restablecido conservaba la costumbre de permanecer largo rato mirando al techo, y era que como la estancia no tenía vistas al campo ni a la calle, sino tan solo a un sombrío corral, el techo hacía las veces de horizonte, y en él vislumbraba el convaleciente las extrañas cosas que, en las vagas lejanías de la naturaleza, recrean nuestra alma más que nuestros ojos.

«Ea, ya estamos bien —dijo Arespacochaga, entrando a verle un día de enero—. Basta ya de hacer el niño mimoso y el enfermito remolón. A la calle, al campo, y a defender la causa, que para eso vivimos todos. Conviene enterarle de lo ocurrido en este paréntesis de su enfermedad. ¿Qué dice?... ¿que no le importa nada?

—No he dicho tal cosa. Ya sé que nuestro ejército opera en Guipúzcoa.

—Y yo puedo darle a usted noticia de acciones perdidas, de acciones ganadas. La fortuna se muestra ahora variable, caprichosa... Efectos, digo yo, de que no hay plan, o de que el plan obedece a móviles que no son militares. Verá usted. En Villarreal de Zumárraga, doloroso es confesarlo, recibió nuestra gente una soberana paliza: las cosas claras. ¿A quién se le ocurre presentar batalla con cuatro mil hombres a las fuerzas dobles o triples de Espartero y Carratalá?... Este buen señor, este don Tomás de mis pecados, dicho sea entre nosotros con la mayor reserva, paréceme a mí que ha perdido los papeles. Verdad que se desquitó en Ormáiztegui, por aquello de que es su pueblo natal, y no quiere hacer mal papel ante sus convecinos. En Ormáiztegui, hay que decirlo, quedamos bien, gracias al arrojo de Iturralde y a la pericia de Gómez. Los cristinos salieron con las manos en la cabeza, y a estas horas no se sabe dónde han ido a componerse la descalabradura... ¿Qué me dice usted de todo esto? Parece que le conmueve poco... Veremos si otro asunto le interesa más. Ha de saber el amigo Fago que, en vista de las repugnancias que me manifestó el día de su llegada, he pensado en encargar a otra persona la delicada comisión... ¿Qué, no se acuerda?... ¿Nos hemos quedado sin memoria? ¿Qué significa esa cara de sorpresa y estupefacción?... Más bien creía yo que durante su enfermedad no ha pensado en otra cosa, y que la fiebre le ha tenido en constante lucha con la imagen de...

—Con la imagen... ¿de quién?

—Ello es que la noche en que el pobre Fago estuvo peor, vine aquí... Usted deliraba, y no decía más que *Mé, Mé, Mé*...

—¿*Mé*, decía? Pues mire usted, don Fructuoso, bien pude pronunciar esa sílaba, porque, en efecto, soñé que la hija de Ulibarri estaba en Zumárraga hablando con nuestro general.

—La mitad de su sueño es cierta; la otra mitad, mentira. En Zumárraga estuvo: noticias fidedignas tengo de ello. Pero no me consta que Zumalacárregui le hiciera el honor de admitirla a conferenciar... He sabido también que pasó por Ormáiztegui... Dos días antes la vieron en Elorrio, donde acampaba Espartero: iba la señora en compañía de un capellán que sirve a los constitucionales, tan pronto en el cuartel de Córdoba como en el de Espartero.

—Paréceme que usted, señor don Fructuoso, sueña más que yo.

—Ya lo veremos. Los sueños no son absolutamente obra de un cerebro desconcertado; los sueños nos ofrecen, en multitud de casos, maravillosas conexiones con la realidad. La Historia sagrada y profana nos dice que por el conducto del sueño se han revelado a ciertos y determinados hombres verdades como puños. Dígame usted, puesto que la vio en Zumárraga: ¿cómo iba vestida?

—De monja.

—¿Lo ve usted?... Y digan que los sueños son burla de los sentidos. Monja, sí, señor; vestidita de monja, lo que no quiere decir que lo sea. El traje es un artificio o salvoconducto para la conspiración que se trae esa señora, correveidile de una taifa de capellanes masónicos y de carlistas vendidos a la nefanda Constitución. Y no va sola...

—En efecto, no va sola.

—La ha visto usted en compañía de un hato de religiosas expulsadas de Los Arcos, y que andan buscando un convento desmantelado donde meterse.

XXIII

—Es cierto —prosiguió el capellán—. En lo que no estamos conformes es en que la hija de Ulibarri sea falsa monja. Mis noticias son que ha profesado.

—¿Y por dónde, por quién ha recibido usted esa información?

—Por nadie, señor —dijo Fago con desprecio de sí mismo, paseándose—. No sé nada: es que lo pienso, lo he soñado... No me haga usted caso. Estoy demente.

—No es eso locura. Mi buen capellán fluctúa tristemente entre lo que le pinta su imaginación y lo que por mi boca le dice la realidad. Procure usted concertar su sueño con mis informes; ver si acierta el delirio, que bien podría ser, o si yo me equivoco, lo que no es improbable. Intente salir de su horrible duda, aceptando la comisión que le propuse.

—¿Pero no dice usted que ha encargado a otro?...

—Aún no ha salido y puedo darle contraorden.

—Y ese otro, ¿quién es?

—Un hombre muy listo, muy despierto, buena estampa, aficionadillo a las aventuras.

—¿Militar?... ¿No?... ¿Acaso pertenece también al estado eclesiástico?

—Casi no. No ha recibido más que la primera tonsura, y parece inclinado a seguir carrera muy distinta. La Intendencia y la Política le arrastran. Escribe como un águila cuanto sea menester en defensa de la causa, y demuestra extraordinaria agudeza y olfato para penetrar el sentido de los acontecimientos.

—¿Aragonés?

—De las Cinco Villas.

—No me diga usted más. Es Mariano Zapico... ¡Bah! ¡Ya un tonto semejante encarga usted misión tan delicada! Volverá trayéndole a usted sinfín de enredos.

—No, no: tiene que traerme a la monja verdadera o apócrifa.

—Yo creo que es auténtica... Si quiere usted saber la verdad, no ponga ese fino trabajo en manos tan toscas como las de Zapico.

—En las de usted quise ponerle —afirmó don Fructuoso con viveza, creyendo fundadamente que ya le tenía cogido.

—Pues venga a las mías, ¡carambo!... venga —dijo el capellán levantándose y dando dos briosas patadas que hicieron estremecer el frágil suelo del desván—. Yo desempeñaré esa comisión, pues ya veo que no sirvo para otra. Soy un desgraciado que todo lo ambiciona y nada realiza. Me falló la guerra, no sé si me fallará la religión. Mi voluntad, que otras veces se ha lanzado a las acciones briosas, movida de una gran idea, ahora se lanza movida de un instinto. Mi destino así lo quiere. No sé en dónde me meto. Dios sabrá por dónde salgo.»

Frotábase las manos el Consejero, y para animarle más en su propósito le dijo estas sesudas expresiones: «No estoy conforme, amigo Fago, en que dé usted por muertas sus ambiciones militares, ni las ambiciones, propósitos más bien, del orden religioso. Para abrir camino a un hombre que, como el capellán Fago, posee inteligencia no común, no han de faltarle buenos padrinos. Aquí estoy yo, para declarar solemnemente que si me desempeña esta comisión como espero, quedo obligado a proporcionar a usted el mando de una columna volante de doscientos hombres. Quien puede disponerlo, lo dispondrá. Y en el caso de que mi buen capellán se decida por la religión, me obligo a premiar sus servicios, el día del triunfo, con una buena canonjía, o un arciprestazgo de los mejores.»

No se mostró el aragonés muy entusiasmado con estos ofrecimientos, y atento no más que a disponerse para la misión que se le encomendaba, pidió a don Fructuoso dos onzas, con lo cual creía tener lo necesario para su viaje. Díjole el Consejero que aguardase hasta el día siguiente, porque la Real Intendencia estaba a la cuarta pregunta, y para proveerle de los fondos necesarios, era preciso retirarlos de otras obligaciones. Tenía que conferenciar con el mayordomo de Palacio, con el superintendente, con el Colector de Rentas, y con media docena más de figurones y ministriles que a la sazón se alojaban, rodeados de papelotes, en las míseras casas, graneros o zahúrdas de Aranarache.

Al día siguiente, puestas en manos del capellán las dos peluconas, quiso don Fructuoso darle instrucciones y marcarle un itinerario, conforme a los datos que de sus golillas y soplones había recibido; pero Fago no admitió que en aquel punto se le dirigiera. «¿Qué quiere usted? ¿Que yo busque a Saloma, que la encuentre, que la coja y me la traiga? Pues déjeme a mí la disposición de los pasos que tengo que dar para obtener este resultado. Y si lo obtengo, no me pregunte el cómo, el cuándo ni el dónde. Yo me entrego a mi instinto, en la confianza que éste sea más afortunado que lo fueron mis altas, mis nobles ideas. Adiós.

—Guíele Dios y acompáñele la Virgen bendita.

—No creo que la generalísima intervenga para nada en esto.

—Debo decirle, amigo Fago, que no tenga escrúpulos por tratarse de emprender la captura moral y física de persona perteneciente a una Orden religiosa. Eso no; convénzase de que no es monja: si viste el santo hábito, es como disfraz de sus pérfidas maquinaciones. No haya, pues, escrúpulos; no haya, pues, el temor de ofender a Dios... Dios está con nosotros.

—¡Ah... Dios...! No llevo el propósito de ofenderle... Quizás me resulte que podré servirle, arrancando al demonio un alma hermosa, extraviada. Aún espero realizar una acción grande y bella. Puede que tras de este instinto surja un esfuerzo brioso de la voluntad. No lo sé. Me dejo llevar del instinto, que a veces nos guía mejor que la razón... Adiós otra vez.»

Y salió en aquel mismo instante, solo, vestido de aldeano, y se perdió en las veredas fragosas que conducen a Maestu. ¿A dónde iba? Realmente no lo sabía, y al tomar aquella dirección, como habría tomado otra cualquiera, no hizo más que entregarse al ciego Acaso, saboreando el goce de prever lo que le deparase, como saborean los jugadores las presunciones y corazonadas que preceden al manejo de los naipes.

Hasta la noche, después de descabezar un sueño en la venta de Eulate, no surgieron en su mente determinaciones claras del camino que debía tomar. «Me voy a Estella —se dijo—. No sé por qué imagino que no he de perder el tiempo.» Nada le ocurrió al segundo día que merezca mención; pero al tercero, caminando hacia Zúñiga, sorprendiéronle unos aldeanos con la noticia de que el ejército carlista iba sobre la Berrueza para dar batalla al general Lorenzo, sucesor de Córdoba en el mando de la división. Esto le movió a cambiar de ruta, pues no gustaba de encontrarse con sus compañeros de armas en los días de Mendaza y Arquijas. Nada temía de Zumalacárregui, porque le constaba que se le habían escrito expresivas cartas dándole explicaciones de la desaparición del sargento Fago en la batalla del 12 de diciembre. En el amañado relato, se suponía que recibió una herida en el cráneo; que se extravió en las oscuridades de la niebla; que fue a parar cerca de Estella, donde cayó gravemente enfermo, con afección a la vista. Se decía también que habiéndose presentado, ya restablecido, en el Cuartel Real, el señor Arespacochaga le había encargado el importantísimo servicio de organizar, entre el clero regular navarro, colectas para las atenciones de la guerra. A pesar de que estas testimoniales del Cuartel Real le aseguraban contra todo castigo, no sentía maldita gana de verse en presencia de Zumalacárregui, ni de Iturralde, ni del coronel del 5.º de Navarra. Torció, pues, su derrotero, discurriendo qué haría para no infundir sospechas en el campo cristino, hacia el cual resueltamente se encaminaba.

No lejos de Genevilla, donde se tomó un día de descanso, dijéronle unos pastores que en el propio Arquijas, lugar sin duda predestinado para batallas, se había dado una de las más sangrientas entre las tropas de don Tomás y las de Lorenzo. Unos y otros tuvieron muchas bajas; pero la victoria fue de la facción. Seguidamente, Zumalacárregui atacaría la guarnición de Los Arcos, para lo cual había mandado que le llevaran de la sierra de Urbasa un cañón muy grande llamado el *Abuelo* y los dos obuses que el artillero señor reina le había fabricado con chocolateras, almireces y badilas. Invitáronle aquellos infelices a recogerse y pasar la noche en una cabaña que a tiro de piedra se veía, y el capellán aceptó gozoso, por la confianza que los tales les inspiraban, como gente hospitalaria y sencilla. En la cabaña le dio modesto albergue una mujer tuerta, afable, que al punto preparó para todos la cena, consistente en sopas con grasa de cabrito, y luego castañas cocidas con leche. Encima de esto echaron el cuartillejo de vino, con lo cual rompieron todas las lenguas en un despotrique animadísimo sobre lo bien que iba el negocio de la guerra en Navarra y Guipúzcoa, y los malos ratos y berrinches que estaba pasando el señor de Mina, por no poder hacer nada de provecho contra la facción. «La semana pasada —dijo uno de los pastores—, le vi en Puente la reina. ¡Ay, qué malo está el pobre! ¡Ojos que te vieron en la otra guerra y que te ven hoy! Antes tan gallardo, ahora como una horquilla; ayer daba miedo su cara, y hoy da compasión. Monta en una mula blanca, y lleva en su Estado mayor dos señoras muy guapas. No se rían: son dos burras de leche... No toma más alimento el pobre que la leche de borrica.

—¿El pobre? —dijo otro—. Pues no paíce sino que bebe vino de los infiernos, según es de sanguinario y afusilador. Está dado a los demonios porque no gana, y la corajina la desfoga en el cuitado que cae en manos de su tropa.»

Sosteniéndoles gallardamente la conversación, aguardaba el capellán coyuntura favorable para hacerles una pregunta de interés, y hallada por fin la oportunidad, les dijo: «¿Podríais vosotros darme alguna noticia de las monjas dominicas de Los Arcos, que por ruina del convento quedaron desalojadas, y anduvieron después por estas tierras, sin encontrar, ¡las pobres!, un rincón sagrado en que guarecerse?

—¡Anda, anda, señor; si todas las que corrían por aquí —dijo la tuerta—, eran monjas de engañifa!... ¡Pues no han dado poco que hablar las tales! Entre ellas venía una frescachona y muy dispuesta que la llamaban Doña Bernardina, de la cual dicen que era un mozo vestido de mujer.

—Y con ésa —dijo Fago prontamente— iba otra más guapa todavía, alta, morena, ojos negros...

—Sí, señor. Bien se conoce que la ha visto.

—Moza efectiva, no marimacho; pero que no es monja más que por el traje.

—Todo es como lo pinta, señor. ¿Lo ha visto?

—¿Sabes el nombre de ésa?

—No sabemos sino que le afusilaron el padre.

—¿Por qué?

—Por capitán de bandoleros.

—Eso no es verdad. Decidme otra cosa. ¿Las dos monjas franqueaban libremente las líneas facciosas?

—Sí, señor; porque como iban pidiendo limosna, so color de la santa religión, mandó el buen general que no les hicieran daño. Pero en la partida de Lucus se descubrió el enredo de esas bribonas, y las desnudaron para emplumarlas y no sé qué... Resultando que, vistas sin ropa, las dos eran hembras.

—¡Caramba!... ¿Y esos miserables se atreverían...?

—Señor, el soldado no repara... por eso es soldado; que si reparara, no lo sería.»

Después de apoyar esta sentencia con conceptos que en distinta forma venían a decir lo mismo, otro de los pastores aseguró que salvó a las monjas de un agravio seguro la repentina llegada de la columna cristina del general Méndez Vigo. Batido rápidamente Lucus y dispersa su gente, las tropas de Mina les quitaron seis caballos y las dos monjas.

—Que llevarían inmediatamente a Pamplona.

—A dónde las llevaron, no sabemos, ni lo que hicieron con ellas, tampoco; mas pa mí tengo que no harían nada bueno.

—Horrible cosa es la guerra, que no respeta la vida del hombre, ni el honor de la mujer.

—¿Y ellas —dijo la tuerta con avinagrada voz y gesto—, por qué van a buscarlo? ¿Qué tienen que hacer las mujeres allí donde deben estar solos los hombres en su obligación? La enagua en casa, y en la calle y en la heredad el calzón. Luego no se quejen de que las afusilen... Bien afusiladas están.»

Nadie se atrevió a replicar a tan sabios conceptos. Fago, taciturno, se retiró al humildísimo lecho que le habían preparado, y a la mañana siguiente muy temprano partió, andando largo trecho con los pastores. En Narcués encontraron un convoy faccioso de heridos de la tercera acción de Arquijas, que iba hacia la Amézcoa, custodiado por alaveses, entre los cuales Fago apenas tenía conocimientos. Lejos de intentar escabullirse, su generoso corazón le impulsó a llegarse a los carros, en la parada que hicieron para proveerse de agua fresca, y ofreciéndose a prestar cualquier auxilio que fuese necesario, examinó a los heridos, buscando semblantes de amigos y compañeros. A no pocos reconoció; muy viva fue su pena al ver entre ellos al grande, al gigantesco Gorria en lastimoso estado, con un balazo en el hombro derecho y otro en el muslo. El poderoso atleta sufría con cristiana entereza el dolor de su carne, y estrechando la mano del amigo, díjole que no sentía morirse más que por no ver triunfante la causa del Rey católico. En cuatro palabras le dio idea de la acción librada frente al Ega, la más encarnizada y *mortal* de aquella campaña. «Perdidas muchas almas; pero ganadas y bien ganadas las posiciones. Ahora, a Los Arcos.»

Aprovechando el alto, fueron curados los que más necesidad tenían de emplastos y vendajes; dieron alimento a los que lo pidieron; agua y vino a los sedientos, que eran los más; a todos frases de consuelo y esperanza. En los carros que iban a la zaga se habían muerto dos antes de llegar a Narcués. Ayudó Fago a poner los cadáveres en tierra, y hallándose en este trajín, vio dos monjas dominicas que prestaban servicio sanitario en la galera próxima. Al llegarse a ellas con viva curiosidad, una de las dos, joven y agraciada, le miró atentamente. El capellán no desconocía, no, aquel rostro que, a pesar de las tocas y de la monjil compostura, no había dejado de ser vivaracho. Ella fue la que primero se arrancó a hablarle: «José Fago, ¿crees que no te conozco? En tres años, poco has cambiado. ¿No sabes quién soy?

—Oh, sí —replicó el capellán con alegría, súbitamente iluminada su memoria—. Eres... El nombre no lo recuerdo... la hija de don Valentín Ulibarri, de Villafranca de Navarra, prima hermana de...

—Soy Pilar Ulibarri. Cuando yo profesé, tú eras un perdido. Luego te hiciste sacerdote... ¿Qué clase de sacerdote eres? ¿Eres bueno o un demonio coronado?

—No hables así, Pilar. El pasado es negro, todo miseria, ruinas, muerte, sangre. Hemos nacido en días trágicos. De tu familia nada queda. Murió tu padre; pereció a manos de la venganza militar tu tío don Adrián. Dime, dímelo pronto: ¿has visto a Saloma?

—Sí.

—¿Vive?

—No sé. No debieras pensar en ella más que para pedir a Dios que la conforte en su desgracia, y que la aparte de los caminos del mal. ¿Para qué preguntas por mi prima con ese afán? ¡Ay, José Fago, tú no perteneces a Dios; perteneces al demonio!

—Solo Dios me posee —replicó el clérigo con vivo afán—. Por Él te pido que no me ocultes lo que sepas de tu prima.

—Sabrás que al tener conocimiento de la muerte de su padre, vino a mi convento... Quería entrar en religión.

—¿Dónde estaba, qué hacía cuando mataron al alcalde?

—Estaba en tierra de Álava: no sé más... La recibimos, la consolamos. Al poco tiempo nos vimos arrojadas de nuestro convento por las tropas que defienden el ateísmo, y salimos, nos desbandamos: unas hermanas fueron por este lado, otras por aquél. Estuvo mi prima en mi compañía una semana.

Después... Pero no te digo más, no quiero ni debo. Un interés mundano es el que te mueve a preguntarme por esa desgraciada... No me lo niegues. Tú eres malo, tan malo ahora como entonces, y estás profanando la Orden que recibiste, y ultrajando con tu conducta y con tus pensamientos al Señor nuestro Dios... No te digo nada, no me preguntes nada, y déjame... En tus ojos conozco la maldad de tus intenciones. Vete; apártate, monstruo.»

Y uniendo la viveza de la acción al vigor de la palabra huyó de aquel sitio antes que el desconcertado capellán pudiese contestar a sus airadas y despreciativas razones.

XXIV

No dándose por vencido el aragonés, pidió permiso al jefe del convoy para agregarse a él, decidido a poner sitio en regla a la fiereza de la monjita. Siguieron todo aquel día por sendas y vericuetos, y en el descanso de los carros a la caída de la tarde, hallándose junto a Gorria, que se agravaba de un modo alarmante, vio a las dos monjas en los carros delanteros, y platicando con ellas a Mariano Zapico, el veedor o contadorcillo del Cuartel Real, que don Fructuoso le había designado como competidor suyo en la comisión de atrapar a la volandera *Mé*.

«Este mentecato —se dijo—, practica el espionaje por su cuenta, y sabrá congraciarse con el Consejero, llevándole mil enredos y fábulas novelescas. Veo que asedia a la monjita Ulibarri. Trabajo le mando: es una fierecilla. Cuando vivía en el siglo, sus padres no podían aguantarla: le conocí lo menos doce novios; con todos reñía, y les hacía reñir unos contra otros; traía revuelto al pueblo, y por causa de ella llovían puñaladas. De pronto le dio la ventolera por la religión... El fuego de su alma apasionada escapábase por aquel registro. Sus padres vieron el cielo abierto cuando la chiquilla manifestó tal vocación, y acelerando los preparativos por temor de que se arrepintiera, metiéronla en las dominicas de Los Arcos... Es organista y cantora. Sigámosla hasta que cante... que al fin cantará.»

Poco después de anochecido, dio parte el médico de que a Gorria se le podían contar los momentos que le quedaban de vida. Acudió Fago junto a su amigo, y le halló con conocimiento, aunque por minutos se le nublaba. «Buen Gorria, ¿qué es eso?

—Nada, que me muero... No puedo más... Como soy tan grandón, la muerte tiene que tirar mucho para llevarme... Por eso me duele...

—Ánimo; ¿quieres beber vino?

—Hombre, sí... y muérame pronto con este bendito trago.

—A hombres de tu temple no se les entretiene con vanas palabras. ¿Llega el momento de pasar de esta vida perversa a la vida inmortal? Pues a morir con entereza de soldado cristiano, valiente en los combates, más valiente aún en este trance último.

—¡A morir, valientes...! ¡Viva Carlos V, viva Dios!

—¿Tienes algo que disponer? ¿Tu conciencia tiene algún pecado de que descargarse? Dímelo, y ten confianza en Dios.

—Si no es pecado el guerrear y desearle al enemigo todos los males, ningún pecado tengo, señor de Fago; pues ni mentira, ni estropicio, ni nada de mujeres encuentro en mi conciencia, por más que en ella rebusco. Y si algo hay de que no me acuerdo, perdónemelo Dios y lléveme a su santo seno... Soy soldado de la religión... Muero peleando contra los *ateístas*... Señor mío Jesucristo...»

Siguió rezando entre dientes, mientras Fago con entera voz le encomendaba. Aprovechando un momento lúcido, le preguntó si tenía algo que disponer tocante a intereses. La respuesta fue breve: «No tengo más bienes que el prado de Urrestillo, cerca de Azpeitia, y un huerto con doce manzanos y un peral. Quiero que sea para Dominica, la hermana de mi difunta, que tiene seis hijos. El dinero que llevo sobre mí... Aquí está... Cójalo para que mande que me apliquen una misa... Ya no hay más bienes... Digo, sí, mi cuerpo: este cuerpo que vale por dos, se lo dejo a la tierra... Enterrado en mi huerto... ¡qué rico abono para los manzanos!... Mi alma para Dios... y vámonos al cielo... ¿Los que pelean y matan entran en el reino de Dios? Yo he matado ayer más de veinte cristinos. ¿Ellos y yo entraremos juntos en la gloria eterna, o es que los cristinos que luchan por el ateísmo no pueden entrar?... Dígamelo.»

Fago se apresuró a tranquilizarle sobre este delicado punto, diciéndole que todos los que sucumbían con honor defendiendo la idea que a la guerra les llevaba, eran acogidos en el seno de nuestro padre. Los directores de esta matanza eran los responsables, y entre ellos, Dios escogería los suyos...

Poco más habló el pobre Gorria, y todo lo restante lo dijo el capellán con ardiente y patético estilo, exhortándole a fijar sus últimos pensamientos en la misericordia divina, y a desprenderse de los intereses y miras terrenales, sin exceptuar los de la causa, pues ésta, como todo, debía ser comprendida entre las pequeñeces despreciables que abandonamos en el umbral de la otra vida. El capellán de la ambulancia, señor Elío, viejo muy dispuesto, cojo de un balazo que recibió capitaneando una partidita en los comienzos de la guerra, dio la Extremaunción a Gorria, y el convoy siguió su marcha. En camino, a las tres de la tarde, entregó su alma el valiente soldado.

Dejaron el cuerpo en la primera parada, y adelante. Por la noche intentó Fago nuevamente hablar con la monjita Pilar Ulibarri; pero ésta y su compañera se resistieron a oírle. Al detenerse en Antoñana, el jefe del convoy, sin duda a excitación de las dominicas, le ordenó despótica y groseramente que no siguiese unido a la ambulancia, amenazándole, en caso de desobediencia, con la aplicación inmediata de cincuenta palos. Devoraba su ira, por no poder castigar tanta insolencia con un número de bofetadas igual al de palos con que se le amenazaba, y vio partir el convoy, creyendo al fin que sería quizás providencial aquel desgraciado suceso. En su ardiente imaginación, fomentaba la idea de que le convenía dirección distinta para llegar al fin propuesto.

Toda la noche anduvo por desolados campos, sin dirección fija, adoptando el acaso por guía único de su andar vagabundo, y creyendo que los senderos desconocidos suelen conducirnos a donde deseamos. Renegaba de la previsión, del método, de todo el fárrago de prescripciones por que se guían los hombres, y que comúnmente resultan de menor eficacia que los dictados de la fatalidad. Somos unos seres infelices que creemos saber algo y no sabemos nada, que inventamos reglas y principios para engañar nuestra impotencia; vivimos a merced de la Naturaleza y de las misteriosas combinaciones del tiempo y el espacio. Iba, pues, entregado a lo que el espacio y el tiempo, ministros de Dios, quisieran disponer en su tiránico dominio.

A la madrugada, cuando se aproximaba a un pueblo que creyó sería Contrasta, sin estar seguro de ello, pues una vaga niebla envolvía la torre y caseríos circundantes, se vio sorprendido por fuerzas de caballería que le dieron el alto. Eran cristinos, tropa ligera, armados de carabinas. Quiso el capellán escabullirse saltando una pared cercana; pero le apuntaron, se vio cazado como un conejo, y no tuvo más remedio que entregarse. Interrogado por el jefe de la fuerza, respondió que era hombre pacífico, del estado eclesiástico; le registraron; pero aunque nada se le encontró que le comprometiera, no pudo evitar la nota de sospechoso, y se le llevaron entre los caballos, con la amenaza de dejarle seco si intentaba la fuga. Aun en tan desdichado trance continuaba firme en la devoción del acaso, y se decía: «¿Quién sabe si este cautiverio será provechoso, y me llevará al fin que persigo? Todo puede ser. No preveamos nada: esperémoslo todo del arreglo y disposición que las cosas se dan a sí mismas.»

En el pueblo próximo, que no era Contrasta, sino Larraona, entregáronle como prisionero a una columna de la división de Aldama, y a los dos días de marcha fatigosa entró en Estella, y fue encerrado en la cárcel de esta ciudad, donde prisioneros y criminales padecían juntos la reclusión estrecha y la miseria nauseabunda. Por los cuadros lastimosos, por las caras de torturante aflicción que vio al entrar allí a media noche, hubo de comprender que le esperaba una vida de perros, si no venían en su auxilio las personas que en la ciudad conocía, o algún oficial de la guarnición cristina, aragonés, de los muchos con quienes en tiempos mejores había tenido amistad. Por de pronto, si vio caras conocidas entre los presos, no eran éstos de calidad, y ningún amparo ni protección podía esperar de los que compartían su infortunio. Dedicose el primer día al solapado examen del local, por ver si había facilidades de escapatoria; pero sus observaciones no fueron optimistas. En cambio, si resultaba cierta la noticia de que les sacaban a trabajar en las fortificaciones de la plaza, bien podía suceder que, puestos de acuerdo los más animosos, lograsen la libertad. Fijo en esta idea, empezó a tantear a sus compañeros, trabando conversación y explorando los caracteres, sin más objeto que escoger entre ellos los de mayor coraje y decisión.

En efecto, a la mañana siguiente, unos treinta fueron a trabajar en las obras de fortificación que activamente se hacían más allá del santuario de Nuestra Señora del Puy. Al menos, trabajando en campo libre hacían ejercicio, respiraban aire puro, se ponían en contacto con soldados de la guarnición, y al paso por la ciudad podían descubrir entre el vecindario caras amigas. Desgraciadamente para Fago, si vio los primeros días algún rostro que le recordaba antiguos conocimientos, nadie reparó en él. Diez días mortales se pasaron en triste ansiedad, sin que una voz amiga sonara en su oído, sin que una mano protectora le amparase. El desaliento le consumía; la esperanza le abandonaba; castigábale Dios por su pagana devoción del acaso, y éste, el ciego ordenador de las cosas, también le tenía en olvido y menosprecio, manteniéndole en la triste monotonía de los sucesos metódicos y regulares, sin ninguna sorpresa, sin ninguno de esos golpes teatrales que varían favorable o adversamente el curso tedioso de una vida esclava.

Y en tanto, nadie le decía por qué estaba cautivo, ni se le interrogaba, ni se le sometía a procedimientos judiciales o de consejo de guerra. Le habían detenido *porque sí*, y *porque sí* le tendrían preso hasta la consumación de los siglos. En los días de aquella lúgubre existencia, enterose de la expugnación de Los Arcos por Zumalacárregui, y del asedio del fuerte de Echarri-Aranaz, que los cristinos reseñaban a su manera. Poco le importaba todo esto, y lo mismo le daba que triunfase Juan o Pedro: más que el trono de las Españas, le interesaba su propia libertad.

Terminadas las trincheras del Puy, les llevaron al otro lado del río, junto a San Pedro la Rúa, la interesantísima iglesia románica. En las alturas que la dominan, y en las ruinas próximas de un excelso monasterio, se trabajaba para fortificar la ciudad, cuya situación, dentro de un círculo de elevados montes, era en extremo peligrosa para la guarnición, si ésta no se posesionaba fácilmente de todas las alturas. Otros diez días transcurrieron sin que el pobre Fago viese alterada la acompasada tristeza de su existencia; la evasión no se le presentaba fácil ni aun posible, por la vigilancia que se ejercía sobre los presos. Ya iba transcurrido cerca de un mes de aquella muerte lenta, cuando el acaso le hizo una mueca que le pareció precursora de acontecimientos extraordinarios, y, por consiguiente, favorables. He aquí el suceso: un cabo de Gerona que le había mostrado benevolencia, y benevolencia quería decir menos crueldad y grosería de lo que se acostumbraba, le entregó, a la conclusión del trabajo, un lío conteniendo dos panes, media docena de chorizos, cuatro manzanas y algunos cigarros, todo envuelto dentro de una servilleta sucia. El obsequio, que en tales circunstancias era de una extraordinaria magnificencia, procedía, según el cabo, de una señora que se interesaba por el pobre capellán prisionero. ¿Cómo se llamaba? El mensajero no lo sabía. ¿Qué señas tenía? Alta, morena, guapetona. No necesitó más Fago para creer que era la hija de Ulibarri quien le favorecía, y extrañaba que no acompañase al regalito una carta en que se le ofreciera la libertad, o se le propusieran los medios de conseguirla. Todo el día, loco de júbilo, se lo pasó pensando en ella, y su imaginación soñadora veía llegar por momentos segundo mensaje con esquela o recado entablando comunicación para tratar de libertarle. La esclavitud le había entontecido; pensaba y sentía como un niño, y creía verosímiles y probables los más absurdos delirios de la mente. Su desilusión fue grande al siguiente día, cuando por referencias del propio cabo y de otro soldado de Gerona, vino a cerciorarse de que la señora a quien debía el obsequio no era otra que Saloma la baturra. La cuadrilla del *Tío Concejil* había entrado en Estella cuatro días antes, arrimada a la división de Gurrea.

En su desaliento, pensó el capellán con seguro juicio que, pues no le salían amigos de valía por ninguna parte, era forzoso buscar el arrimo y calor de los seres humildes que se habían acordado de favorecerle en su desventura. Mandó un recado a Saloma la baturra para que a verle fuera, y una tarde, hallándose en las obras del puente de Azucareros, se le presentó *Uva* saludándole afectuoso en nombre de toda la cuadrilla. Las señoras no iban *por no dar que hablar*. La visita fue de grandísimo consuelo para Fago, y los conceptos que de boca del cantinero oyó, resucitaron en el alma del prisionero las muertas esperanzas.

«El día que entramos —dijo *Uva*—, le vimos a usted trabajando en San Pedro. Pero no quisimos decirle nada por no llamar la atención... que nosotros tenemos que andar con mucho ten con ten, para que nos consientan nuestro tráfico... Sepa el señor capellán que en la guarnición hay algunos jefes aragoneses, y entre ellos uno que... Tengo por cierto que ha de conocerle a usted, porque es de la Canal de Verdún, o de junto a Tiermas.

—¿Cómo se llama?

—Don Rodrigo de Arbués... Alto, seco... Paréceme que es comandante o teniente coronel... No estoy seguro.

—¡Loado sea Dios! —dijo Fago tan conmovido, que poco le faltó para echarse a llorar...—. Es mi primo, primo segundo mío, y amigo cariñoso desde la infancia. En la edad feliz, de los veinte a los veinticinco, hemos hecho juntos bastantes diabluras... Por lo que más quieras en el mundo, *Uva de mi alma*, hazme el favor, hazme la caridad de ir en su busca ahora mismo, y decirle dónde estoy y el mísero estado en que me encuentro.»

Prestose el buen hombre a desempeñar la caritativa comisión, y dos horas después tenía Fago el indecible consuelo de verse estrechado en los brazos de su amigo y pariente don Rodrigo de Arbués.

XXV

«*Chiquio*, el demonio que te conozca. Eres el cadáver de ti mismo —le dijo con noble y cordial efusión—. ¿Cómo has llegado a ponerte tan flaco y amarillo? ¿Dónde y cómo caíste prisionero? ¿Qué ha sido de ti desde que fuiste a Oñate?...»

Al cúmulo de preguntas que le hizo, no pudo contestar Fago más que con expresiones de alegría y reconocimiento; pero repuesto de la alegría que el feliz encuentro le produjo, emprendió el completo relato de sus desventuras, cuidando de emplear cierto método histórico, para que Arbués pudiese formar juicio, y resolver algo que condujese a la terminación de aquel horrible cautiverio. Hablaron toda la tarde; la situación del prisionero cambió radicalmente, y el jefe de la prisión le mostró gran benevolencia; la esperanza brillaba en los espacios, y sonreía en el alma del pobre capellán. Despidiose Arbués diciéndole que estuviese tranquilo; él hablaría con su coronel, jefe de la plaza, que le estimaba mucho, y pronto se resolvería lo más conveniente (estilo militar).

Al siguiente día por la tarde, oyó Fago de su primo esta extraña proposición:

«*Chiquio*, darte la libertad de buenas a primeras, sin trámite de la Auditoría militar, paréceme difícil; proporcionarte la evasión, no es imposible, ni aun difícil; pero el coronel no quiere gastar esas bromas. Teme que aproveches tu libertad para volverte a la facción y pelear contra nosotros. Si nos das una garantía de que no harás armas contra la reina, se buscará un medio de que seas libre mañana mismo.

—¿Y qué garantía he de dar más que mi palabra de honor?

—No nos basta; digo, a mí sí; pero el coronel es un poco testarudo, y muy ordenancista.

—Pues mi palabra de sacerdote.

—Las palabras de sacerdote no valen en el fuero militar. Necesitamos una garantía positiva, eficaz.

—¿De que no haré armas contra los liberales?

—Eso.

—¿Y cómo doy esa garantía?

—De un modo muy fácil y muy claro. Nos convenceremos de que no harás armas contra nosotros, cuando te veamos batiéndote a nuestro lado y contra ellos.

—¡Contra los carlistas!... ¿Y no hay otra manera de alcanzar mi libertad?

—No hay otra.

Pues, *chiquio*, mi libertad *vale una misa*. Acepto. Soy tuyo, soy vuestro.»

Siguieron hablando, y Arbués le aseguró que había tenido noticias de sus proezas en el otro campo. Se decía que gozaba entre los facciosos fama de gran estratégico, y que Zumalacárregui no tomaba ninguna determinación sin consultarle. Riendo contestó Fago que no hubo tales hazañas, y que Don Tomás no le había consultado jamás sus planes de guerra. Confirmó después su escepticismo en cosas de política militar, manifestándose igualmente desdeñoso de las ideas y móviles de uno y otro bando; y por último, apuntó la idea de que facciosos y constitucionales andaban en tratos para amasar un soberano pastel, que sería la paz mentirosa por unos cuantos años. A esto replicó Arbués, hablándole al oído: «Antes de que termine este año de 1835, nos abrazaremos los dos ejércitos.»

Desde aquel día, se le llevó el primo a su alojamiento, y pudo recorrer libremente la ciudad, hablar con todo el mundo, renovar antiguas relaciones. Saboreaba la libertad con inefables goces; todo le parecía bello, el caserío y sus habitantes, hermosas las iglesias, la campiña risueña, esmaltada de ricos colores. Comúnmente se metía en el vetusto San Miguel, en San Pedro o en la Virgen del Puy, y se pasaba largas horas en fervoroso rezo, renegando de su pasada devoción del acaso. Dios lo gobierna todo, y procede con una lógica insondable, desconocida para nuestras pobres inteligencias. A Dios debemos acudir siempre en nuestras necesidades; a Dios debía la libertad;

la mano omnipotente le señalaba el campo cristino. Acordándose de la misión que le había dado el señor Arespacochaga, vio en este señor a uno de los mayores mentecatos que andaban por el mundo, y resolvió proseguir por cuenta propia la cacería de Saloma, sin cuidarse poco ni mucho de las impertinencias policiacas del Cuartel Real. Ningún nuevo indicio del paradero de la hija de Ulibarri encontró en Estella, y solo podía consignar corazonadas, inexplicables fenómenos del espíritu, que dominaban su voluntad y la llevaban a extraños desvaríos. Una tarde, volviendo de San Pedro, vio un rebaño de ovejas, que entraba en la ciudad bajando del Santo Sepulcro. Acosadas las reses por el pastor, corrían balando. Fago las oyó decir *Mé*, *Mé*, y esta sílaba, claramente expresada por los animalitos, impresionó su cerebro, y lo llenó de intensa melancolía. Siguiendo al rebaño por la calle de Santiago la Nueva, oía la repetición del nombre: los corderos lo decían con infantil lloriqueo; las madres con familiaridad gangosa. Hasta las personas que el ganado veían pasar pronunciaban, en el sentir de Fago, el quejumbroso *Mé*, y él también se puso a gritar lo mismo, corriendo al lado del pastor, y ayudando a éste a recoger las reses que se desviaban de la línea recta.

Siguió la manada hacia las alturas del Puy, y ya cerca del santuario, vio Fago dos monjas dominicas. Corrió tras ellas; tropezando en un pedrusco, cayó cuan largo era, y el rebaño le pasó por encima, llenándole de tierra y basura. Alguien le dio la mano para levantarse, y un ratito tardó en volver de su turbación y recobrar la vista; el polvo le cegaba, la violencia de la caída le trastornaba el magín... Vio el rebaño metiéndose en un olivar cercano; las monjas entraban en el Puy. Quitándose el polvo, corrió a la iglesia; pero las religiosas no estaban allí. El sacristán, a quien preguntó, díjole que allí no habían entrado monjas, sino dos clérigos menores, deudos de la casa, y que bien pudo suceder que, si el señor no tenía buena vista, hubiese tomado por monjas a los clérigos, que eran pequeñitos de cuerpo y de rostros aniñados. No se convenció el capellán, y se obstinaba en que eran religiosas dominicas, a lo que respondió el acólito que en el pueblo había benitas, clarisas y recoletas, todas en clausura rigurosa, y que no encontraría dominicas aunque diera por ellas un ojo de la cara.

145

Aquella noche refugió su aventura al amigo Arbués, fiel depositario de su confianza; y sacado a relucir el negocio de Saloma, díjole el comandante que corrieron voces de que había reanudado amorosos tratos con la hija de Ulibarri. Le habían visto con ella una noche en el parador del *Manco*, junto a Antoñana. También oyó decir Arbués que Saloma *andaba* de ama de un capellán cristino que sirvió en la división de Córdoba. Muerto el tal de una bala perdida que le cogió en Mendaza, la *viuda*, si así puede decirse, se había refugiado en un pueblo de la Amézcoa, donde criaba un niño del alcalde. Denegó el capellán la parte que le correspondía en estas historias, y puso en cuarentena lo demás, aguardando la ocasión de comprobarlo por sí mismo con ayuda de Dios.

En estas cosas se pasó todo febrero. Las operaciones militares eran a la sazón en el Baztán. Decíase que la guarnición de Elizondo, incorporada a las tropas de Lorenzo, partiría... quién sabe para dónde. Transcurrieron muchos días sin saberse nada concreto; días de expectación, que por lo común engendran el desaliento. Mina inspiraba poca confianza por causa de su enfermiza vejez: notaban todos la desproporción entre sus arrogantes proyectos y la ineficacia de los resultados que obtenía, que eran medianos, malos más bien. Zumalacárregui, dotado de una movilidad prodigiosa, tan pronto se le aparecía junto al Pirineo como en la frontera de Álava. Con rapidez más propia de aves que de hombres se presentaba en la Ribera cuando le perseguían en la Borunda. El ejército de la reina, más numeroso que el carlista, érale inferior en agilidad, quizás por su mayor fuerza y extensión. Faltábale una cabeza superior, un pastor de tropas que supiera conducirle por los laberintos de aquella fortaleza ingente, Navarra, construida por Dios para la guerra civil. La cabeza no parecía: el Gobierno de Madrid seguía buscándola, y ya se indicaba al ministro de la Guerra, general don Jerónimo Valdés. De todo hablaban en las aburridas tertulias de la guarnición, y no había nadie que no deseara combates rudos y decisivos. Las noticias de las acciones parciales llegaban un día y otro, desfiguradas en su paso al través del país en guerra. El ataque y gloriosa defensa del fuerte de Echarri Aranaz se comentaba como una de las páginas más gloriosas de la milicia cristina; los combates de Fuenmayor y Ulzama, como una prueba más de las innegables dotes estratégicas del general de don Carlos. Súpose también que éste había creado el batallón de la Legitimidad, que con el de Guías agrandaba y fortalecía su ejército. Por fin, era común creencia que la facción no pasaría jamás el Ebro, que Zumalacárregui había pedido 400.000 cartuchos y 100.000 pesos para extender operaciones a los llanos de Castilla, y como el pretendiente no podía darle ni municiones ni dinero en tal cantidad, porque no tenía de dónde sacarlo, contaban todos con el desfallecimiento de la causa, para dar al traste con ella, si antes no apencaba con el arreglo que se le proponía. Andaba en estos cabildeos don Miguel Zumalacárregui, regente de la Audiencia de Burgos y afecto a la reina. Cartas afectuosas se cruzaron entre los dos hermanos, llevadas y traídas por los oficiales cristinos Vidondo y Eraso. De todo esto se hablaba, así como de la próxima intervención de los ingleses para dar a la guerra un carácter más humano, estableciendo el canje de prisioneros y otras prácticas de la guerra, tal como hacerla sabían las naciones más civilizadas.

Por fin, la guarnición de Estella se incorporó a la división del general Lorenzo, saliendo para Campezu. Habían prometido a Fago darle el mando de una de las columnas volantes que el ejército cristino organizaba para hostigar y distraer las fuerzas facciosas; pero surgieron dudas y vacilaciones sobre el particular, y el hombre fue agregado a las dos compañías que mandaba su pariente. En verdad que no le importaba: prefería una posición modesta, no creyéndose llamado en aquella ocasión a grandes heroicidades. En Campezu acamparon ocho días aguardando a Lorenzo, y allí supieron que ya no les mandaba Mina, sino Valdés, y que éste llegaría muy pronto de Madrid. De Campezu fueron a Vitoria, lo que agradó extraordinariamente al capellán, porque sus corazonadas le indicaron la capital de Álava como punto en que forzosamente había de adquirir noticias de la persona cuyo hallazgo deseaba. Nada encontró, ni siquiera indicios, como no fuera la singular sílaba *Mé*, trazada con brochazos de pintura en un muro de los Arquillos... También la vio en un tinglado, al parecer fragua, por bajo de Santa María. Pero ello no podía ser obra del demonio. La inscripción quería decir: *Matías Emparán...*

Llegado Valdés, se habló de su plan de campaña, el cual a todos parecía grande y sintético, propio de un potente cerebro militar. Consistía en ocupar con veinticinco mil hombres la Amézcoa Alta, el nido donde Zumalacárregui criaba sus feroces polluelos, y donde fraguaba sus tremendas maquinaciones y rápidas acometidas. Técnicamente, el plan era hermoso, y Fago lo tuvo por obra de una capacidad de primer orden. Faltaba la ejecución, que en esto de planes estratégicos el concepto teórico carece de valor, mientras no le acompaña la clara percepción de las medidas que han de hacerlo efectivo.

«Deseo vivamente ver cómo este señor acomete tal empresa —decía el capellán a su pariente, sintiéndose otra vez tocado de la monomanía estratégica—. ¡Ocupar la Amézcoa Alta! ¿Se cuenta con que el otro no la ocupará antes? ¿Dispone el señor Valdés de medios para obrar con rapidez, poniendo entre el pensamiento y la ejecución el menor tiempo posible? Cierto que veinticinco mil hombres son muchos hombres, ¡carambo!, para estas guerras. Y si llevan bastante artillería de montaña, y se escalonan bien las fuerzas, de modo que no se apelmacen en corto espacio y puedan operar con desahogo; si se fortifican tres o cuatro puntos que yo me sé, y se marcan bien las líneas en que ha de operar cada división, designándoles las respectivas convergencias; si no hay atropello ni desorden; si las provisiones no faltan en tiempo y lugar oportunos; si se señalan los puntos de retirada de cada cuerpo, y el punto del máximo avance; si los que mandan las divisiones se atienen escrupulosamente a lo que se les ordene; si la cabeza principal no pierde la serenidad, y sabe lo que son y lo que representan veinticinco mil soldados bajo una sola mano, veo un éxito, querido Rodrigo; veo una victoria grande y quizás decisiva. Para frustrar este plan grandioso, necesita don Tomás discurrir alguna diablura, y bien podría ser que la discurriese. Le conozco, es tremendo: nada se le escapa, y contra la lógica de los demás, tiene él la suya, que es la lógica madre. Digo yo: ¿se puede descomponer con diez mil hombres este plan de ocupar la Amézcoa con veinticinco mil? ¡Se puede, ya lo creo que se puede! El cómo, yo lo sé, yo lo veo; tú también lo verás, pues este sentido estratégico es ni más ni menos que el sentido común; pero tanto tú como yo nos guardaremos de manifestar estas ideas teóricas, para que no nos tengan por soberbios o presumidos.» Díjole Arbués que él no sabía más que batirse donde le mandaban, y que rara vez se le ocurrían pensamientos referentes a organización y unidad de mando. Veía la guerra en la táctica menuda; no le cabían en la cabeza más que sus dos compañías, y aun de ellas le sobraban unas cuantas docenas de soldados.

XXVI

Llegaban a Vitoria constantemente tropas y más tropas: unas venían de Miranda de Ebro y Rioja; otras de Guipúzcoa, fatigadas, mal vestidas, conservando intacta la moral, mas un tanto quebrantada la fe. Desplegaba Valdés en su palacio toda la actividad oficinesca que la previa organización de la campaña, en lo militar, en lo administrativo y sanitario, requería. Adiestrado en las guerras de América, no ignoraba lo que traía entre manos. Era hombre modestísimo, afable, de bastante edad, espíritu fuerte, cuerpo flaco y mísero: vestido de paisano, habría pasado por clérigo; de uniforme, representaba la persona venerable de un honrado capellán. Oyó contar Fago que Valdés, al llegar a Vitoria con su nombramiento de general en jefe del ejército del Norte, no llevaba séquito ni escolta; no llevaba equipaje ni dinero, ni aun siquiera sombrero militar: a tal punto llegaba el menosprecio de toda ostentación y boato en su propia persona. Comía lo que querían darle; aceptaba de los generales a sus órdenes prendas de vestir, y tenía su administración personal en manos de un fiel asistente. Y al propio tiempo, sabía infundir a todo el mundo respeto: los soldados le querían, los jefes le veneraban. Era un buen padre de su ejército. «Para ser completo —pensaba Fago—, sepamos si conducirá a sus hijos a una victoria eficaz, resistiendo firme y pegando fuerte.»

No duraron los preparativos más de veinte días: transcurridos éstos, empezaron a salir fuerzas en dirección de la sierra de Andía. Llevaban piezas de montaña, abundantes víveres, municiones y todo lo necesario. Las tropas de Lorenzo, procedentes de Los Arcos, y las de Méndez Vigo, viniendo de Pamplona, marchaban también hacia la Amézcoa. Ocupada ésta por fuerza numerosa, ¿qué remedio tenía don Tomás más que correr hacia la frontera de Francia? Tan seguro se creía esto, que se habían dado a las autoridades francesas los necesarios avisos para el desarme e internación de las bandas carlistas vencidas. Tanta confianza, en cosas de guerra, no parecía el colmo de la prudencia. Pero, en fin, con estas seguridades, las tropas iban a sus posiciones muy animadas, y con ganitas de pelear.

Destinaron a Fago al Provincial de Toro, que mandaba Barrenechea, jefe instruido y de grande arrojo; Arbués le afilió en una de las dos compañías que mandaba, nombrándole cabo. Llevaba el capellán uniforme completo, excelente fusil y su cartuchera bien provista. No tardó en sentir nuevamente ímpetus guerreros, influencia natural del medio, del compañerismo, de la emulación.

La marcha no fue penosa, y tardaron tres días en llegar a Contrasta. De allí empezaron a franquear las alturas, penetrando por bosques espesos, bordeando abismos, escalando peñas. En los míseros pueblos, esquilmados ya por los carlistas, no encontraban reses, ni alimento de ninguna clase; dormían al fresco en campamentos dispuestos con arte. El jefe de la columna, barón del Solar de Espinosa, era un militar que sabía su oficio; y del general de la división, Don Luis de Córdoba, nada hay que decir, pues harto se conocen sus altas dotes militares, que más tarde había de enaltecer en la grandiosa jornada de Mendigorría.

Delante de esta división iban otras, trepando a las fragosas alturas, que hallaban absolutamente limpias de facciosos. Esto alegraba a los poco entendidos. Zumalacárregui abandonaba las altas posiciones. Una de dos: o retrocedía hacia la frontera de Francia, o se situaba en la Amézcoa Baja, donde su posición era desventajosa, endemoniada. Así razonaban los que, como el bueno de Arbués y otros, no poseían el don estratégico. Pero Fago, viendo que don Tomás abandonaba por completo las alturas, dejando a Valdés internarse y perderse en ellas, empezó a entrever el plan del jefe carlista, el cual no podía ser otro que esperar en la Amézcoa Baja, hasta el momento preciso en que Valdés *se hiciera un lío* en la espesura de los bosques y en los picachos inaccesibles de la sierra, viéndose obligado a situar sus batallones en una línea extensísima, donde gran parte de la fuerza no podía revolverse, ni acudir aquí o allá, conforme a las exigencias de la lucha.

Interrogado por su pariente, que aún no se apeaba de su optimismo, le dijo Fago: «*Chiquio*, convéncete de que esto va mal. El plan de ocupar la Amézcoa fue bueno, mientras otra cabeza no discurrió uno mejor. Zumalacárregui, que sabe mucho, pero mucho, nos deja meter nuestros veinticinco batallones en la sierra, y él acampa tan tranquilo en los pueblos de abajo, confiado en que pasaremos el tiempo mirando a las estrellas, pues la mayor parte de las tropas que van peñas arriba, no pueden hacer otra cosa. Verás cómo no pasa de mañana sin atacarnos por la retaguardia. A esta división le tocará aguantar la embestida, para lo cual tendremos que cambiar de frente. Y todo ese ejército que anda a gatas por los montes, ¿de qué nos sirve? ¿Cómo vendrá a auxiliarnos si no puede moverse con agilidad en estas intrincadas espesuras? Los grandes ejércitos son para operar en el llano. La guerra de montaña tiene su táctica especial, que en este caso no he visto aplicada.»

Puntualmente se ajustaron los hechos a lo que el capellán pensaba. Al día siguiente por la tarde fueron atacados por cuatro batallones carlistas en las inmediaciones de Artaza. Los cristinos se batieron con bravura, y a fuerza de constancia conservaban al anochecer sus posiciones. El terreno no les favorecía: era estrecho, limitado aquí por picachos inaccesibles, allá por cortaduras y barranqueras, en cuyo fondo mugían torrentes. Pelear en tal sitio era la mejor prueba a que puede someterse el valor y la tenacidad de un ejército: lo que hicieron los constitucionales en aquel día supera con mucho a cuantas proezas pudieran imaginarse. Y para que la prueba fuese más terrible, pasaron toda la noche en la angustiosa expectación de ser atacados con mayores fuerzas al día siguiente. ¿Qué harían?, ¿continuar avanzando hacia la sierra? Esto era peligrosísimo, porque al avanzar empujarían hacia el Norte a los demás batallones, y en este caso, marchando siempre hacia arriba, la salida tenía que ser por los valles de la vertiente del Cantábrico o por la frontera pirenaica. El retroceso era también difícil, porque si los realistas, como parecía seguro, se situaban en el portillo de Artaza, podrían, no ya embestir, sino fusilar a los batallones, atacándolos uno por uno. Fago explicó a su primo la situación con un ejemplo... «Figúrate —le dijo— que nuestros veinticinco batallones son veinticinco barcos, y que nos hemos metido en un canal o bahía larga y estrecha. Esta división es el navío de retaguardia. En la boca del canal nos atacan buques enemigos. Si salimos, mal; si entramos, hemos de navegar empujándonos unos a otros hasta salir por el opuesto extremo del canal. Si nos retiramos por donde hemos venido, a medida que vayan saliendo barcos, el enemigo los irá cazando a su gusto y abrasándolos sin piedad. ¿Lo comprendes ahora?

—Sí: la dificultad y el error están en que, a lo largo de la sierra, nuestros batallones no pueden desplegarse en un extenso frente de combate. Tienen que ir enfilados, con un frente estrechísimo, unos tras otros.»

Y no solo les afligió el desaliento durante la noche, sino también la sed. En aquellas alturas no había agua. Un chusco dijo que tenían que contentarse con beberla por las orejas, porque oían ruidos de espumosos torrentes bajo sus pies, a profundidades a que solo con el pensamiento, no con la mirada, podían llegar. Reforzada la columna durante la noche con el batallón más próximo, preparáronse para la pelea del siguiente 22 de abril, que debía de ser, y fue realmente, una página épica. Los carlistas embistieron muy temprano; sus guerrillas habían trepado a alturas donde era increíble que pudiesen hombres mantenerse y pelear, no convirtiéndose en gatos o ardillas. En las espesuras cercanas y en los picachos del otro lado de la barranquera, los fogonazos simulaban el incendio del bosque. Sin la artillería de montaña, manejada con toda la pericia del mundo, la retaguardia cristina habría perecido en la puerta de la ratonera. Al mediodía, Valdés y Córdoba acordaron descender, arrostrando las desventajas de la posición, y el 5.º de Ligeros fue el primero que se lanzó impávido por el desfiladero de Artaza, hostilizado por un lado y por otro... El Provincial de Toro y otros cuerpos siguiéronle con el mismo brío. Los carlistas, rechazados en una vuelta del camino, se escabullían por aquellas angosturas para reaparecer luego más abajo, encastillados entre peñas. Caían soldados de la reina sin cesar; los jefes de los cuerpos combatían en primera línea. Córdoba y el barón del Solar defendían sus vidas como el último de los soldados. De este modo, y perdiendo mucha gente, llegaron con extraordinaria gallardía al pueblo de Barindano, que encontraron desierto. Allí ya podían respirar, poner en orden los desconcertados batallones, y atender a los heridos que habían podido recoger. Perdieron carros de municiones y víveres; perdieron muchas vidas. Ya no había más plan que emprender la retirada hacia Estella con todo el arte posible.

Y durante la noche, la retaguardia, que por el cambio de frente había llegado a ser vanguardia del ejército de la reina, desde Barindano seguía viendo nutrido fuego en el desfiladero de Artaza, señal de que las demás divisiones descendían del laberinto con las mismas dificultades. A media noche cesó el fuego, porque a los carlistas se les habían acabado las municiones, y se replegaban hacia Aranarache y Contrasta.

Lo peor de aquella tremenda jornada era que los cristinos no encontraban ningún apoyo en el país: el vecindario huía de los pueblos, poniéndose al amparo de la facción; a ningún precio se encontraban aldeanos ni pastores que quisieran practicar el espionaje; la ignorancia de los movimientos del enemigo y de los puntos en que pernoctaba eran motivo de grande confusión para los generales; nadie sabía nada; había que esperar los hechos, subordinando todo plan a lo que resultara de los del enemigo, por lo cual el verdadero director de la campaña era Zumalacárregui como jefe de su ejército, dueño absoluto del país en que operaba y de todo el paisanaje navarro.

La mañana del 23 se empleó en organizar la retirada a Estella. La vanguardia debía marchar aquel mismo día hacia Abarzuza. Era probable que los carlistas, repuestos del cansancio, y provistos de víveres, atacarían por Arlabia o Echevarri. Manteníase aún bravo y arrogante el ejército cristino, confiando siempre en sus jefes. También él tenía fe en su causa, aunque no la mostrara por modo tan vehemente e infantil como su hermano el faccioso. Se había hecho a la desgracia, soportaba resignado la enemiga y desafecto del país, y sobre esta desventaja hacía recaer la culpa de su vencimiento en aquella jornada.

La última división que quedaba en la cumbre emprendió el descenso por el desfiladero de Goyano, que ofrecía la ventaja sobre el de Artaza de tener una cumbre accesible. Apoderándose de ella, la retirada podía efectuarse en buenas condiciones. Quiso tomar Zumalacárregui la eminencia; pero Valdés, con Aldama y Seoane, anduvieron más listos, y con supremo esfuerzo lograron emplazar en lo más alto dos obuses; hazaña de gigantes que no se creyera, si no se la viese con tanta prontitud realizada. No tuvieron los carlistas más remedio que abandonar las posiciones. Zumalacárregui, que personalmente les mandaba, viendo el desaliento de su tropa, les dijo: «Mejor: dejémosles que bajen, que allá tenemos otra angostura en que les sacudiremos con más comodidad.»

En efecto, al descender de Goyano por pendientes llenas de cadáveres, hubieron de sufrir otro ataque en el camino de Abarzuza, en una vuelta del río Urederra. Zumalacárregui reapareció en una altura formidable, donde les hizo más bajas, cogió algunos prisioneros y dos carros. Al anochecer, entraban Seoane y Aldama en Abarzuza con sus tropas más que diezmadas, muertas de fatiga, de hambre y sed. Y lo peor era que al día siguiente tendrían que sostener nuevos encuentros, pues el carlista no cejaba; quería recoger todas las ventajas de su victoria, y acosar hasta en su último refugio a las heroicas cuanto desgraciadas tropas de la reina.

Dos días después entraban en Estella los veinticinco batallones, sin convencerse aún de que había llevado la peor parte la causa que defendían; tristes y fatigados, pero sin dar su brazo a torcer; seguros de poder repetir la hazaña, si sus jefes, con error o sin él, les llevaban a un nuevo combate. La tenacidad, la gallardía caballeresca, componen toda la historia de una raza que, al inclinarse para caer en tierra, ya está pensando en cómo ha de levantarse.

XXVII

No extrañó al comandante Arbués perder de vista a su primo el capellán durante la acción de Artaza. En la confusión de la pelea en retirada, cada cual atiende a sí propio y a su obligación y defensa, sin parar mientes en los demás. En Abarzuza no pareció tampoco el aragonés; pero aún esperaba su primo encontrarle en Estella, pues nadie le había visto caer muerto ni herido, y las últimas noticias de él eran que se batía heroicamente. Bien pudo quedar rezagado, agregarse a la división de Méndez Vigo, o caer prisionero en los combates que ésta sostuvo. Desgraciadamente, fueron inútiles todas las investigaciones que hizo Arbués en Estella, cuando ya descansaban allí del trágico duelo los soldados de la reina. Nadie pudo dar noticia cierta del pobre capellán. ¿Debía contársele entre los muertos o entre los prisioneros? Lo probable, según Arbués, era que se hubiera dejado matar antes que rendirse, conforme a su temple de aragonés legítimo.

En tanto Zumalacárregui se había ido a Asarta, donde quiso disimular la falta de cartuchos con una orden del día en que daba ocho de descanso a sus valientes tropas. Comunicada al Rey su carencia de municiones, el Cuartel Real, que estaba en Segura, se conmovió con la triste noticia. La Real Hacienda acudió con arbitrios mil al remedio de tan gran daño; se organizó deprisa y corriendo un activo contrabando para traer de Francia *el pan de la guerra*, y se enviaron comisionados a los que lo amasaban en diferentes puntos del Baztán, para que activasen todo lo posible la fabricación. Gracias a estas medidas pudo Zumalacárregui tener provisión bastante para lanzarse a nuevo combate antes de la semana, engañando una vez más a los cristinos, pues nunca pensó en que sus tropas estuvieran tanto tiempo en la ociosidad. Si no reanudó las operaciones antes de los ocho días, no fue por falta de ganas, ni porque careciera de planes bien determinados, sino porque la Majestad de Carlos V le ordenó que permaneciese en Asarta hasta recibir la visita de los enviados del Gobierno de Inglaterra, lord Elliot y sir Gurwood, para proponer a uno y otro ejército un convenio que diese a la guerra carácter humanitario, poniendo fin a las sangrientas represalias.

Ya don Carlos había recibido a los ingleses, que eran personas distinguidísimas, ambos conocedores de España; y mostrándose dispuesto a entrar por el aro de la benignidad y templanza, nada quiso resolver sin el parecer de su general en jefe. Éste recibió a los extranjeros con la cortesía concisa y un tanto seca que gastar solía. Los de Albión, que también eran secos y lacónicos, simpatizaron extraordinariamente con el caudillo del absolutismo; conferenciaron; admitió Zumalacárregui lo que se le propuso, que en rigor de verdad significaba el reconocimiento de beligerancia por las Potencias, y acordadas las bases de arreglo, don Tomás convidó a los ingleses a compartir con él un modesto cocido, que era su habitual sustento en campaña.

Aceptaron gustosos los comisionados; *trincaron* del buen vinito navarro, sin cortedad de genio, y fuéronse luego camino de Logroño, donde les recibió Córdoba, por delegación del general Valdés. Nueva conferencia, acuerdo por entrambas partes. No consta que hubiera cocido y vino riojano; pero sí que los emisarios de Inglaterra partieron muy satisfechos de la *politesse* de Córdoba, que además de experto general era un fino diplomático. Puesto en vigor a los pocos días el convenio Elliot, ya no se fusilaba sin piedad a los infelices prisioneros. Este espantoso resorte de guerra, propio de hordas salvajes, quedaba totalmente abolido en los ejércitos que guerreaban en el Norte; se establecían reglas clarísimas para el canje de oficiales y soldados, conforme a las prácticas militares de todas las naciones del mundo. Por desgracia nuestra y baldón de España, otros caudillos carlistas y liberales de gran renombre, en las asperezas del Maestrazgo o en la montaña de Cataluña, habían de olvidar pronto los procederes humanitarios, derramando a torrentes la sangre cristiana y escarneciendo con sus crueldades los ideales que decían defender: el honor patrio, la religión, la fe.

Reanudadas las operaciones, Zumalacárregui mandó a Gómez a Vizcaya, donde se unió al guerrillero Sarasa, y juntos atacaron a Guernica. Los generales Iriarte y Espartero salieron mal librados. No bien se enteró de la toma de Guernica, don Tomás fue contra Treviño, plaza fortificada, y la sitió en las mismas barbas de Valdés, y la tomó a las cuarenta y ocho horas, cogiendo prisioneros a los seiscientos hombres de la guarnición, y arramblando con los cañones. Cuando Valdés acudió al socorro de Treviño con las tropas de Estella ya era tarde. La plaza estaba desmantelada, y los carlistas vencedores en la Berrueza. Antes de que Valdés determinara qué camino seguir, Zumalacárregui, sabedor de la evacuación de Estella, se dirigió a esta ciudad, y en ella hizo su entrada triunfal, aclamado con entusiasta delirio por los habitantes, en su gran mayoría frenéticos sectarios del Pretendiente. Hombres y mujeres rodeaban a la tropa realista, saludándola con ardientes demostraciones, cantos guerreros y populares. Las coplas sonaron todo el día por calles y plazuelas, y el famoso estribillo *Ay, ay, ay, Motilá*, pasaba de las bocas de los ancianos a las de las mujeres, y por fin a las de los chiquillos... ¡Gran día de expansión febril y de entusiasmo loco fue aquél para los soldados de Zumalacárregui! La pintoresca ciudad ardía en regocijo y triunfal estruendo; las campanas de sus iglesias románicas, de venerable antigüedad, no cesaban de voltear con alegres repiques; aquí y allí convites parciales a la intemperie, mesas en medio de la calle, libaciones copiosas, alegría, seguridad del triunfo de la Fe.

Mas no era Zumalacárregui hombre que permitiera a sus tropas adormecerse en el triunfo, ni perder su fiereza en las fiestas obsequiosas y en los enervantes descansos. Sabedor de que partían de Pamplona tres mil infantes y trescientos caballos, salió de Estella para cortarles el paso. Le había dado en la nariz que la tal columna iba en auxilio de algún convoy salido de la Ribera, y no se contentaba con menos que con batir la columna y apoderarse del convoy. Con celeridad pasmosa se plantó en Puente la reina, y de allí, con dos batallones y toda su caballería, ocupó las alturas del Perdón. Al propio tiempo esparcía una nube de espías por todos los pueblos y caminos circundantes, y preparó el golpe antes de que los cristinos sospecharan el mal encuentro que en su marcha les esperaba. Pelearon unos y otros con gran bizarría casi a la vista de Pamplona. Ganó Zumalacárregui, si se mira tan solo a la conquista de la posición y a los cien prisioneros que hizo; pero la jornada le fue desfavorable en otro respecto, porque perdió al jefe y organizador de su caballería, don Carlos O'Donnell. Viéndole moribundo, dijo: «Pérdida irreparable. Valía él mucho más que todo lo que hemos ganado en este encuentro.»

Mientras esto ocurría en el Perdón, en Velate las columnas facciosas de Elío y Sagastibelza atacaban a Oraa, el cual se retiraba con pérdidas. Con esto, y con la evacuación por los cristinos de tantas plazas de segundo orden fortificadas, Navarra, a excepción de Pamplona y de los pueblos de la Ribera, era ya totalmente del dominio carlista, comprendiendo la línea de la frontera hasta el mismísimo Irún. ¿Qué faltaba? Tomar a San Sebastián y a Pamplona. Mas para esto urgía ganar antes a Vitoria, y la llave de Vitoria eran las plazas fortificadas de Villafranca, Vergara y Tolosa, en Guipúzcoa. Pensado y hecho: ya le tenéis en marcha, trasladando de un punto a otro sus masas de hombres con presteza increíble. En aquella expedición debía tropezar con Jáuregui, con Iriarte y con Espartero, que ya ilustraba su nombre con gallardas valentías, y ganaba el aplauso y la admiración de las muchedumbres.

En el asedio de Villafranca hubo de sufrir Zumalacárregui desfallecimientos de sus tropas; pero su energía supo trocar el desánimo en loco frenesí de combate. Acude Espartero desde Durango en auxilio de la plaza guipuzcoana; sábelo Zumalacárregui, y con la celeridad del rayo, corren sus batallones a cortarle el camino. Trábase furioso combate en Descarga; Espartero se ve obligado a retroceder; vuelven los vencedores de Descarga sobre Villafranca; el asedio es formidable, épico; los cristinos rinden las armas en condiciones honrosas; la facción gana en aquel día una posición importantísima, mil quinientos fusiles y víveres abundantes. Y velozmente, siguiendo la acción a la idea, como el disparo al requerimiento del gatillo, Eraso cala sobre Éibar, Gómez sobre Tolosa. Y cuando el mismo Zumalacárregui disponíase a tomar a Vergara, recibe un apremiante aviso de don Carlos llamándole a su Cuartel Real de Segura.

Como jarro de agua fría cayó este aviso sobre la ardiente voluntad del caudillo guipuzcoano, y de malísimo talante se puso en marcha hacia Segura, pasando por Ormáiztegui, su pueblo natal, donde sus paisanos y amigos le acogieron llorando de entusiasmo y cariño, apenados de ver cómo se acentuaba en su rostro la tristeza, que atribuían a la falta de salud, efecto del desmedido trabajo. Los laureles ganados en tan corto tiempo, las ventajas adquiridas en la conquista del suelo español para la Monarquía absoluta, más parecían entristecer que alegrar al héroe de aquella campaña. Su mirada penetrante se fijaba con mayor tenacidad en el suelo, y su cuerpo se encorvaba hacia la tierra, cediendo más al peso de las aprensiones y cuidados que al de las triunfales coronas que su frente ceñía. En Segura fue recibido afablemente por don Carlos, que se mostró benévolo y agradecido, estimando mucho el ánimo, la perseverancia y abnegación que en el mando del ejército desplegaba. Abrevió el caudillo su visita cuanto pudo, no solo por la prisa de expugnar a Vergara, sino porque le asfixiaba la atmósfera, el tufo de camarilla; y aunque ninguno de los corifeos del Cuartel Real le mostraba desafecto, no ignoraba que en la tertulia del Rey y en los corrillos de toda aquella caterva de vagos y aduladores se le iba formando una opinión adversa, regateándole sus méritos o servicios, censurando sus actos. Las victorias que uno y otro día alcanzaba la facción se atribuían al valor de las tropas realistas y al desmayo y falta de fe de las de la reina. Indudablemente Zumalacárregui, según los habladores y comentaristas del Cuartel Real, había hecho bastante, quizás mucho; pero sin duda pudo hacer más, y seguramente otro general se habría plantado ya en tierra de Castilla, abriendo al Rey legítimo el camino de Madrid. Los estratégicos de gabinete, o de corrillos callejeros, hormigueaban en la Corte trashumante, y los últimos covachuelistas y acólitos se permitían planes de guerra. Ganaba terreno la opinión de que el propio Rey debía ponerse al frente del ejército y dirigir por sí mismo las operaciones, en la seguridad de que el Espíritu santo, como a predilecto de Dios, le asistiría con luces de ciencia militar, concediéndole los laureles de Pelayo, los Alfonsos y el Cid.

Sabía todo esto Zumalacárregui, y lo sufría con cristiana paciencia, sin desmayar en el cumplimiento de sus deberes. Su honradez era tan grande como su talento militar. Al Rey que proclamó, a la idea monárquica pura pertenecía, y ajustando su conducta a un proceder de línea recta, por nada del mundo de ella se desviaba. A esta excelsa cualidad unía otra, la de no tener ambición política, virtud rara en los militares de su tiempo, de uno y otro bando. Realzada con tan hermosa modestia su figura guerrera, el hijo de Ormáiztegui oscurece a todos sus contemporáneos ilustres y a cuantos en el gobierno de las armas, así como liberales, le sucedieron.

Expugnó, pues, a Vergara, cuya guarnición, tras una débil resistencia, capituló quedando prisionera, y el vencedor penetró en la plaza con gloria, pero sin salud. El mal que padecía y con el cual luchaba de continuo su voluntad pudo más que ésta al fin, obligándola a rendirse. Tres días pasó en cama con horrible sufrimiento, quejándose poco, y empleando los cortos instantes de alivio en completar sus disposiciones militares. En medio de las tristezas de su estado, no dejaba de llegar hasta él el rumor de las envidias del Cuartel Real, y en un acceso de negra melancolía, complicada con dolores físicos, escribió su dimisión y se la mandó al Rey. No quiso admitirla don Carlos, y para darle testimonio de su Real aprecio, fue a Vergara al siguiente día. Algo mejorado de su enfermedad, salió Zumalacárregui a recibirle, a caballo, con su Estado mayor, y Rey y general atravesaron la ciudad con aclamaciones del pueblo y tropa, entre el estruendo de las campanas echadas a vuelo y de las salvas de artillería.

Las conferencias de aquellos, días entre el Rey don Carlos y el más ilustre de sus súbditos provocaron acontecimientos en los que no es difícil ver la desviación de la línea de prosperidades marcada por el destino desde que un distinguido coronel, avecindado en Pamplona en situación de retiro, cogió en sus manos las partidas indisciplinadas de Navarra y Guipúzcoa, y con ellas hizo un ejército. ¡Qué diferencia de tiempos y personas entre aquel día, 20 de octubre de 1833, en que el coronel don Tomás Zumalacárregui salía por la puerta del Carmen, vestido de uniforme, y al pasar junto a los centinelas se alzaba el embozo de su capote gris, como deseando no ser conocido! Siguió a buen paso por la carretera, pasó el puente sobre el Arga, y al llegar como a distancia de tiro de cañón, le salió al encuentro un hombre, que tenía del diestro un caballo. Montó en él el militar, y a buen trote tomó la dirección de la Berrueza. La causa de don Carlos tuvo aquel día lo que le faltaba: una cabeza. Luego veremos cómo y cuándo esta grande y noble cabeza se perdió para siempre.

XXVIII

¡Desde aquel otoño de 1833 hasta la primavera del 35, cuántas páginas de patética historia, cuántos hechos brillantes o bárbaros, cuántos esfuerzos de sublimidad heroica, de honrada abnegación o de fanatismo delirante! En tan breve tiempo crece y se complementa una figura militar, que sería muy grande si no la hubiera criado a sus pechos la odiosa guerra civil. Y en la precisa oportunidad histórica, el destino dispone la integración de la figura del insigne guerrero, agregando a sus coronas de laurel la de abrojos que para él había de tejer puntualmente la envidia; que sin esto la figura no podía ser completa. Aproximábase a su ocaso, con todos los sacramentos, la gloria que enaltece, la ingratitud que roe, el público aplauso que empuja hacia arriba, la envidia que tira de los pies para hacer bajar al sujeto, y poner su cabeza al nivel de las pelonas de la muchedumbre.

Reservadísimas eran las conferencias entre don Carlos y su general, y cuando se celebraba consejo, al que asistían, además de Zumalacárregui, los llamados ministros, no se revelaban al público ni las discusiones ni los acuerdos. Pero algo trascendía siempre, como es natural, mayormente entre españoles, raza inepta para guardar secretos; y en los corrillos de la plaza, en las dos boticas, en los pórticos de la Casa Consistorial y en todos los demás mentideros de la ilustre villa, se hablaba de los grandiosos planes que de aquellas encerronas habían de salir muy pronto. No será preciso advertir que el señor don Fructuoso de Arespacochaga y Vidondo, natural de Vergara, unido al vecindario por vínculos de sangre y por multitud de conocimientos, no podía salir a la calle sin que le acometiera la caterva de impertinentes curiosos. En las galerías del Seminario Real y Patriótico le asaltaron una tarde las turbas, pidiéndole los secretos o la vida, y él, ante el número y poder de los asaltantes, no tuvo más remedio que rendirse, dando noticias incompletas. Juntose después al capellán Ibarburu, y se fueron a la sala de Capítulo de San Pedro de Ariznoa. En grata tertulia con el Párroco y dos racioneros de los más significados, dejó salir por su boca don Fructuoso cuanto tenía en el buche.

«Pero, en fin —preguntó Ibarburu con viva impaciencia—, ¿dimite o no dimite?

—¡Qué ha de dimitir! ¿Cree usted que brevas como el generalato de tan grandes huestes se sueltan por una cuestión de amor propio?

—¿Y su enfermedad —dijo el Párroco no sin malicia—, es real, o un nuevo ardid estratégico y político?

—Es real. Padece de la orina. Bien se le conoce en la cara ese alifafe... Figúrome que exagera un poquito, con la intención marrullera de que Su Majestad, que le aprecia verdaderamente, ceda en sus resoluciones por no contrariarle.

—Pero a buena parte va —observó uno de los racioneros, que por su gordura no cabía en ningún sillón y tenía que mantenerse en pie—. Tenemos un Rey que por su carácter entero, así como por su religiosidad, merecería gobernar todita la Europa.

—La cuestión es la siguiente —dijo Arespacochaga, a quien faltaba poco para reventar como una bomba, de la satisfacción que el dar noticias auténticas le causaba—; varias casas holandesas han ofrecido a Su Majestad un empréstito de consideración tan pronto como caiga en nuestro poder una plaza de importancia... Quien dice plaza de importancia dice Bilbao, que además es villa de gran riqueza, y podría darnos un botín cuantiosísimo, señores. En fin, repetiré textualmente las palabras de Su Majestad, que oí de sus augustos labios: «He decidido que tan pronto como te restablezcas y te halles en disposición de poder montar a caballo, te dirijas a Bilbao.»

—Textual, ¿eh?

—Y él... Naturalmente, ¡cómo había de atreverse a contradecir el soberano mandato!

—Hizo protestas de sumisión, obediencia y lealtad... ¡Qué menos, señores! Pero a renglón seguido, con muchísimo respeto, hubo de presentar su opinión contraria a la del Rey, y a la de todos los dignatarios, así civiles como militares, que teníamos voz y voto en el consejo. Allí nos hablé de los inconvenientes y peligros que a su juicio ofrece el asedio de Bilbao, y de la facilidad con que podría tomar a Miranda y Vitoria. Ganadas estas dos plazas, la invasión de Castilla será cosa de un par de semanitas.

—No estoy conforme —dijo el Párroco gravemente, tomando y ofreciendo de su rapé oloroso—. En las cosas de guerra se prefiere siempre lo fácil a lo difícil. Si ese criterio prevalece, que nos den el mando a los curas, y pónganse los militares a rezar.

—Justo... ésa es mi opinión y la de todo el que discurra con buena lógica —afirmó Arespacochaga—. Acométanse las cosas difíciles, que las fáciles, las de cuesta abajo, por sí solas se resolverán luego. Pues bien, señores: a mí me tocó la honra de concretar la cuestión en el consejo. Su Majestad tuvo la dignación de pedir mi dictamen, y yo... Respetando las razones estratégicas que expuesto había mi señor don Tomás, llevé el problema al terreno político, alegando altas razones, de más peso que las razones militares, y mirando al decoro y dignidad del Trono. Palabras mías textuales: «¿Tiene el general don Tomás Zumalacárregui fuerzas para tomar a Bilbao? Si considera que no las tiene, nada digo. Pero si cree, como creen conmigo otros príncipes de la Milicia, a cuya autorizada opinión me remito, que tiene fuerzas sobradas para tal empresa, no debe hablarse una palabra más del asunto. Pues el Rey quiere que se tome a Bilbao, esto basta para que se intente la empresa, no siendo, como no es, imposible.»

—Bien, admirable... ¿y qué contestó?

—Por de pronto, ni una palabra. Parecía desconcertado. Su rostro de color de cera permaneció inalterable. El Rey, mientras yo peroraba, no quitó de mí sus ojos, asintiendo con fuertes cabezadas. Zumalacárregui, apremiado por Su Majestad para que concretase si era posible o no tomar la plaza, no se atrevió a negar que poseía fuerza bastante para tal fin. Allí nos habló de que las dificultades podrían sobrevenir después. Pero no nos convencimos, ni Su Majestad tampoco. En fin, señores, el consejo acordó el ataque a Bilbao... y mande quien mande las operaciones, Bilbao será nuestro antes de quince días.

—¡Mande quien mande! —repitió Ibarburu—. ¿Luego cree usted probable que dimita?

—Sí; pero también creo que no se le admitirá la dimisión. Si se le aceptara, no faltaría un general de grandes miras y conocimiento que llevara nuestros batallones a este gran triunfo, y así lo llamo porque Bilbao carlista es el empréstito holandés, y con dinero, que es lo único que nos falta, haremos un caminito seguro y breve por donde las reinas de Madrid se vayan a Francia, y nosotros a la Villa y Corte.»

Siguieron haciendo *caminitos* y cuentas galanas hasta que les sirvieron el chocolate con que el Capítulo les obsequiaba, y tomado éste, Ibarburu se fue solo a la calle, taciturno y caviloso. No sabía a qué carta quedarse, ni a qué santo encomendar el logro de sus desmedidas ambiciones. ¿De qué le valía adular a Zumalacárregui si éste dimitía? Y si no dimitía, ¿qué eficacia tendrían sus adulaciones a González Moreno y Arespacochaga? Su instinto cortesano, afinado por la ilusión de la mitra que quería ponerse en la cabeza, le guió hacia el alojamiento de don Tomás, que era el palacio de los Elóseguis, amigos suyos; y en el portal salió a su encuentro Celestino Elósegui, a quien con viva ansiedad preguntó: «¿Dimite o no dimite?»

Llevole adentro y arriba, y tuvo la suerte de sorprender al general en uno de esos instantes en que la espontaneidad no puede contenerse, y en que se manifiestan sin rebozo los sentimientos que llenan el corazón. Acompañaban a don Tomás su amigo íntimo don Juan Francisco de Alzaa y el dueño de la casa, don Matías Elosegui. Quitándose el capote y arrojándolo sobre una silla, como si con él arrojara la investidura de general en jefe, dio una patada y dijo con rabia: «Esto es inaguantable... Ya lo presentía yo... ¡Tener que ejecutar proyectos que juzgo disparatados en el estado actual de cosas!» Sin hacer gran caso de lo que tímidamente le dijo don Matías para calmar su irritación, dejose caer en un sofá con notorio desaliento, y expresó con estas graves palabras la grande agitación de su noble espíritu: «Dejo a la enfermedad o a una bala enemiga el cuidado de sacarme de esta situación.»

Oído esto, se arrancó Ibarburu con un encomiástico discurso, pronunciado con cierto énfasis político: «Mi general, quien ha conquistado los lauros que enaltecen el nombre glorioso de Zumalacárregui, ese nombre escrito ya con letras de oro en el libro de la Historia, nada debe temer. Donde vaya Zumalacárregui irá la victoria. Nuestro Rey reina por el esfuerzo de este gran caudillo, y por el camino de Bilbao, lo mismo que por el de Vitoria, con la ayuda de Dios nuestro padre, y de la reina de los Cielos María Santísima, las tropas que con sabia mano rige vuecencia llevarán a la Corte de las Españas al representante de la Monarquía legítima y de los derechos de la Religión.»

Con una mirada benévola y dos o tres monosílabos de modestia, rechazando honores tan desmedidos, disimuló Zumalacárregui el desprecio que le merecían las gárrulas demostraciones del capellán de su ejército. Entró a este punto el médico, y el general se fue con él a su habitación.

Contento de sí mismo y del buen golpe que había dado, Ibarburu salió en busca de otros capellanes y militronches amigos suyos, para dar un paseo y poder contar cuanto sabía; noticias bebidas en los propios manantiales de información. Toda la tarde estuvo despotricando: en la conversación deambulatoria, el optimismo embriagaba las almas de los pobres *ojalateros*, pues cuál más, cuál menos, todos tenían sus esperanzas de medro en diferentes carreras y profesiones. Al regresar a sus hogares, donde les esperaba la menestra de borrajas, la sopita, el huevo pasado, *et reliqua*, se mecían en dulcísimas ilusiones. Éste veía las insignias de coronel, aquél la congrua eclesiástica, el uno la judicial toga, el otro la mitra, y todos estos símbolos de autoridad y posición se les representaban en forma extrañísima, bombas y granadas cayendo sobre la infeliz Bilbao.

A la siguiente mañana, y cuando el señor capellán a partir se disponía con el ejército por el camino de Durango, le anunció su patrón una visita, advirtiéndole al propio tiempo que no la recibiera porque debía de ser enfadosa.

«¿Quién es?

—Señor, dos ermitaños que piden limosna; pretenden ver a usted para que les libre de no sé qué pena que se les ha impuesto por espías.»

Bajó presuroso el señor Ibarburu, y con indecible sorpresa reconoció en uno de los dos infelices que a implorar venían su protección, al mismísimo don José Fago, ex-capellán, ex-sargento, santo en ciernes por temporadas, gran estratégico en ocasiones, y notado siempre por su falta de seso y sobra de ambiciones desapoderadas. Vestía el desdichado aragonés un balandrán deslucido y roto, ceñido a la cintura por cuerda de esparto; calzaba alpargatas; habíale crecido la barba y cabello, y su aspecto semisalvaje inspiraba más compasión que miedo.

«Amigo mío, ¿qué es esto? —le dijo Ibarburu con estupor no exento de severidad—. ¿Qué le pasa a usted? Nos dijeron que se había dejado seducir por la impiedad cristina... yo no lo creí. Luego se corrió la voz de que había perecido en la tremenda degollina de la Amézcoa... ¿Qué significa esa facha miserable, y quién es este hombre que le acompaña?

—Mi facha significa el desengaño de todas las cosas, el hastío del mundo y el gusto de la soledad... Y este que me acompaña es el santo ermitaño Borra, que tenía su cabaña en el monte Murumendi, y fue días hace inicuamente expulsado de ella por los soldados de la facción, y luego él y yo perseguidos y amenazados de no sé qué horrendos castigos, por lo que llaman delito de vagancia y espionaje.

—Señor capellán —dijo el otro con grave acento—: yo, Simeón Borra, vivía en Murumendi lejos de todo comercio con el mundo, consagrado a la oración y abominando de las opiniones que hacen fieras a los hombres y les llevan a guerrear. Con nadie me metía ni nunca hice daño a nadie. Vivía de lo que me querían dar y del fruto de una huertecilla. Este amigo vino a pedirme consejo para conseguir la paz de su alma: contome su historia; pidiome luego que le admitiese en mi compañía, y a ello me resistí: no quiero formar comunidad. Estableciose por mi advertencia en un sitio cercano a mi choza; labró la suya, y vivíamos como a dos tiros de fusil...

—Y cuando más seguros nos creemos —prosiguió Fago—, una columna facciosa nos destruye las casas; se nos acusa de espionaje; se nos amarra y nos traen aquí, donde hallamos un señor mayor de plaza, hombre caritativo, el cual nos libra de la muerte y promete ponernos en libertad si hay alguien en el ejército que garantice que no somos rateros ni traidores.»

Uno de los militares que les acompañaban manifestó que el menor castigo que podía imponérseles por espionaje era cortarles las orejas.

«A mí no puede ser, ¡carambo! —afirmó Borra apartando las guedejas que caían sobre sus sienes—, porque ya me las cortó el tunante de Mina el año 22, y no porque yo cometiese delito alguno, sino por crueldad sanguinaria... De modo que si alguna pena me aplican, sea la de muerte, y pronto, que nada le importa a quien aprecia la vida en menos que un cabello.

—Lo mismo digo —afirmó Fago—. Que me maten si quieren, si no han de darme la libertad.»

Los militares, que atraídos de la curiosidad formaban corrillo en torno de los dos infelices, más se inclinaban a la burla compasiva que a la severidad. Ibarburu, profundamente apenado del lastimoso sino del que fue su amigo, y a quien verdaderamente apreciaba, le cogió de la mano, como si resueltamente bajo su amparo le tomase, y con acento firme dijo al militar que les acompañaba: «Bajo mi responsabilidad, amigo Zuazo, deje usted libres a estos hombres, pues a entrambos les tengo por tontos, que es lo mismo que decir inocentes. Váyanse a donde quieran, a hacer vida boba, que también podría ser vida regalona. Ea, despejen, que tenemos que marchar a Durango... Usted, señor santo Borrajo, o como quiera que se llame, puede ir a donde quiera, y volverse a su monte o al mismo infierno; pero lo que es a éste no le suelto. Amigo Fago, no puedo consentir que un hombre de su inteligencia y carácter se deje inducir a la extravagancia que revelan su traje y modos... No, no, no lo consiento, y si no de grado, por fuerza se viene usted con nosotros. Eh, amigo Zuazo, me le lleva usted por delante, entre bayonetas. Yo hablaré al coronel, y respondo de que ordenará lo que digo... Adelante, entre bayonetas. Éste no puede ser libre; éste me pertenece: quiero salvarle de su propia insanidad, de su propia tristeza... En marcha... Don José Fago, es usted prisionero de su amigo el capellán Ibarburu. No haga resistencia, o el coronel mandará que le apliquen cincuenta palos.»

XXIX

Contento como unas pascuas se fue Borra, y en verdad que no le penaba ir solo, pues la soledad era su mejor amigo. Fago, secuestrado por el capellán con cariñosa tiranía, no tuvo más remedio que dejarse conducir en la ambulancia sanitaria; y cuando ya marchaban a media legua de la villa, caminito de Elorrio, aproximó Ibarburu su mula al pelotón que le conducía, y hablaron un rato, el uno a pie, a caballo el otro.

«Agradezco mucho a usted su buena voluntad; pero, créame... Mejor servicio me haría dejándome zambullir en la soledad y apartarme de todos estos belenes.

—Déjele, déjese llevar, y no sea usted obstinado y majadero. ¿Qué sabe usted lo que dice? En la primer parada que hagamos me contará el cómo y cuándo de haber venido a la desolación de esa vida, y hablaremos del modo de restaurarle a su estado decoroso... Y aprovecharé el descanso de esta noche para proveerle de ropa, y vestirle con la decencia que le corresponde. Somos de la misma estatura y carnes, y mi ropa le vendrá como suya.»

En la primera parada, arrimaditos a una venta próxima al camino, en la cual comieron y refrescaron, Fago contó a su amigo todos los inauditos accidentes de su vida, desde el punto y hora en que dejaron de verse, en diciembre del año anterior. Oyó Ibarburu el relato, como un confesor que no quiere perder sílaba, atento a los íntimos pormenores de conciencia, para formar cabal juicio del estado moral del penitente; y al llegar al caso de la defección de Fago y de su ingreso en las filas cristinas; al oírle que por ganar la libertad había vendido sus convicciones realistas, combatiendo por Isabelita II en las jornadas sangrientas de la Amézcoa, se mostró tan irritado y severo, que poco faltó para que terminase allí la confesión, y con ella la amistad de los dos capellanes.

Pero Fago, con su noble sinceridad, ganó el corazón de Ibarburu. Todo lo refería lealmente, sin atenuar sus culpas ni empequeñecer su mérito donde lo hubiera. No ocultó que el principal fin de todos sus actos en aquella parte de la campaña, era perseguir y cazar a la descarriada Saloma. Los diversos episodios y peripecias, las vivísimas esperanzas y desengaños tristes de esta cacería fueron tales, que creyó perder la razón. Saloma, como fantasma vano, en todas partes se presentaba, y en los aires se desvanecía cuando las manos se alargaban para cogerla. Rezagado en las angosturas de Artaza tuvo que esconderse en unos breñales para no caer prisionero de los realistas, que le habrían fusilado sin piedad. Huyó después montes arriba, repugnando el seguir en filas liberales, y con asco también de las facciosas; vagó tres o cuatro días, precedido del fantasma, hasta que Dios quiso desengañarle de aquel vano error, iluminando su entendimiento con ideas claras. La torpeza y sinrazón de aquel empeño se posesionaron de su espíritu, y unido a ello el hastío de la humanidad, sintió la querencia hondísima de la vida ascética. Andando, andando, sin pensar a dónde iba, llevado más bien de la fatal dirección mecánica de sus pasos, fue a parar al monte Murumendi, y allí se acordó del solitario Borra. Llegose a la cabaña, hablaron... Lo demás ya lo había oído Ibarburu de los propios labios del anacoreta.

«Todo sea por Dios —dijo entre suspiros el capellán guipuzcoano al ponerse de nuevo en camino—. Dele usted gracias por haber caído en mis manos; que si se quedara entregado a sus desvaríos, no tardaría en volverse loco. Ahora, calma y completa sumisión a lo que yo le ordene: soy su amigo, su protector y su médico. Prescribo, como remedio salvador, que prepare usted su espíritu y su voluntad para volver lo más pronto posible al estado eclesiástico. Todo lo que sea del orden de guerras y política, y el capitulito ese de la persecución de *féminas*, debe pasar a la historia. Basta de locuras. Sea usted sacerdote, y no eche el pie fuera de la sábana de una modesta posición eclesiástica... Adelante: va usted preso. Esta noche le vestiré, y ahora voy a decir que le dejen ir en un carro de sanidad para que no se fatigue.»

A todo se prestó el aragonés, que había vuelto a ser pasivo, abdicando su voluntad en las voluntades ajenas, y sintiendo de nuevo la devoción del acaso. Siguieron andando todo aquel día y el siguiente. Por referencias supieron que Zumalacárregui no había tenido que expugnar a Durango por encontrar evacuada esta villa. Mas no queriendo emprender operación tan comprometida como el sitio de Bilbao, dejando una considerable fuerza cristina en la fortificada villa de Ochandiano, que domina el llano de Álava, resolvió acudir allá rápidamente. Dicho y hecho: embistió el pueblo y la torre que lo defendía; a los dos días se rindió la guarnición. Contemplando Zumalacárregui desde las alturas de Ochandiano el llano de Álava, en cuyas lejanías se distinguen las torres de Vitoria, sintiose encariñado con su pensamiento militar, de cuya ejecución le desviaba la obcecada terquedad de don Carlos. Aún esperaba convencer a éste. Procurándose un excelente guía de ligeros pies, envió a Vergara un breve mensaje, que decía: «Ochandiano está en nuestro poder. Desde aquí contemplo el camino que tendremos que recorrer para proclamar a Vuestra Majestad en Vitoria, mañana, si Vuestra Majestad me autoriza para desistir de sitiar a Bilbao.»

En Durango recibió por respuesta una lacónica pregunta: «¿Se puede tomar a Bilbao?»

Estrujando en su nerviosa mano el papel, Zumalacárregui exclamó: «¡Como poderse tomar, sí!... Después, Dios dirá.»

Los pocos días transcurridos desde la presentación en Vergara del capellán aragonés convertido en salvaje anacoreta, bastaron a Ibarburu para transformarle. Le afeitaron y vistieron, y con esto y el buen alimento parecía otro hombre, el mismo de antaño, solo que más enflaquecido y mustio. Al propio tiempo, ganó bastante en serenidad de espíritu y claridad del entendimiento, y parecía dispuesto a seguir las prescripciones de Ibarburu, encerrándose en la modestia de una vida eclesiástica rutinaria y sin pretensiones. Se le declaró libre de toda pena, atendiendo a que había sido hecho prisionero por los cristinos, y Z que éstos le obligaron a combatir en sus filas so pena de la vida. Habiendo llegado a los propios oídos de Zumalacárregui estas amañadas historias, demostró interés por el desdichado capellán, y deseó verle.

La noche antes de la salida de Durango para Bilbao presentose Ibarburu con su amigo en el alojamiento del general, que era la casa-palacio de los Emparanes, y después de una breve antesala, fueron admitidos a la presencia de don Tomás. De tal modo se pintaba la tristeza en el semblante de éste, que causaba lastimoso respeto a los que le veían. Sin duda la causa de ello era, además de la dolencia penosa, la inmensa tribulación de haber visto morir frente a Ochandiano a su entrañable amigo don Juan Francisco Alzaa, antiguo jefe de los voluntarios de Oñate.

Sintiose Fago cohibido en presencia del general, cuya figura militar y política ante sus ojos se agigantaba. Nunca le había visto tan soberanamente investido de la majestad que dan el talento superior y la honradez sin tacha. Poco le faltó al capellán, en su profunda emoción, para arrodillarse delante del caudillo y mostrarle un acatamiento incondicional, pidiéndole perdón por haber hecho armas contra él. Casi con lágrimas en los ojos, hizo ademán de besarle la mano, y lo habría hecho si el otro se lo permitiera.

«¿Qué cuenta usted, buen Fago? —le dijo el general con melancólica benevolencia—. ¡Ah!... ¿Sabe usted que el famoso cañón que me trajo usted de Ondárroa nos ha prestado grandes servicios? Pero en Villafranca, el pobre *Abuelo*, cascado ya y medio chocho, se nos quedó inútil. Bastante ha servido el infeliz... Todo pasa, todo se gasta y todo se concluye.

—General —replicó el capellán con voz temblorosa—, mi mayor pena es que, por mi incapacidad, no pueda yo prestarle algún servicio con la firme resolución que vuecencia merece.

—Todavía, ¡quién sabe!

—Ya no, ya no... Soy hombre muerto.»

Y en aquel mismo instante sintió Fago en su espíritu el fenómeno extraño que en ocasiones diferentes había sentido: la transfusión de su pensamiento en el del insigne guerrero, es decir, que sus ideas se anticipaban a las de éste, o que concordaban milagrosamente en dos cerebros distintos.

«Mi general —dijo después de una pausa—, permítame que le felicite por sus triunfos, que la historia ha de consignar. Permítame exponer con sinceridad una idea que tengo aquí... Será temeridad que yo la exprese, será tal vez descortesía... Vuecencia estima que es un desatino la expugnación de Bilbao; vuecencia, esclavo de su deber, obedece órdenes disparatadas del Rey...

—¡Eh, cuidado! No puede hablarse así de nuestro Soberano... Eso no es cierto, amigo Fago.

—Tenga vuecencia la dignación de oír todos los dislates que se me ocurren. Vuecencia no debe obedecer... Debe presentar la dimisión resueltamente, y que venga otro a ejecutar los propósitos que concibe el cerebro vacío de los que rodean a nuestro buen Rey... Si esto que digo merece castigo, mande vuecencia que me den veinticinco, cincuenta palos, y yo resignado los recibiré. Pero déjeme decir todo lo que pienso: se acerca el término fatal de su carrera gloriosa. ¿Cómo lo sé? No sé cómo lo sé; pero muy claro lo veo, y vuecencia lo ve lo mismo que yo.

—Solo Dios sabe lo que puede suceder —dijo Zumalacárregui queriendo sonreír, y sin poder conseguirlo.»

Y el otro terminó: «Vuecencia lo sabe y yo también... El héroe de esta guerra, el restaurador de la Monarquía legítima... No tomará a Bilbao... El porqué... él lo sabe... y yo también.

—Mucho saber es ése, amigo Fago —indicó Zumalacárregui sonriendo al fin de veras—. Yo no soy profeta; por lo visto usted lo es.

—Vámonos, vámonos —dijo Ibarburu con gran zozobra, tomando del brazo a su amigo para cortar conversación que tenía por impertinente—. Basta de profecías... Estamos molestando al señor general...

—¡Oh, no!... Pueden quedarse...»

Algo más quiso decir Fago; pero el otro, azarado y algo colérico, se despidió brevemente por los dos, y salió, llevándose a su amigo casi a rastras. Al tomar aliento en la escalera, le reprendió con aspereza, como a un niño mal criado que acaba de hacer una tontería.

«¿Pero hombre, está en su juicio?... ¡Qué rato me ha hecho usted pasar!... Al demonio se le ocurre, ¡carape!... Decirle al general que no tomaremos... que no tomará a Bilbao... ¿Ha querido usted anunciar su muerte?

—He dicho lo que siento, lo que veo... lo mismo que ve y siente él... Es como la luz, amigo Ibarburu, y me sorprende que usted no lo vea.

—Lo que veo yo —dijo el castrense encalabrinándose—, es que, si seguimos con esas salidas de tono, le daré a usted por desahuciado, y le abandonaré a su desdichada suerte.»

Y el otro, sin parar mientes en la indignación de su amigo, ni cuidarse de aplacarla, se llevaba las manos a la cabeza, exclamando: «¡Lástima de hombre!... ¡Qué pérdida, Señor!... ¡Inmenso duelo!»

—¿Qué rezonga usted, por cien mil carapes? —gritó el capellán furioso enarbolando el palo.

—Dios lo quiere, Dios lo ha dispuesto... Así debe ser, sin duda, y así será.»

XXX

Dos días después, hacia el 8 de junio, llegaba el general carlista a las inmediaciones de Bilbao con catorce batallones y el tren de batir, bien mezquino por cierto, pues el famoso *Abuelo*, quebrantado por honrosos servicios, había recibido ya la jubilación. Si pobre era la artillería facciosa, la empobrecía más la carencia de municiones, pues para los dos morteros solo había treinta y seis bombas. Con tan reducidos elementos iba a emprender Zumalacárregui el sitio de una plaza defendida por cuatro mil hombres de tropas regulares, mandados por el valiente general, conde de Mirasol, y unos dos mil urbanos; tropa y voluntarios igualmente enardecidos en la fe de la causa que defendían, pues ya desde los comienzos de la guerra dominaba en el vecindario de la capital de Vizcaya la opinión liberal, como contrafuerte de la opinión carlista, dominante con absoluto imperio en los campos. Si tenaces eran los habitantes de las villas y anteiglesias en su afecto a don Carlos, no lo eran menos los bilbaínos en su devoción a los principios representados por Isabel II. Al ardiente arrojo, a la terquedad ciega de los unos, respondían los otros con iguales o mayores demostraciones de constancia y bravura. ¡Qué tiempos, qué hombres! Da dolor ver tanta energía empleada en la guerra de hermanos. Y cuando la raza no se ha extinguido peleando consigo misma es porque no puede extinguirse.

Cincuenta piezas, de las cuales la mitad eran de grueso calibre, tenía Bilbao, emplazadas en los fuertes y reductos construidos en todo lo largo del circuito. Las municiones no faltaban. Víveres tampoco, ni faltarían si el asedio no se prolongaba.

Lo primero que hizo Zumalacárregui fue situar sus batallones en los puntos convenientes para circunvalar la plaza, estableciendo un bloqueo eficaz que impidiera la entrada de provisiones de boca. Solo por la ría no pudo cortar la comunicación, porque a ello se opusieron los comandantes de los dos buques de guerra, uno inglés, francés el otro, fondeados entre Deusto y San Agustín. Hecho esto, dispuso levantar frente al santuario de Nuestra Señora de Begoña tres baterías, donde colocó sus cañones y obuses. Inmediatamente rompieron fuego contra los fuertes de la plaza. Desde San Agustín, cabecera de la línea de defensa sobre la ría, hasta Miraflores se habían levantando seis fuertes enlazados entre sí por paredones y otras obras de defensa. El ataque por esta parte era temerario, así como por el extremo opuesto, los fuertes de Miraflores. El punto más débil era Begoña, el Campo Santo, la batería del Emparrado, el espaldón de tablas que protegía el camino cubierto de Santo Domingo, la batería y línea construida con barricas y sacas de lana junto al Circo. De este grupo de defensas partía el camino de Begoña hasta el santuario del mismo nombre, junto al cual estaba la Rectoral, donde Zumalacárregui se alojaba. No lejos de allí, como a cien pasos de la iglesia, se alzaba el llamado Palacio, grande y macizo, y a poca distancia la casa llamada de Landacoeche. Entre estos tres edificios, la iglesia, el palacio y la casa, había emplazado Zumalacárregui un mortero, y junto a Landacoeche un obús; más a la derecha, la batería con las piezas de menor calibre.

Los dos capellanes, Ibarburu y Fago, movidos de ardiente curiosidad, subieron a los altos de Artagán, y de allí dominaron todo el panorama de la villa, que parecía sepultada en el fondo de un pozo. Vieron a su derecha la mole de San Agustín y la casa de Quintana; enfrente todas las obras de Mallona, y a la izquierda los fuertes de Solocoeche y Larrinaga.

«¿Qué le parece a usted, amigo Fago? —dijo Ibarburu con desfalleci-miento—. ¿Tomaremos esto? Antójaseme que es hueso muy duro para que podamos roerlo.

—Y tan duro... Fíjese usted además en los fuertes de la otra orilla, del lado de Abando... No se concibe mayor obcecación que la de esos señores áulicos, que han puesto la causa al borde de este abismo. Ya verán, ya verán lo que es bueno.

—¿Y no sería conveniente renunciar a batir los fuertes, y entretenernos en arrojar bombas y granadas sobre el caserío, para que se produjeran incendios y ruinas? De este modo el vecindario, lleno de terror, impondría la rendición.

Esa barbarie no es militar, ni tampoco política, señor de Ibarburu, y pongo mi cabeza a que Zumalacárregui no ha de darle a usted gusto.»

Siguieron observando toda la mañana. Los sitiadores atizaban candela; pero la plaza les contestaba con brío, y pasó el día sin que se viese resultado favorable a la santa causa. Bilbao continuaba impávido, deseando función más brillante y decisiva.

«Es seguro —dijo Ibarburu al bajar de Artagán—, que mañana dispondrá don Tomás el asalto de San Agustín.

Don Tomás —replicó Fago secamente—, no puede cometer el desatino de asaltar San Agustín, hasta no batir los fuertes de Mallona, y apagarles parte de sus fuegos, si no todos.

—Me parece que usted entiende poco de asaltos de fortalezas.

Y usted menos.

—¿Desconfía usted de la bravura de nuestros batallones?

—No... pero tampoco creo que sean paja los batallones de Trujillo y Compostela, que defienden los fuertes de Mallona.

—Entonces, ¿qué cree usted, gran táctico?

—Creo que mañana castigará don Tomás los fuertes del Emparrado y del Circo, y luego quizás lance sus batallones al asalto.

—¿Contra San Agustín?

—No, hombre; contra Mallona, que es la parte más débil; y conquistada ésta, desde allí intimará la rendición a la plaza, la cual, seguramente, contes-tará que no se rinde.

—¿Usted qué sabe?

—Lo sé.

—¿Tan poco puede don Tomás?

—Puede; pero no tanto como Dios.

—Ya sale usted con Dios... ¡Bah!... Es irreverencia pensar que Dios puede estar en contra nuestra.

—Lo está.»

Parose Ibarburu para mirarle con enojo despreciativo, y sin decir nada más bajaron hacia Begoña.

El señor Mendigaña, pagador del Ejército, a quien hallaron muy cabizbajo junto a la casa de Landacoeche, les dijo que el general no estaba bien de salud, y se había retirado a su alojamiento, donde daba las órdenes que se habían de ejecutar antes del amanecer del día siguiente. Pero aunque manifestara el propósito de recogerse pronto, lo mismo Mendigaña que el intendente señor Lázaro, que sus hábitos conocían, aseguraron que pasaría toda la noche discurriendo arbitrios y combinaciones para la decisiva jornada próxima.

Ibarburu retirose a su alojamiento, en una casa del camino de Lezama, y durmió como un santo. El capellán aragonés se pasó en claro la noche, que era hermosísima, revolviendo en su mente los probables episodios del sitio. Grabada en su memoria tenía la configuración de la villa en la hondura, los montes que la rodeaban, sus líneas de defensa. Todo lo veía como si delante tuviera un bien detallado plano. Veía el entusiasmo de los bilbaínos, sus vehementísimos anhelos de rechazar cuantos asaltos diesen los de arriba con todo el coraje del mundo. No eran ellos menos corajudos y tercos: eran del propio pedernal que sirvió de componente a toda la raza. La contienda sería por de pronto reñidísima. ¡Sabe Dios qué sucedería después, cuando no tuviera la facción un grande ingenio militar que la dirigiese!... Llegose hasta Begoña; vio luz en la habitación del general, y estuvo contemplando el cuadro de claridad un buen espacio de tiempo. Allí pensaba el grande hombre. Lo mismo que él pensaba fuera, a la luz de las estrellas, el hombre pequeño e insignificante, a quien todos tenían por tonto o lunático.

Al amanecer agregose a unos amigos que estaban tomando la mañana, y departió con ellos. Dijéronle que algunos batallones se preparaban para el asalto. Había, pues, confianza en que pronto les abrirían camino los morteros y obuses que sostuvieron el fuego el día anterior. Después se encontró a Ibarburu, que salía de su alojamiento, radiante de ilusiones. Dos oficiales que con él venían manifestaron la convicción de que antes de tres días almorzarían en Bidebarrieta. A las ocho, próximamente, llegáronse los dos capellanes al alojamiento de Zumalacárregui, y le vieron salir, seguido de sus ayudantes y llevando a su izquierda a Mendigaña. Aproximándose al grupo todo lo que la etiqueta les permitía, oyeron decir a don Tomás: «No he pegado los ojos en toda la noche.» Su mirada era febril, lívido el color de su rostro; su tristeza se disimulaba con la animación que quiso dar a sus palabras. Saludó sonriendo: más encorvado aún que de costumbre, se dirigió al Palacio, desde cuyas ventanas observar solía con su anteojo las posiciones enemigas.

Rompiose el fuego. De abajo respondían con cañonazos y algunos, pocos, disparos de fusilería. Los curiosos se guarecieron tras de la iglesia, y no había pasado un cuarto de hora cuando les sobrecogió un rebullicio de gente, saliendo del Palacio. Algo había ocurrido que era motivo de grande alarma. «¿Qué hay, qué pasa?», preguntaron; y nadie supo nada hasta que salió el cura de Begoña, pálido y descompuesto, y dijo: «Herido el general... poca cosa...»

Y luego apareció Mendigaña con ampliaciones balbucientes de la noticia... «No es nada, no hay que asustarse... una rozadura...»

Todo esto pasaba en menos tiempo del que en referirlo se emplea. Vieron bajar a Zumalacárregui por su pie, no más pálido que cuando subió. «Creo que no es nada», dijo a los que con grande azoramiento y ansiedad le rodearon. Pero al decirlo dio un paso en falso... Cojeaba del pie derecho. Dos pasos más, y ya no pudo andar. Entre Fago y otro le llevaron a su alojamiento en volandas, y él seguía diciendo: «No es nada... No es nada...»

XXXI

El ayudante Plaza explicó lo sucedido, que fue... *De la manera más tonta que puede imaginarse.* El general observaba con su anteojo los fuertes enemigos. Algo hubo de ver que le inspiró una resolución súbita... Vuélvese para ordenar a su ayudante que mande avanzar inmediatamente el mortero emplazado entre el palacio y la iglesia, y en el momento en que lo dice, una bala de fusil rebota en el hierro del balcón y le hiere en la pierna, por bajo de la rodilla. No dijo más que... «Vamos, ya está aquí...»

Por momentos se confirmaba la noticia de que la herida no era de gravedad... Cuestión de media semana. El fuego seguía: a las once acudió Eraso. Poco después se dijo que Zumalacárregui resignaba el mando en su Lugarteniente; por todo el ejército corrió la triste noticia, y los cañones enmudecieron durante un rato.

«Yo sé —dijo a Fago un oficial de Guías, que se mostró afligidísimo, y no lloraba por creer que las lágrimas deshonran el uniforme—, yo sé quién ha disparado el tiro infame, aleve, diabólico, que ha herido a nuestro general. Ha sido un soldado de Compostela, un bribón ferrolano, que tiene la más asombrosa puntería que puede imaginarse. Ya sabe usted que algunos gallegos aborrecen a don Tomás por los tremendos castigos que aplicó en el Ferrol, en sus tiempos de coronel, para exterminar a los bandidos que infestaban aquella tierra. Llámase este asesino tirador Juan Bouzas, y me consta que juró quitarle la vida al general si ponía sitio a Bilbao.

—¿Y cómo sabe usted eso, amigo Elizalde?

—Lo sé por una prójima que al gallego conoce, amiga de un capellán aragonés que sirvió con nosotros hasta lo de Arquijas.

—Ese capellán —dijo Fago con sobresalto, deseando echar a correr—, no es el que usted cree, ni ha tenido nada que ver con... Con la... Ese aragonés, señor mío, no existe, no ha existido nunca... yo lo aseguro. Los que hablan de él no saben lo que dicen... Quédese usted con Dios.»

Salió de estampía, y de la arrancada se alejó más de una legua sin fijarse en la dirección que llevaba. Hasta más de mediodía estuvo dando vueltas por el campo, en lugares donde nada se veía del terrible asedio de la villa, y solo se oía el lejano zumbar de los cañonazos. Las dos eran ya cuando vio que por el camino adelante venían tropas, en número de cincuenta hombres, y bastantes paisanos. No tardó en reconocer a los granaderos de Zumalacárregui, y cuando se aproximaban pudo ver que en el centro del pelotón transportaban una camilla. Al punto comprendió que la herida de don Tomás se había agravado, y que le llevaban al Cuartel Real, a que le vieran y curaran los médicos del Rey. Ni lo uno ni lo otro era verdad, pues la herida se seguía considerando poco menos que leve, y conducían al general a Cegama, residencia de sus hermanos, no de su mujer y niñas, que vivían en Francia.

Incorporose al convoy, movido de una adhesión ardiente al mártir glorioso de su deber, y en la primera parada suplicó a los granaderos que le permitieran cargar la camilla; mas no quisieron aquellos valientes ceder a ningún nacido el honor de transportar carga tan preciosa. A medida que avanzaba el convoy, se iban quedando atrás los paisanos y mujeres que lo acompañaban; agregáronse otros que salían de los pueblos, y al enterarse de la triste noticia, prorrumpían en exclamaciones de dolor. Profundamente turbado el espíritu del capellán, se apropiaba toda la pena que en los semblantes vela, y juntábala con la suya. No tenía consuelo; el corazón, rebosando amargura le anunciaba infortunios terribles, los cuales no se referían exclusivamente a los demás, ni al general herido, sino a todos: a la Causa, al país, a él mismo, al pobre capellán que se creía responsable, sin saber por qué, de las catástrofes que al mundo amenazaban. A su tristeza se mezclaba el terror, una ansiedad semejante a la que le acometió en el campo de Arquijas.

Obedeciendo a un instintivo impulso, reconocía los rostros de todas las mujeres que salían al camino. Las había feas, las había hermosas, algunas de atlética estatura, como la Ignacia de Elosua; otras contrahechas y desmedradas. Pero todas eran quienes eran quienes eran, y nada más. Al propio tiempo que estas extrañas cosas sentía, no podía pensar que fuese leve la herida del general, como todos aseguraban. Teníala por gravísima, mortal, y cuando Zumalacárregui, en la parada de Zornoza, le llamó a su lado y, ofreciéndole un cigarrillo, le dirigió palabras afectuosas, le miraba como a un muerto que hablase... La idea de que el general sería pronto cadáver, si ya no lo era, se aferraba a su mente, sin que ninguna consideración pudiera desecharla.

«¿Y cómo se encuentra vuecencia? —le preguntó, intentando poner en su rostro una confianza que no tenía.

—Así, así... —le contestó Zumalacárregui no más triste que antes de la desgracia—. Los dolores de la pierna se me han calmado con la untura que me puso este señor médico que me acompaña. Más me molesta mi enfermedad que la herida, y creo que, aun sin este accidente, habría tenido que dejar el mando para atender a mi salud.

—La salud es lo primero —dijo Fago—, y que busque la Causa otros generales. En el grado de robustez en que, por obra y gracia de vuecencia, está la Causa, ya puede andar sola... Vengan otras cabezas, y Dios dispondrá lo que nos convenga a todos.»

Tirando con fuerza la colilla, Zumalacárregui dio orden de seguir. Y a los pocos pasos entabló Fago conversación con fray Cirilo de Pamplona, hombre muy apersonado, como de cuarenta años, que no gastaba hábito, sino la usual vestimenta de los capellanes. Era pariente de la esposa del general, y sobre éste tenía gran ascendiente. Hallábase con Eraso en Bolueta cuando tuvo noticia del suceso, y acudió al instante, determinando acompañarle hasta el propio Cegama. Charlando con el aragonés, mostrose confiado en la pronta curación del general, sobre todo si éste seguía el consejo que le había dado, y era llamar sin pérdida de tiempo a un curandero del país, nombrado Petriquillo, hombre muy práctico en sanar heridas y en entablillar miembros rotos. El tal vivía en Hermúa, y ya se le había mandado un emisario para que saliese al camino, al paso del enfermo. Más confianza que en los médicos tenía fray Cirilo en aquel practicón sin estudios que de continuo realizaba curas maravillosas, empleando los ungüentos y pócimas que, con yerbas de su conocimiento, él mismo confeccionaba. A todo asintió Fago, por urbanidad, pues creía firmemente que los enfermos se pierden o se salvan por sentencia superior, sin que pueda la ciencia humana precipitar ni atajar la muerte.

Llegaron de noche a Durango, y no bien paró el convoy en el palacio de los Emparanes, llegó un mensajero del Rey, diciendo fuese el médico señor González Grediaga a informar a Su Majestad del estado del herido. La visita del Soberano se fijó para la siguiente mañana, a fin de que el general descansase toda la noche. Acudieron no pocos personajes de la Corte trashumante a visitar a don Tomás; pero éste no quiso recibir a nadie. En los arcos de Santa María y en el paseo de la Olmeda hubo hasta hora muy avanzada de la noche corrillos, donde se comentaba con ansiedad el triste accidente. Los más lo creían adverso, algunos favorable, y no faltó persona bien informada que aseguró no mandaría el general Eraso las Reales tropas por mucho tiempo, pues ya era seguro que sería nombrado González Moreno, de quien se esperaba la toma de Bilbao en un abrir y cerrar de ojos.

Tan a disgusto se encontraba Fago en la llamada Corte, y tan malas tripas le hacía el encuentro probable con don Fructuoso, que se fue a dormir a Abadiano, para incorporarse a la mañana siguiente al convoy, que por aquel pueblo tenía que pasar. Don Carlos visitó a su general muy temprano. Cuentan que le reconvino cariñosamente por exponer al peligro vida tan preciosa. Y el herido contestó: «Señor, sin exponerse, nada se adelanta... Bastante he vivido ya... En esta guerra tan desigual y destructora, por necesidad hemos de morir cuantos la hemos comenzado.»

Sin penetrarse bien de la profunda tristeza de estas palabras, ni del sentido pesimista que contenían respecto al curso futuro de la guerra, don Carlos quitó a la herida de su general toda importancia. Los médicos González Grediaga y Gelos le habían asegurado que dentro de quince días podría volver a campaña. Movió la cabeza en señal de duda Zumalacárregui, y no quiso contradecir los felices augurios de su Señor y Rey. Éste le incitó a quedarse en Durango, donde le asistirían los facultativos de la Casa Real, y se le prodigarían exquisitos cuidados. Pero el herido se defendió con tenacidad de la obsequiosa protección de Carlos V, insistiendo en que le llevaran al retiro y quietud de Cegama. Fácil es al historiador penetrar en la mente del héroe, y ver en ella su repugnancia de la Corte, y su aborrecimiento de los intrigantes que en ella bullían. Despidiéronse sin que mediara ninguna observación acerca del sitio de Bilbao, ni de las dificultades que ofrecía la desdichada operación impuesta por los conspicuos del Cuartel Real. Ya no volverían a verse más en este mundo don Carlos y Zumalacárregui, representación viva del absolutismo el uno, representación el otro de la formidable fuerza nacional que lo amaba y lo defendía. La idea y el brazo se separaban para siempre. En su respetuosa despedida, el gran caudillo parecía decir: «Ahí queda eso, Señor. El que tanto ha hecho por Vuestra Majestad, no puede hacer más.»

Y no bien salió don Carlos del alojamiento, se dieron órdenes para continuar el transporte de la camilla. Contento iba el general al partir de Durango, y al perder de vista las enfatuadas figuras de los cortesanos que acudieron a despedirle. Su amigo Mendigaña, pagador del ejército, le había dado treinta onzas a cuenta de las pagas atrasadas, y con ellas obsequió espléndidamente durante el camino a los granaderos que le conducían. Anhelaba llegar pronto a Cegama, donde le esperaban deudos y amigos cariñosos; perder de vista el ejército; descansar de la continua brega; olvidar sus propios esfuerzos físicos y espirituales, y la ingratitud, irrisorio galardón de tanta inteligencia y desinterés.

Impaciente, daba órdenes para que los granaderos se remudaran, a fin de acelerar el viaje, que era penoso a causa del calor y la distancia. Fumaba cigarrillos uno tras otro; en las cortas paradas hablaba con Capapé, su fiel amigo; con fray Cirilo; con los médicos, que le renovaban el emplasto para atenuar sus dolores, y con el curandero Petriquillo, que le auguraba sanarle en cuatro días por procedimientos de él solo conocidos. Agregándose al convoy en Abadiano, Fago marchó a retaguardia con la gente menuda, alejado de la camilla por virtud de una timidez aplanante, tristísima. No gustaba de ver de cerca al héroe. El sentimiento de emulación que llenaba su alma en los primeros días de conocerle y tratarle, trocábase ya en suprema piedad, y en adoración de las virtudes y méritos grandes del caudillo, méritos y virtudes que comprendía como nadie; y si antes tuvo la pretensión de penetrar en su mente, adivinándole las ideas militares o anticipándose a ellas, ahora creía también en la transfusión de su espíritu en el de Zumalacárregui, y viviendo dentro de él se recreaba en la placidez de una conciencia limpia, en la entereza de un morir cristiano, sereno, con la satisfacción de haber desempeñado un papel histórico agradable a Dios, y de resignar su poderío terrestre en medio de la paz religiosa y de los consuelos de la fe.

Meditaba en esto el buen capellán, siguiendo al convoy, y se decía: «Morirá, morirá, sin duda. Es ley que tiene que cumplirse. Este endiablado Petriquillo paréceme instrumento de la fatalidad... Y yo me pregunto: ¿Qué pasaría si este hombre extraordinario no se muriera? Si yo me engañara y don Tomás curase, ¿qué resultaría del quebrantamiento de la lógica histórica? Porque su morir es lógico, es bello además, inmensamente humano y divino, consorcio de lo divino con lo humano. Si el general viviera, veríamos una falta de armonía en las cosas... No, no: debe morir, morirá. Allá se las compongan la ciencia y el charlatanismo para llegar a este resultado preciso... Yo no dudo, no puedo dudarlo. Dios me ha enseñado a conocer las oportunidades de la Historia, y cuándo es bueno que ocurra lo malo.»

180

XXXII

Penoso fue para el herido el largo trayecto de Durango a Cegama, por Elgueta, Vergara y Zumárraga, en día caluroso y seco. Remudándose con frecuencia los granaderos que transportaban la camilla, pudieron llegar al término del viaje ya entrada la noche. Si triste fue todo el camino, el paso por el valle del Oria, desde Segura para arriba, en la oscuridad, llevó a su mayor grado la tristeza de aquella que parecía procesión del Santo Entierro. Delante iban soldados con hachas de viento, alumbrando el camino. Nadie hablaba; el cansancio sellaba todas las bocas. Música de la fúnebre comitiva era el murmullo del río, que en aquella parte alta del valle donde nace, más bien es torrente. Venía bastante crecido, y sus saltos y cascadas espumosas resonaban con mugido profundo en el silencio de la noche. De Cegama bajaron hasta Segura, al encuentro del convoy, personas de la familia, el cura, muchos vecinos del pueblo, precedidos de faroles. Las movibles luces tan pronto iluminaban a las personas como las dejaban en tinieblas. En la sombra no eran los rostros más tristes que en la claridad, pues nadie sonreía.

Entró por fin el convoy en el pueblo, atravesando la calle que conduce a la plaza de la iglesia, y deteniéndose frente a ésta, en una calle pendiente y corta que parte de la esquina de la Casa Consistorial. Al extremo de dicha calle, que más bien es irregular plazuela, se alzaba la vivienda de la familia de Zumalacárregui, donde el general quería encontrar el reposo de su espíritu, el alivio de sus dolencias crónicas, y la curación de su herida. ¿Qué menos podía ambicionar quien tanto había hecho con notoria generosidad y desinterés? Pero no es cosa segura que los triunfos militares y políticos sean recompensados por Dios con los bienes terrenos, el mayor de los cuales es la salud. Por esto, el general, que también era un gran filósofo cristiano, no contaba con ninguna recompensa, y esperaba que cumpliera Dios su voluntad como quisiese.

A poco de entrar en la casa la camilla fueron alojados los granaderos en el Ayuntamiento; los vecinos se metieron en sus hogares, y todo quedó en silencio y en sombría soledad. A Fago le brindaron aposento y cena los granaderos. Durmió toda la noche, y muy de mañana salió a reconocer el pueblo, empezando por la parroquial iglesia de San Martín, hermosa y grande como todas las de Guipúzcoa, pero de escaso interés artístico. Encajonado entre montes altísimos, al pie de la sierra que divide las aguas de Navarra de las del país vasco, el pueblo carece de horizontes. Fago lo vio encapuchado en nieblas; la humedad se mascaba; el frío penetraba los huesos. Entre Bilbao y Cegama, la diferencia de altitud determinaba temperaturas muy diferentes. Venían del riguroso verano a un otoño lacrimoso y desapacible.

Cuando el Sol empezaba a calentar el suelo, disipando la neblina, el capellán, que ya había recorrido las cortas calles y callejas de Cegama, fue a casa del general para enterarse de cómo había pasado la noche. Desde la plaza de la iglesia, salvando un puentecillo sobre espumoso torrente que iba a aumentar las aguas del Oria, llegó a una elevada plazoleta, en la cual vio un caserón con ángulos de sillería almohadillada y ventanales de piedra, el cual bien podía pasar por palacio, conforme al tipo de construcciones de Guipúzcoa. En la puerta había guardia de granaderos; algunas personas del pueblo, gozosas, decían que el general había pasado buena noche, y que estaba tranquilo y contento. Anhelando más concretas noticias, entró Fago en el portal, cuadra enorme, empedrada, con unas grandes pesas colgantes en el testero de la izquierda. Allí había más gente, sentada en bancos o en troncos de castaño; caras conocidas: el señor Capapé, el ayudante Vargas, herido, que se unió al convoy en Segura, y andaba con muletas; caras desconocidas: el alcalde del pueblo y vecinos pudientes, algunos con sombrero de copa forrado de hule.

Del grandísimo portal partía la escalera, de piedra el primer tramo, lo demás de nogal venerable, casi negro ya, los peldaños desnivelados y lustrosos, crujientes bajo los pies de los que subían y bajaban. No atreviéndose Fago a subir, se contentó con preguntar a todos los que conocía. Las buenas noticias se confirmaban. Era cosa de pocos días, y antes de quince podía el general volver a montar a caballo. Fray Cirilo de Pamplona y el curandero Petriquillo, hombre menudo, inquieto, hablador, con la cabeza tan calva y negruzca que parecía una calabaza de peregrino, eran los más optimistas. En las caras de los médicos Boluqui y Gelos, a quienes vio bajar poco antes de mediodía, observó el capellán mayor reserva e inquietud. Y nada más digno de contarse le ocurrió aquel día, como no sea que hizo amistad con el cura, el cual le enseñó toda la iglesia, la sacristía, vasos y ornamentos, y las habitaciones altas, de donde se dominaba la villa y sus arrabales.

Pasaron días, y la vida del aragonés compartíase entre un largo plantón en el portal de la casa de Zumalacárregui, por saber noticias, y un vago pasear por el pueblo. Al aproximarse a la residencia del general, solía detenerse en el puentecillo que salva el afluente del Oria, un riachuelo torrencial, que al pie de los muros de la cercana huerta se remansa, y sirve de lavadero a todas las mujeres de aquel barrio. Apoyando los codos en el pretil del puente, se pasaba allí el hombre largos ratos, viendo a las mujeres con media pierna dentro del agua, golpeando la ropa, y charlando en su jerga vascuence, de la cual no entendía una palabra.

A los tres días de esta vida se sintió enfermo, con mal semejante al que había tenido en Aranarache. Era reproducción de la fiebre nerviosa, un acceso leve quizás, y para reponerse admitió la hospitalidad con que le brindó el sacristán de San Martín. En casa de éste le dieron una regular estancia, y cama muy buena, donde pasó tres días, curándose solo con agua azucarada y algún caldo. Cuando le pareció que podía darse de alta, echose a la calle; pero apenas se podía mover, y agarrándose a las paredes fue a informarse de cómo iba la herida del general. Dijéronle que las opiniones de la Facultad estaban divididas. Quién creía que la herida se enconaba, y que el enfermo estaba peor de su mal crónico; quién que la inflamación de la pierna sería pasajera, y que se resolvería favorablemente en cuanto extrajeran la bala. En esto, díjole Capapé que, habiendo dado cuenta al general de que el capellán Fago permanecía en Cegama, había manifestado deseos de verle, y no necesitó más el buen aragonés para pedir que le proporcionaran la dicha de ofrecer sus respetos al héroe y mártir. Aún tuvo que aguardar un ratito, que un siglo le pareció.

Salieron varias personas, entre ellas el cura; poco después el mismo Capapé le invitó a subir. En lo alto de la escalera recibiole una señora menudita y ligera que andaba por aquellos pavimentos lustrosos sin que se le sintieran los pasos. Era la hermana del general; sonrió al verle; le hizo pasar a una sala muy limpia y ordenada; esperó el capellán un rato, en compañía de un niño de unos doce años, sobrino de don Tomás, y una niña de menos edad, con quienes habló, observando en sus rostros agraciados el aire de familia. Luego la misma señora de los pasos ligeros le llevó, por un corredor que rodeaba la escalera, a una habitación de mediano tamaño, con ventana a la huerta y al torrente donde lavaban las mujeres. En el ángulo interno de dicho aposento estaba la cama, y en ella el general, sentado, descansando el busto y cabeza sobre un rimero de almohadas. Afectó penosamente a Fago la demacración de su rostro, la lividez de las ojeras, el afilamiento de la nariz. No obstante, en medio de sus torturas, el general se había hecho afeitar; bajo la amarilla piel se le marcaba el afilado hueso maxilar, como cuchillo envuelto en una funda. A los pies de la cama había un arcón de nogal, mueble muy común en las casas de aldea. Tenía el enfermo a su derecha la pared, a su izquierda, una mesilla sobre la cual colgaban, junto a una pilita de plata repujada, algunas imágenes sujetas al clavo con lazos de seda. Sobre la cabecera de la cama, casi tocando con los pies la cabeza de Zumalacárregui, había un crucifijo, y enfrente, entre la ventana y el ángulo externo, un Niño Jesús, de tamaño poco menos del natural, sobre un altarito, y bajo dosel de raso violeta bordado con lentejuelas de plata. Lo demás de la pieza era insignificante.

Sentose Fago en el arcón, a los pies de la cama, y tanta timidez y cortedad sentía, que apenas osó decir al general cosa alguna, fuera de las palabras elementales referentes a la salud, mejor dicho, a la enfermedad. Se sentía sobrecogido por la solemnidad misteriosa de la estancia, que le parecía santuario, y el enfermo un ser de algún reino inmediato a los cielos, ya que no de los cielos mismos. Ni podía acostumbrarse a ver en él al guerrero... No era, no, el bravo caudillo que discurría las admirables suertes estratégicas: era un santo consumido en la devoción y en las penitencias. Su palabra, ya cavernosa, llegaba a los oídos de Fago con un son remoto, como ahilado por la distancia.

«Los médicos —dijo— me aseguran que voy bien. Pero yo no acabo de creerles, amigo Fago. Y usted, ¿qué tal se encuentra? Me han dicho que ha estado usted malucho. Quizás no le siente este clima. A mí me gusta. Detesto el calor; me he criado en la humedad y en el frío de los montes de Guipúzcoa, y prefiero esta tierra, no solo para vivir, sino para morirme.

—Yo también —afirmó el capellán Fago con arranque espontáneo—. Crea vuecencia que me gustaría morirme aquí mejor que en otra parte...

—¡Hombre, qué quiere usted que le diga! Murámonos donde Dios lo disponga. Lo mismo da.

—En los tiempos que corren —dijo Fago contagiado de la intensísima melancolía del general—, tiempos de guerra y matanzas, en que vemos despreciada la vida de los hombres, nos morimos aquí o allá como si nos bebiéramos un vaso de agua... y nos quedamos tan frescos.

—Dice usted bien: la guerra es una gran escuela de resignación. Pero tal como la hemos hecho nosotros, y como la harán los que me sucedan a mí, no hay naturaleza que la resista. El que no muera de una bala, morirá de cansancio, o de los disgustos que se ocasionan...

—La guerra, digo yo, deben hacerla en primera línea aquellos a quienes directamente interesa... Verdad que si tuvieran que hacerla ellos, quizás no habría guerras, y los pueblos no se enterarían de que existen estas o las otras *causas* por las cuales es preciso morir.»

Al oír esto, Zumalacárregui permaneció un instante silencioso mirando al techo.

«Pienso yo, mi general, que nos afanamos más de la cuenta por las que llaman *causas*, y que entre éstas, aun las que parecen más contradictorias, no hay diferencias tan grandes como grandes son y profundos los ríos de sangre que las separan...»

Tampoco a esto contestó nada el general. Dio un cigarro a su amigo; encendieron ambos en una estufilla colocada en la mesa próxima a la cama, y al poco rato el herido reanudó la conversación, desviándola del terreno resbaladizo a que Fago quería llevarla.

«Yo le alabo a usted, señor capellán, el gusto de preferir la religión a la guerra. Al saber que tomaba asco a las cosas militares, me confirmé en la buena opinión que de usted tenía. Siempre me pareció usted un hombre de superior entendimiento, apto para todo.

—Vuecencia me favorece demasiado. No soy apto para nada.

—Me gusta la modestia, pero no tanta... Digo que ha hecho bien en volver a su vocación antigua, que es la verdadera. Y aunque usted posee dotes militares, bien lo he conocido, ha hecho bien en quitarse de esos afanes y de esos peligros, casi siempre mal recompensados. Vuélvase a su estado religioso, que allí encontrará el premio. Los méritos de guerra, por grandes que sean, no tienen recompensa ni aquí... Ni allá.

—Lo mismo creo, mi general... Y aquí me tiene usted sin vocación ninguna, pues todas las he perdido, y con toda verdad le digo que no sé adónde han ido a parar. No tengo más que un deseo: el descanso. Y vuecencia me dirá: «¿Cómo puede estar cansado quien nada ha hecho?» Respondo que se cansa uno del tráfago del pensamiento tanto como de las acciones repetidas, obra del cuerpo y la voluntad. Se cansa uno de pensar lo que no hace, como se cansa de hacer las cosas pensadas por sí mismo o por otros. Yo soy hombre concluido. En cortos años, mi vida ha sido muy larga.

—No esté usted tan descontento de sí mismo —le dijo don Tomás revolviéndose con trabajo en su lecho—. Serénese, y la vida le abrirá nuevos horizontes. Es usted joven: la religión le dará los alientos que hoy no tiene.»

Creyó notar Fago que el general sentía vivos dolores, y que los disimulaba por atender a la visita. Se levantó para retirarse.

«Mi general —le dijo—, vuecencia necesita descansar, y estoy molestándole.

—Hombre, no... No tenga usted prisa... Estos malditos dolores no me dejan, no me dejan... ¡Qué le hemos de hacer!... Sufriremos todo lo que podamos. Ahora dicen esos señores que será preciso extraerme la bala, y que cuando la saquen me pondré bien. Allá veremos. Les he dicho que corten y rajen cuando quieran...

—Mi general —añadió Fago, viendo entrar a la señora de los pasos ligeros—, estoy molestando a vuecencia... Me retiro... Quiera Dios darle el alivio que merece.

—Bueno, amigo Fago: si desea marcharse, no le retengo más. Usted... Me parece... también debe cuidarse.

—¡Mi vida es tan poco útil!... No digo naciones ni partidos; pero ni aun familia, ni persona alguna dependen de mí.

—¿Es usted solo?

—Tan solo, que no teniendo más que a mí mismo, paréceme que tengo mucho.

—Hay que cuidarse... Conservar la vida todo lo que se pueda... Adiós, amigo Fago.

—Mi general, adiós.

—Y ya charlaremos otro poco... Sabe Dios dónde y cuándo... Adiós.

—Adiós.»

XXXIII

Salió de la triste estancia el capellán con tan grande angustia en el alma, que no se fijó en ninguna de las personas que al paso, en la escalera y portal, iba encontrando. Muchos le preguntaban: «¿Cómo está el general?» Y él respondía maquinalmente: «Bien... Está muy bien.» Por todo el camino hasta su casa, que era la del sacristán, fue diciendo lo mismo: *bien... Está bien*, aunque nadie se lo preguntara; y al llegar al cuarto en que dormía, se arrojó sobre el lecho boca abajo, y estuvo llorando toda la tarde. Por la noche le entró fiebre, temblores convulsivos, y una ansiedad que se expresaba en su mente con la idea o imagen de ver ante sí un grande, negro, insondable abismo que le atraía. Nada dijo a su generoso huésped, ni se quejó de mal alguno. No quería más que estar solo... Por alimento no apetecía más que agua y mendrugos de pan.

Zumalacárregui pasó la noche con horribles sufrimientos, fiebre y delirio. Soñaba con Bilbao; todo su afán era que el general Eraso no cumpliera fielmente lo estipulado con los comandantes de los barcos extranjeros, acerca de las condiciones en que se verificaría el bloqueo por la parte de la ría. Sobre esto versaba su desvarío, demostrando la gravedad que en su conciencia tenía aquel asunto de carácter internacional.

Los cuatro ayudantes, el fraile, el cura, Capapé, Vargas, la familia y amigos, estuvieron en la sala hasta más de media noche, en ansiosa expectativa. Petriquillo ya no parecía por allí; los médicos acordaron extraer la bala a la mañana siguiente muy temprano. ¡Lástima no haberlo hecho en cuanto el herido llegó a Cegama! La fatalidad inspiró a Zumalacárregui y a su pariente una ciega confianza en el curandero. Los físicos le echaban la culpa a él, y él a los físicos. A todos sin duda alcanzaba la responsabilidad de la agravación del enfermo en la noche del 23 al 24 de junio.

No bien amaneció el día de San Juan, los señores Grediaga y Gelos extrajeron la bala, haciendo gran carnicería en la pierna del héroe. Terminada la cruel operación con relativa felicidad, creyose conjurado el peligro, y el contento llenó la casa, y prontamente cundió por todo el pueblo. Puesta la bala en una bandeja, la fueron mostrando de casa en casa. Fray Cirilo propuso enviarla a don Carlos, como presente histórico que Su Majestad tendría en gran aprecio. Pero, ¡ay!, estas alegrías duraron poco. No eran las ocho cuando el héroe fue atacado de un temblor convulsivo. Acudieron los médicos, la familia. Con medias palabras, pues enteras difícilmente podía pronunciarlas, don Tomás, conservando su entereza moral, les dijo que se moría, y ordenó se hiciese pronto, pronto, *lo conveniente al caso* (fórmula militar).

Lo primero fue la asistencia religiosa. El Párroco recibió la breve confesión, y sin pérdida de tiempo entró el escribano, que consternado y lloroso, como todos los demás, se limitó a preguntar al moribundo: «Señor don Tomás, ¿qué deja usted, y cuál es su última voluntad?» Con la apagada voz que le quedaba, respondió el general: «Dejo mi mujer y tres hijos, únicos bienes que poseo. Nada más tengo que poder dejar.» En tan aflictivas circunstancias, pudieron apreciar los que tal frase oyeron la soberana modestia del héroe, mas no el profundo humorismo con que había expresado su pensamiento. Daba prisa él mismo, sintiendo que se le concluía la vida, y con la resolución que empleaba para ordenar los movimientos de una batalla, mandó que le llevasen el Viático. Los médicos opinaron que se le debía obedecer inmediatamente.

Púsose en movimiento el clero de la parroquia. Pueblo y granaderos acudieron en masa. Fue solemne y patético el acto. Crujían las viejas tablas de la escalera y de las habitaciones altas al peso de las muchas personas que subieron: señores y aldeanos, curas y militares. Cuando el general recibió a Dios, diríase que la impaciente vida se le mantenía suspensa, en espera de un acto que las creencias del moribundo hacían inexcusable. No bien terminó el sacerdote las preces, acabó de apagarse el conocimiento del general. Su hermano político, juntando cara con cara, le llamó. En sílabas ininteligibles articularon los labios del moribundo la respuesta que, por venir de tan lejos, ya no podía ser entendida. Capapé, llorando como un niño, le besaba las manos. El fraile y la señora de los pasos ligeros rezaban y lloraban de rodillas. A las diez y media dejó de existir el grande hombre. Alma y brazo de la Monarquía absoluta, la Causa que por él y con él vivió, con él moría.

Aunque el ideal carlista no haya adquirido el santo reposo, enterrado fue con los huesos de Zumalacárregui bajo las losas de la iglesia parroquial de Cegama... Es que algunos muertos descansan, y otros no.

Honda consternación, duelo inmenso produjo en la humilde villa el doloroso acontecimiento, cuyo alcance político y social comprendían pocos, quizás ninguno, en el pacífico vecindario. Veían desaparecer al más afortunado caudillo de la Causa; pero no dudaban que ésta, con la ayuda de Dios, encontraría herederos de las aptitudes militares del grande hombre. Otros lloraban al amigo, al jefe queridísimo, que terminaba su vida de increíbles proezas, de trabajos herculeos, con la dulce tranquilidad de un santo. Caudillo de un poderoso ejército, apóstol de una causa formidable, moría en absoluta pobreza, y hasta le faltaba ropa militar con que pudieran amortajarle conforme a su categoría. De lo que a cuenta de sus pagas le dio Mendigaña al salir de Bilbao, poco se encontró en sus bolsillos: casi todo lo había empleado en gratificar y obsequiar a los granaderos que le transportaron en hombros desde la plaza en mal hora sitiada.

Fueron panegiristas del insigne muerto en aquel triste día de San Juan, todos los que en vida le habían amado: los cuatro ayudantes, el fraile Cirilo, Capapé, la hermana, el cuñado y sobrinos. El único de los buenos amigos que nada dijo ni pudo decir fue el buen capellán aragonés José Fago. Todas sus ideas y apreciaciones sobre la vida y muerte del insigne pastor de tropas se las reservaba para mejor ocasión. ¿Qué le había ocurrido? Pues nada. Al mediodía del mismo aciago 24, el sacristán, extrañando no verle, entró en el cuarto donde dormía, y le encontró inmóvil sobre la cama, boca abajo. Por más que le llamaba, añadiendo a la palabra tirones de orejas y estrujones en los brazos, el capellán no daba acuerdo de sí. ¿Qué había de dar si estaba muerto?...

Más muerto que su abuelo. Corrió el sacristán a contar al cura la inopinada desgracia, y ambos la comentaron con grande sorpresa y aspavientos de aflicción.

Sentía el cura de todas veras que el capellán hubiese muerto sin los auxilios espirituales; mas no teniendo remedio el caso, no había que pensar más en ello, y lo único procedente era enterrarle y encomendar a Dios su alma. «Dios sabrá lo que le conviene», dijo el cura; y el sacristán: «señor don Florencio, la muerte de este hombre es cosa de grande confusión. No sabemos qué enfermedad padecía, aunque para mí era un mal de la cabeza. No regía bien de las entendederas. Decía cosas muy raras, y peores eran las que se callaba. Anoche, cuando se acostó, fui a verle: «¿Qué se le ofrece, señor?» Y me contestó: «Un vasito de agua.» Luego no decía más que «nos morimos, nos morimos», y dale con que nos morimos.

—Puesto que tu huésped enfermo —le dijo el cura—, tan a poca costa te ha salido por alimento y botica, encomiéndale a Dios fervorosamente: si fue bueno, porque fue bueno; si fue malo, porque fue malo. Con nuestras oraciones y nuestros sufragios cumplimos, y a Dios toca darle su merecido.»

Oídas estas graves razones, ya no pensó el sacristán más que en enterrar a su difunto, y ello se hizo el 25 por la mañana, poco antes del entierro y funerales de Zumalacárregui. A éste le vistieron de frac, por no tener uniforme de general. Asistió todo el pueblo con profunda desolación.

Cuando le sacaron de la casa para llevarle a la iglesia en hombros de los fieles granaderos, se produjo en la multitud un silencio grave. No se oía ni el bullicio de los pájaros en los árboles de la huerta próxima y en las márgenes del torrente. Casi todas las mujeres que lavaban, los pies en el río, suspendieron su tarea. Unas rezaban, otras seguían con curiosa mirada el tristísimo cortejo. Digo casi todas, porque una de ellas, la más joven quizás, alta, morena, ojerosa, se mostró insensible al duelo general, y mirando al agua enturbiada por el jabón, dijo con cruel entereza: «Bien muerto está... Mandó fusilar a mi padre.»

Fin de *Zumalacárregui*
Madrid, abril-mayo de 1898.

Libros a la carta

A la carta es un servicio especializado para

empresas,

librerías,

bibliotecas,

editoriales

y centros de enseñanza;

y permite confeccionar libros que, por su formato y concepción, sirven a los propósitos más específicos de estas instituciones.

Las empresas nos encargan ediciones personalizadas para marketing editorial o para regalos institucionales. Y los interesados solicitan, a título personal, ediciones antiguas, o no disponibles en el mercado; y las acompañan con notas y comentarios críticos.

Las ediciones tienen como apoyo un libro de estilo con todo tipo de referencias sobre los criterios de tratamiento tipográfico aplicados a nuestros libros que puede ser consultado en Linkgua-ediciones.com.

Linkgua edita por encargo diferentes versiones de una misma obra con distintos tratamientos ortotipográficos (actualizaciones de carácter divulgativo de un clásico, o versiones estrictamente fieles a la edición original de referencia).

Este servicio de ediciones a la carta le permitirá, si usted se dedica a la enseñanza, tener una forma de hacer pública su interpretación de un texto y, sobre una versión digitalizada «base», usted podrá introducir interpretaciones del texto fuente. Es un tópico que los profesores denuncien en clase los desmanes de una edición, o vayan comentando errores de interpretación de un texto y esta es una solución útil a esa necesidad del mundo académico.

Asimismo publicamos de manera sistemática, en un mismo catálogo, tesis doctorales y actas de congresos académicos, que son distribuidas a través de nuestra Web.

El servicio de «libros a la carta» funciona de dos formas.

1. Tenemos un fondo de libros digitalizados que usted puede personalizar en tiradas de al menos cinco ejemplares. Estas personalizaciones pueden ser de todo tipo: añadir notas de clase para uso de un grupo de estudiantes,

introducir logos corporativos para uso con fines de marketing empresarial, etc. etc.

2. Buscamos libros descatalogados de otras editoriales y los reeditamos en tiradas cortas a petición de un cliente.

www.ingramcontent.com/pod-product-compliance
Lightning Source LLC
Chambersburg PA
CBHW022153240626
47153CB00007B/2642